愛の足かせ

ステファニー・ローレンス
鈴木たえ子 訳

A COMFORTABLE WIFE
by Stephanie Laurens
Translation by Taeko Suzuki

A COMFORTABLE WIFE

by Stephanie Laurens

Published by K.K. HarperCollins Japan, 2025

愛の足かせ

おもな登場人物

アントニア・マナリング――――貴族令嬢
フィリップ・オーガスタス・マーロー――ルースヴェン男爵
ジェフリー・マナリング――アントニアの弟
ヘンリエッタ――アントニアの叔母。フィリップの継母
ネル――アントニアのメイド
トラント――ヘンリエッタのメイド
ヒューゴー・サタリー――フィリップの友人
フェントン――〈ルースヴェン・マナー〉の執事
カーリング――〈ルースヴェン・ハウス〉の執事
カトリオナ・ダーリング――貴族令嬢
タイスハースト伯爵夫人――カトリオナの叔母
アンブローズ――ハマースレイ侯爵。カトリオナの花婿候補
ハマースレイ侯爵夫人――アンブローズの母親
ヘンリー・フォンテスキュー――カトリオナの幼なじみで恋人

1

「三十四歳というのは、ヒューゴー、確かにそろそろ落ち着くべき年だぞ」

「はあ？」ヒューゴー・サタリーは眠気も吹き飛び、馬車の向かいの席に優雅に座る友を見た。「なんでまた、そんなことを言うんだ？」

七代目ルースヴェン男爵フィリップ・オーガスタス・マーローはすぐに答えようとはしなかった。彼はしばし窓の外を走り過ぎていく夏の景色を眺めてからつぶやいた。「ジャックとハリーのレスター兄弟が、どちらが先にレスター家の跡継ぎを作るかを競い合うことになるなんて、考えてもみなかった」

ヒューゴーは体を起こした。「ジャックは賭けようかと言ったんだが、それがルシンダの耳に入ってね」彼は顔をしかめた。「当然その話はなしさ。ルシンダが、みんながわたしとソフィアを指折り数えながら見比べるなんて耐えられないと言って」

フィリップの口元にちらりと笑みが浮かんだ。「ルシンダほど思慮深い女性も珍しいからな」少し間を置いてから、彼はひとり言のようにつぶやいた。「ジャックもソフィアを見つけて幸運だ」

ふたりはレスター・ホールの一週間のハウスパーティから帰るところだった。主催はジャック・レスター夫人のソフィアで、ハリーの妻となったルシンダも大いに兄嫁に協力した。最近レスター一族に加わったふたりは、まだ目立たないものの妊娠していて、喜びに輝いている。古く大きな館(やかた)にみなぎる幸福はパーティの参加者全員に感染した。

しかし、楽しい一週間にも終わりが来た。フィリップの先祖代々の館は落ち着いて整然とした雰囲気だが、レスター・ホールのようなぬくもりや将来の展望はない。長年の友人で、徹底した独身主義者にして放蕩(ほうとう)者のヒューゴーを館に招いたのも、もっぱら胸に広がる憂鬱(ゆううつ)な思いをまぎらわしたいからだった。フィリップは少し体をずらし、馬車の規則正しい蹄(ひづめ)の音に耳を澄まして、収穫間近の畑を眺めた。しかし、友が容赦ない言葉を投げかけてきた。

「たぶん、次はきみだろう」ヒューゴーは座席に寄りかかり、落ち着いたようすで畑を見渡した。「はっきり言って、だから憂鬱なんだろう?」

フィリップは目を細め、友の悪気のない顔を見据えた。「承知のうえで罠(わな)にはまって、結婚の束縛に屈するなんて、楽しいこととは言えないだろう?」

「わたしは考えたこともないのでね」

フィリップは露骨に渋い顔になった。遠縁の親類ぐらいしか身内のいないヒューゴーは結婚する必要もない。フィリップとはまるで立場が違うのだ。

「だけど、きみがなぜそんな大げさに言うのかわからないよ」ヒューゴーは向かいの友を見た。「きみの継母上が大喜びで若いレディをそろえてくれるだろう。きみは彼女たちに会って、ひとり選べばいいだけのことじゃないか」

「ヘンリエッタのことだから、大喜びで花嫁選びを手伝ってくれるだろうさ。だが」フィリップの口調は冷ややかになった。「継母が候補者選びを間違ったら、その報いを受けるのは彼女ではなくわたしなんだ。生涯にわたってね。一生を台なしにするような間違いを犯すなら、せめて自らのせいで犯したいものだ」

　ヒューゴーは肩をすくめた。「それならきみが自分でリストを作らないと。今年社交界にデビューした娘たちの生い立ちを調べて、くすくす笑うだけじゃなく、ちゃんと口がけるのか、朝食のときに間の抜けたにたにた笑いをしないか確認しないとな」彼は鼻に皺を寄せた。「退屈な作業だな」

「気がめいるよ」フィリップは視線を景色に戻した。

「ソフィアやルシンダのような女性がいないのが残念だ」

「まったくだ」フィリップがぶっきらぼうにつぶやくと、ほっとしたことにヒューゴーも友の気持ちを察し、口をつぐんでまたうたた寝を始めた。

　馬車はがたごと進んでいく。

フィリップはしぶしぶ、社交界の美女のひとりが自分のそばにいるところを胸に描いてみた。どうもぱっとしない。彼はうんざりして想像をかき消し、妻に望むことを連ねたリスト作りにかかった。

貞節、ある程度の機知、そこそこの容姿……。ここまでは簡単に出てくる。だが、ジャックとハリーのレスター兄弟が見つけたにちがいない漠然とした何かがうまく言葉にできない。

その肝心な何かがつかみきれないまま、馬車は高い門柱を抜け、ルースヴェン・マナーへと続く馬車道を下っていった。サセックス・ダウンズの低地に収まった大邸宅は優雅なジョージ王朝様式で、古い館の一部を残して増築したものだ。まだ日は高く、太陽の黄金の指が青白い石を撫(な)でている。周囲の木々の木もれ日がフランス窓に輝き、建物の直線を和らげる蔦(つた)を際立たせていた。

わが家。その言葉を胸に響かせつつ、フィリップは馬車を降りた。ヒューゴーは目を覚ましたかと振り返ると、馬車から降りてくるところだった。フィリップは玄関の階段を上っていった。

玄関ドアが大きく開け放たれ、フィリップが子供のころからルースヴェン・マナーの執事を務めるフェントンが直立不動の姿勢をとっていた。しかし、その顔には微笑(ほほえ)みが浮かんでいる。

「お帰りなさいませ、旦那さま」執事はてきぱきと主人の帽子と手袋を受け取った。

フィリップは近づいてくるヒューゴーを手で示した。「ミスター・サタリーが数日滞在するから」先祖伝来の地所を管理する務めもないヒューゴーは、しょっちゅうルースヴェン・マナーを訪れていた。

フェントンは一礼し、ヒューゴーの帽子を受け取った。「いつものお部屋を用意させましょう」

ヒューゴーは無言で微笑んだ。

玄関ホールをざっと見渡してから、フィリップはフェントンに視線を戻した。「継母上は元気かな?」

二階の大階段の上では、アントニア・マナリングが首をかしげて耳を澄ましていた。フィリップの声は記憶にあるより低い。でも、あんな質問をするのは彼以外にいない。

アントニアは大きく息を吸い、一瞬目を閉じて天に祈ると、階段を足早に下りていった。お転婆に見えるほど急ぎ足ではないが、玄関に人が入ってきたことには気づいていないような足取りで。踊り場を抜けて、階段に目を落とし、片手を軽く手すりにかけて一階へと向かった。

「フェントン、叔母さまがトラントにできるだけ早く上へ来てほしいとおっしゃっているわ」そう言って初めて、アントニアは顔を上げた。「まあ!」そして計算どおり、驚きととまどいが適度に入りまじった声をあげた。なにしろ何時間も練習したのだ。ゆっくりと足を止めると、目が釘（くぎ）づけになった。もう、驚きに目を見開き口を軽くといった演技は必要なかった。

目の前の光景は思い描いていたのとは違っていた。フィリップはもちろんそこにいて、執事から彼女のほうへ目を向けた。眉を上げ、灰色の瞳には少々の驚きの色があるだけだ。

アントニアは彼の顔をさっと観察した。太い眉、物憂げな瞳、いかにも貴族的な鼻と意志の強そうなあご、きりりとした口元。少しよそよそしい表情には、格別胸をときめかせるものはない。それなのに鼓動は乱れ、少し息苦しくなってきた。まったく予想外の動揺が広がりつつあった。

フィリップの視線が顔からそれたので、アントニアはすかさず彼のがっしりした体に目を向けた。彼がしなやかに肩をすくめ、待ち構えている執事の腕に厚地の外套（がいとう）を落とすと、地味なグレーだがひと目で最高級の仕立てだとわかる上着が現れた。茶色の髪は少し乱れた感じで優雅に波打ち、きれいに結んだ幅広のネクタイ（クラバット）はきらめく金のピンで留めてある。鹿革（しか）の膝丈ズボン（ブリーチズ）は長い脚にぴったり張りつき、太腿のたくましい筋肉を際立たせていた。ブーツはきれいに磨き上げられている。

アントニアはひとつ息をつき、フィリップの顔に視線を戻した。同時に彼も目を上げ、彼女と視線を合わせた。

彼は眉間に皺を寄せ、彼女を見つめた。彼女の髪に目を向け、また顔に戻す。彼のしかめっ面がゆるんで、その顔にまぎれもない驚きが広がった。

「アントニアかい?」

フィリップは自分の声に驚きがにじんでいるのに気づいた。内心舌打ちをして、いつもの物憂げな態度に戻ろうとしたが、アントニアが一瞬にこりとすると、また心を乱されてしまった。彼女は軽くドレスのスカートをたくし上げ、階段の最後の数段を下りた。

フィリップは玄関ホールのタイルの上に立ちつくしたまま、アントニアが近づいてくるのを見ていた。記憶をたぐり、ホールを横切るほっそりした女神と一致させようとする。彼女はハート形の顔に落ち着いた表情を浮かべ、彼が躊躇なく理想的と判定した体を小枝模様のモスリンのドレスに包んでいた。

最後に会ったとき、アントニアはまだ十六歳で、痩せっぽちで小馬のように元気だったが、すでに優美さを持ち合わせていた。今、成長した彼女は妖精さながら、宙に浮いているかのように動く。かつて毎年夏が来るたび訪ねてきた彼女は、朝の空気のようにみずみずしく、よく笑い、とびきり人なつっこい少女だった。今は気さくな微笑みを浮かべているものの、近くで見るとその目には警戒の色がある。

アントニアは口元をほころばせ、片手を差し出した。「最後にお会いしてから、もう数年になりますものね。失礼しました」優雅に背後の階段を手で示す。「ご到着に気づかなくて」彼女は落ち着いた微笑みを浮かべて彼を見つめた。「お帰りなさい」

フィリップはボクシングの名手のハリー・レスターのパンチを正面からあごに受けたような気分で、アントニアが差し出した手を取った。彼女の指が震えていたので、反射的に手に力をこめる。彼女のふっくらした唇につい視線を引きつけられてしまう。無理に目を上げても、今度は緑色がかった金色の瞳に吸い込まれそうだ。さらに目を上げると、つややかなブロンドの巻き毛が待っていた。

「髪を切ったんだね」そう言った声には、自分でもいやになるほどぼうっとしていることが現れていた。

アントニアはまばたきした。そしてフィリップに握られていないほうの手で耳の上で揺れるカールに触れた。「いえ、ただ……結い上げているだけで……」

フィリップは声にならないまま、口を〝ああ〟という形にした。

アントニアの困惑したような視線とヒューゴーの慌てた咳払い（せきばらい）がフィリップを乱暴に現実に引き戻した。何本かピンを抜いて、髪が本当に記憶のままなのかを確かめたい衝動を抑え、ふっと息をついて彼女の手を放した。「親友のミスター・サタリーを紹介するよ。ヒューゴー、こちらはミス・マナリング、継母の姪（めい）だ」

ヒューゴーのそつのない挨拶（あいさつ）にアントニアが応える（こたえる）あいだに、フィリップは態勢を立て直した。

彼女が振り返ると彼は洗練された笑みを浮かべた。「やっとヘンリエッタの願いを聞き入れたんだね」

アントニアはまっすぐフィリップを見つめた。「一年の喪が明けたので。訪問の機も熟したかと思いまして」

フィリップはうれしそうな顔になるのを抑えた。「わが家へようこそ。また会えてうれしいよ。ぜひゆっくり滞在してほしい。きみがそばにいてくれれば、ヘンリエッタも大いに心が安らぐだろうし」

かすかな微笑みがアントニアの口元に浮かんだ。「本当に？　でも、どれくらいこちらにいるかは、いろいろな事情次第なんです」ちょっと意味ありげにフィリップを見つめてから、ヒューゴーに笑顔を向けた。「すみません、こんなところに立たせたままで。叔母は今、やすんでいますの」彼女はフィリップを見た。「客間でお茶でもいかがです？」

フィリップはヒューゴーがぞっとした顔をしたのに気づいた。「いや……いいよ」物憂げに微笑む。「ヒューゴーにはもっと強いものが必要そうだから」

アントニアは口元にとびきりかわいいえくぼを浮かべて微笑んだ。「では図書室でエール？」

フィリップは口元をゆがめ、首をかしげてアントニアを見つめた。「持ち前の機知は健在のようだね」

アントニアは片眉を上げたが、目はまだ微笑んでいる。「だといいんですけど」彼女は執事にうなずいた。「旦那さまとミスター・サタリーのために図書室へエールをお持ちして、フェントン」

「はい、お嬢さま」執事は一礼して立ち去った。

アントニアはフィリップに視線を戻すと、穏やかに微笑んだ。「叔母さまにあなたがお戻りになったことを知らせてきます。お昼寝からお目覚めになったばかりなの。三十分もすれば喜んでお出迎えにいらっしゃるでしょう。では、失礼してよろしいかしら?」

フィリップはうなずいた。

ヒューゴーが優雅にお辞儀をした。「夕食の席でまたお会いできるのを楽しみにしていますよ、ミス・マナリング」

フィリップは友に鋭い視線を向けた。しかし、ヒューゴーはアントニアの笑顔に応えるのに忙しくて気づかない。友のことはあきらめ、フィリップはアントニアと目を合わせたが、彼女はすぐに顔をそむけてしまった。彼は、腰をやさしく揺らしながらホールを横切り階段を上っていくアントニアを見送った。

ヒューゴーが咳払いをした。「エールはどうなった?」

フィリップははっとわれに返った。ちらっと顔をしかめると、図書室のほうを手で示した。

寝室のドアの前まで来て、アントニアはほっと息をついた。ちょっとした芝居がこんなにたいへんだとは思ってもみなかった。まだ胃が痛いし、鼓動も乱れている。いつもはこんなことはないのに。

眉をひそめ、ドアを開けた。窓は大きく開け放たれ、そよ風にカーテンがふくらんでいる。風通しのいい部屋には夏の香りが満ちていた。イタリア式庭園から草と薔薇とラベンダーの香りが漂ってくる。ドアを閉め、アントニアは部屋を横切った。両手を窓枠について身を乗り出すと、大きく深呼吸した。

「それは新しいモスリンのドレスですね」振り返ると、メイドのネルが扉を開けた衣装だんすの前に立っていた。痩せて骨張った体に白髪まじりの髪をひっつめて無造作に束ねたメイドは、シュミーズやペティコートをせっせと決まった場所にしまっていく。仕事を終えるとネルは振り返り、腰に両手を当てて女主人をしげしげと眺めた。「特別なときのために取ってあったんじゃないんですか？」

アントニアは肩をすくめて景色のほうへ向き直った。「きょう着ることにしたの」

ネルは目を細め、ネッカチーフの山の仕分けを始めた。「今到着なさったのは旦那さまですか？」

「ええ。ルースヴェン卿よ」アントニアは窓枠に寄りかかった。「お友だちを連れていらしたわ。ミスター・サタリー」

「おひとりだけ？」

ネルの口調は疑わしげだ。アントニアは微笑んだ。「そうよ。夕食でご一緒することになるわ。何を着るか決めないと」

ネルはふんと鼻を鳴らした。「さして時間はかかりませんよ。ロンドンからいらした紳士方と同席するなら、ピンクのタフタのドレスか、淡い黄色のシルクのドレスでしょう」

「じゃあ、黄色のシルクにするわ。髪を結ってほしいんだけど」

「わかってますよ」ネルは衣装だんすの扉を閉めた。「下へ手伝いに行かなくてはならないけれど、お嬢さまのおめかしにはちゃんと戻ってきますから」

「ええ」アントニアは窓枠に頭をもたせかけた。

ネルはドアへ向かい、ノブに手をかけたところで立ち止まって、窓辺に立つ主人のほっそりした姿をいとおしげに見つめた。アントニアは身動きもしない。「ジェフリーさまにお行儀よく食事に同席するようにとお伝えしておきましょうか？」

アントニアははっとわれに返った。「いやだ！　ジェフリーのことをすっかり忘れていたわ」

「やれやれ」ネルがつぶやいた。

「本を読みながら現れたりしないように言っておいてね」

「ええ。しっかりお伝えしておきますよ」ネルは渋い顔でうなずき、出ていった。

ドアがかちゃりと閉まると、アントニアは庭のほうへ向き直り、緑の美しさに浸った。彼女はルースヴェン・マナーを愛している。故郷に戻ったような気がするのだ。本能的な部分で、昔から、自分はマナリング・パークよりここに属していると感じていた。なだらかに連なる丘と巨木に囲まれたこの館に。そうした思いと叔母への愛情が彼女の決断に影響したのだ。

弟のジェフリーがほどなく世間に出ていくことを考えると、アントニアもぐずぐずしてはいられない。二十四歳の彼女の展望は限られている。現実的によく考えたうえで彼女はここに来た。

ルースヴェン卿フィリップはまだ妻を迎えていない。

さっきはいつになく過敏に反応してしまったことがよみがえって、アントニアは顔をしかめた。けれども弱気になってなどいられない。きょうの午後、わたしはとにかく一歩踏み出したのだ。最善を尽くすしかない。試すことすらしないのでは自分で自分が許せない。フィリップがどうしてもそういう目でこちらを見てくれないのなら、それはそれでしかたがないけれど。

叔母に彼の到着を知らせると約束したのを思い出し、アントニアはさっと頭を振った。鏡を見て、髪のカールを直しているときに、フィリップの凝視を思い出して手が止まった。

彼はどきりとしたようすだった。これは望みがあるんじゃないかしら。

それを頼みの綱に、彼女は叔母の部屋に向かった。


階下の図書室では、最高のエールで勢いづいたヒューゴーが好奇心を満たそうとしていた。「マナリング、マナリング」彼はつぶやいて、友に向かって眉を上げた。「どこの一族だったかな?」

これまで目にした中で最も魅力的な唇への思いからわれに返り、フィリップはエールのジョッキをわきに置いた。「ヨークシャーだ」

「なるほど」ヒューゴーは訳知り顔でうなずいた。「北の荒野か」

「そう悪くもないさ」フィリップは椅子の背に寄りかかった。「マナリング・パークはなかなか重要な領地だ」

「それで、そこのお嬢さまがここで何を?」

「彼女はヘンリエッタの姪なんだ。彼女の父親が継母のただひとりの兄でね。彼と妻のレディ・マナリングは毎年夏になるとここへ訪ねてきた」フィリップは彼の父親のお気に入りの馬にまたがった長いお下げ髪の少女の姿を胸に浮かべた。「夫妻は毎年娘をここに残して、夏の社交シーズンを過ごしたんだ。彼女はいつも活発に動き回っていた」よく笑いよくしゃべったが、不思議と邪魔ではなかった。フィリップは彼女より十歳年上だが、子供扱いして彼女を遠ざけるのは無理だった。彼はアントニアが明るくおませな少女から魅力的で頭の回転の速い娘へと成長するのを見てきたが、最近の変身は予想外だ。「父親が亡くなって、彼女がここに来ることはなくなった」フィリップは計算した。「八年前のことだ。それ以降は、レディ・マナリングは健康がすぐれず、社交界に出なくなった。ヘンリエッタはアントニアが大好きでね。しょっちゅう招待状を送っていたんだが、母親はずっと娘を手放さなかった」

ヒューゴーが眉を上げた。「それがやっと手綱をゆるめる気になった？」

フィリップは首を振った。「一年ほど前に亡くなったんだ。ヘンリエッタはそれでまたしばしば招待したんだが、アントニアは弟の世話があるからと館を離れなかったらしい。年の離れた弟のはずだ」フィリップは顔をしかめた。「今いくつなのか思い出せないな。名前も忘れてしまった」

「いずれにせよ、彼女の気が変わったようだな」

「そうは思えないな。彼女が劇的に変わったのなら別だが」少し間を置いてから、フィリップはつけ加えた。「弟がオックスフォードに進学したのかな」

ヒューゴーはため息をついた。「わかりきったことは言いたくないが、きみが気づいていないようだからあえて指摘すると、ひとつ謎（なぞ）があるぞ」

「謎？」

「彼女を見ただろう！」ヒューゴーは体を起こして言った。「うわついた娘ではないし、ひどく年を食っているわけでもなく、人が思わず振り返るほどの美貌だ。なのにどう見ても独身だ」再び椅子に身を沈め、首を振った。「おかしいじゃないか。彼女がきみの言うとおりの立派な家柄の娘なら、もう何年も前に嫁いでいるはずだ」ちょっと考えてから、彼は尋ねた。「北にだって紳士はいるだろう？」

フィリップは眉を上げた。「もちろんいるし、全員が目が見えないはずもない」長いあいだ、ふたりはじっと考え込んだ。「確かに謎だな」フィリップはやっとつぶやいた。「きみが鋭く指摘した事実の数々から考えると、結論はひとつしかないよ、ヒューゴー。きみとわたしはミス・マナリングが何年かぶりかで会った男性なんだ」

ヒューゴーは目を見開いた。「母親が彼女を館に閉じ込めていたと？」

「それに近い状態だったんじゃないかな。マナリング・パークは孤立しているし、レディ・マナリングは半ば隠遁者のような生活を送っていたし」フィリップは立ち上がった。「ヘンリエッタに会ってくるよ。ミス・マナリングの件については、やはり母親の病気のせいだと思うな」

「本当にひどい話よ！」レディ・ルースヴェン、ヘンリエッタはピンクのあごを怒りに震わせた。「亡くなった人を悪く言ってはいけないけれど、アラミンタ・マナリングが娘の将来を無視したことはひどいとしか言いようがないわ」

継母の居間は花々と花の刺繍で明るく居心地がいい。彼女は暖炉のそばのお気に入りの肘掛け椅子に座り、フィリップはその前に立って片腕をさりげなくマントルピースにかけていた。部屋の奥では衣装係のトランクがせっせと針を動かしている。顔は伏せていても、耳をそばだてているのがわかった。

ヘンリエッタは淡いブルーの瞳を怒りに光らせ、フィリップを見つめた。「実際、地元のご婦人たちの好意がなければ、あの子は社交のたしなみもほとんど身につけないまま大人になっていたでしょうよ」彼女は不機嫌な顔でショールを直した。「娘にふさわしい結婚相手を見つけることなんて、アラミンタの頭にはまったくなかったにちがいないわ」

フィリップは継母をなだめた。「さっきアントニアに会いましたが、昔と変わらぬ自信に満ちた態度に見えたな」

「当たり前よ！」ヘンリエッタは継息子をにらんだ。「すぐにめそめそしてへこたれるような娘じゃないもの。アラミンタは広大な屋敷の切り盛りをすべてアントニアに任せていたの。だから当然、彼女は客の迎え方も女主人の役目もわきまえているわ。何年もやってきたんだから。そのうえ、領地を管理して、弟の世話もきちんとしてきたのよ。あれだけの責任を背負わされて、その重圧に負けてしまわなかったのが不思議なくらいだわ」

フィリップは片眉を上げた。「しっかりと重圧に持ちこたえたようですね」

「ふん」ヘンリエッタは椅子に身を沈めた。「がんばれたからって正しいことじゃなかったわ！　あの子は何年も前にここに来ているべきだったのよ」しばしショールの房飾りをいじっていたが、やがてフィリップを見上げた。「あなたは知らなかったでしょうけど、わたしたちがあの子の面倒をみると申し出たのよ。ロンドンへ連れていって社交界にデビューさせるって。とびきりおしゃれをさせてね。あなたのお父さまがぜひそうしたいと言ったの。あの子は昔からホーレスのお気に入りだったから」

フィリップは確かにとうなずいた。痩せっぽちの十二歳の少女だったころから、アントニアは彼の父のお気に入りの馬に鞍をつけ、勝手に遠出に出かけたりしたが、父はみんなが驚いたことに、怒るどころか彼女をほめた。彼女の素直で自信に満ちているところがたいそう気に入っていて、それはフィリップも同感だった。

「わたしたちはなんとかアラミンタを説得しようとしたんだけれど、彼女は耳を貸さなかったの」ヘンリエッタのまなざしが冷たくなった。「娘は母親の看病と館の女主人役をやっていればいいと考えていたのよ。それ以外のことは許そうとしなかったの」

フィリップは無言で、遠くを見る目になった。

「とにかく、アントニアがやっとここへ来たからには、ちゃんと面倒をみてあげないと」ヘンリエッタは挑むような目でフィリップを見た。「秋の社交シーズンには彼女をロンドンへ連れていくつもりよ」

一瞬、フィリップは動揺したが、それがなぜなのか自分でもわからなかった。彼はすぐにいつもの落ち着きを取り戻し、眉を上げた。「本当に？」

ヘンリエッタはきっぱりとうなずいた。

しばしの沈黙を、フィリップはどこか遠慮がちに破った。「それで何か……特別な計画でも？」

皺の刻まれた継母の顔にうれしそうな笑みが浮かんだ。「もちろん彼女の花婿を見つけるのよ」

一瞬フィリップは身じろぎひとつしなかったが、やがて目を伏せた。「もちろんね」優雅に一礼し、体を起こしたときには顔も声もまるで無表情になっていた。「ヒューゴー・サタリーが下にいるので、彼のところへ戻らないと。失礼します」

ドアが閉まり、フィリップの足音が廊下を遠ざかっていくのを確かめてから、ヘンリエッタは上機嫌で笑った。「われながら出だしは悪くないわね」

トラントがそばにやってきてショールを直してくれた。「ふたりはもう会ったようですわね」

「そうなのよ、運のいいことに！」ヘンリエッタは顔を輝かせた。「寝過ごさないようにあなたを呼んでとわたしが頼んだのを、アントニアはちゃんと覚えていたのね。ちょうどそのときフィリップが到着するなんて、運命の祝福を感じるわ」

「でも、フィリップさまはまだぴんと来ていらっしゃらないごようす。あまり期待しすぎてもいけませんよ」トラントはヘンリエッタが先代のルースヴェン卿と結婚して以来ずっと仕えている。次の女主人の座を熱望する若いレディが訪れては去っていくのをさんざん見てきたので、当代のルースヴェン卿が簡単には心を動かされないことは承知している。

「奥さまががっかりされる姿は見たくありませんから」

「ばかを言わないで、トラント」ヘンリエッタは信頼するメイドを振り返った。「わたしが十六年間フィリップを見てきて学んだことがあるとすれば、彼の反応なんてまるであてにならないということよ。当世はやりの無関心を装うのに慣れきって、ひと目惚れをしたって、片眉を上げ、丁重に挨拶する程度でしょう。フィリップの口からは情熱的な口説き文句や興奮した愛の告白なんてものは出てこないわ。それでもわたしは心に決めているのよ」

「ええ、わかっています」

「あの物憂げで何事にも無関心な継息子に、アントニアという足かせをはめてみせるわ」

ヘンリエッタは椅子の肘掛けをぽんと叩くと、窓辺に下がったトラントのほうに顔を向けた。「彼女がフィリップにぴったりだというのはあなたも認めるでしょう」

トラントは針仕事から顔を上げぬまま、うなずいた。「その点はもう。お子さまのころから存じ上げていて、お生まれもお育ちも申し分ないし、このうえなく魅力的でいらっしゃいますし」

「そのとおり」ヘンリエッタの瞳が輝いた。「彼女こそフィリップの求めている相手よ。あとはただ彼がそれに気づくように仕向ければいいだけ。それもたいして難しくないわ。彼だってばかじゃないし」

「わたしはむしろそこが心配です」トラントは糸を切って、裁縫箱に手を伸ばした。「あんなふうに気のないごようすでも、花嫁候補に引き合わされたときにはしっかり見ていらっしゃいましたよ。フィリップさまが奥さまの計画に感づかれたら、ご機嫌をそこねてしまわれるかもしれません。アントニアさまが気に入らないわけではなく、まわりに仕組まれたのが気に食わなくて」

ヘンリエッタは顔をしかめた。「確かにそのとおりね。ミス・ロクスビーの一家を一週間ここへ招いたときのことを忘れていたわ。フィリップったら、ミス・ロクスビーじゃなく母親をひと目見るなり、ロンドンで先約があったのを思い出して、発ってしまって。あのときは本当に困ったわ」ため息が出た。「最悪だったのは、一週間が過ぎて、彼がミス・ロクスビーを選ばないでくれたのをありがたいとしか思えなかったことよ。ミセス・ロクスビーと親戚になるなんて耐えられないもの」

鼻を鳴らすのを抑えたような音がトラントからもれた。

「そうね」ヘンリエッタはショールを直した。「慎重に事を進めなくては。アントニアだってわたしが何か企んでいると知ったら……とにかく協力的でなくなることは確かね」

トラントはうなずいた。「ええ。あの方もフィリップさまに劣らず、人に操られるのはお嫌いですから」

「そのとおり。でも、ふたりがどう思おうと、わたしはこれは自分の義務だと思っているのよ。わたしはフィリップのことをあれこれ言える立場ではないけれど、ことこの件に関しては、彼が生来の怠惰さから家名に対する自分の義務を無視しているのを見過ごすわけにはいかないの。彼も結婚して子供を作らないと。三十四にもなって、まだキューピッドの矢に屈する徴候がないんだから。もちろん、彼がその気になってくれれば言うことはないけれど、不確実なものをもとに計画を立てるわけにはいかないわ。とにかく、できるかぎりうまく立ち回って、ふたりの縁組を進めないと。本人がどう思っていようが、アントニアの将来を考えるのは今やわたしの責任だし、フィリップのことは……」ヘンリエッタは豊かな胸に片手を置いた。「彼がしっかりした家庭を築くように促すのは、亡き夫への義務だから」

2

六時きっかりにフィリップは客間のマントルピースの上の鏡の前に立ち、幅広のネクタイ（クラバット）の結び具合を確かめた。夕食の三十分ほど前にここに集まるのが習慣になっている。しかし、執事が食事の準備が整ったことを告げに来るより前にヘンリエッタが下りてくることはめったになかった。

鏡に映った姿を見て、フィリップは顔をしかめた。部屋を見渡しても気晴らしになるようなものが何もないので、しかたなく歩き回った。

ドアがかちゃりと鳴った。フィリップは期待が胸にあふれるのを感じつつ立ち止まったが、落胆に終わった。もう少年ではないが青年とも言えない若者がおずおずと部屋に入ってきた。フィリップに気づき、彼は立ち止まった。

「あの……どなたですか？」

「それはこっちのせりふだな」緑色がかった金色の瞳に波打つブロンドの髪……。「アントニアの弟かい？」

若者は赤くなった。「ルースヴェン卿ですね」フィリップがうなずくと、さらに赤くなった。「失礼しました……ええ、ぼくはジェフリー・マナリングです。こちらに滞在中なのはご存じですよね」少年は片手を差し出したが、急に不安になって引っ込めかけた。

フィリップはすかさずその手をしっかり握った。「知らなかったよ」彼はジェフリーの手を放した。「でも、察しがついてもよかったな」少年の素直な顔を見て、片眉を上げた。「姉上はきみを手元に置いておかなくてはと思っているんだろう」

ジェフリーは顔をしかめた。「そのとおりです」フィリップと目が合うとまたすぐ赤くなった。「本当はそんなことないんだけど。ただ……ひとりでマナリング・パークにいてもつまらないし」

ジェフリーは思ったよりも若そうだが、けっこうしっかりした感じだ。アントニアと同じ象牙色の肌で、日に当たっている気配がない。この年齢にしては妙だ。「今は夏休みかい？」

ジェフリーはまた赤くなったが、今度はうれしそうだった。「まだ大学には行っていないんです。来年度からです」

「入学許可はもう得ているんだね？」

ジェフリーは誇らしげにうなずいた。「かなり話題になったんですよ。ぼくはまだ十六だから」

「マナリング家の息子だものな」フィリップはアントニアの頭の回転の速さを思い出した。

　ジェフリーはフィリップの上着をしげしげと眺めながら、半分うわの空でうなずいた。

「あなたは覚えていないでしょうけど、ぼくは以前にもここに来ているんです。両親は毎年夏になると、ヘンリエッタに姉とぼくを預けたから。ただ、ぼくはたいてい子供部屋にいたし、そうでないときはヘンリエッタと一緒で。彼女ってすごく……母性的だったから」

　フィリップはマントルピースに腕をかけ、苦笑した。「確かにね。最初にアントニア、次にきみが来てヘンリエッタの愛情のはけ口になってくれたのを、わたしがどれほど喜んだことか。ヘンリエッタのことは大好きだが、もし彼女の愛情を自分ひとりで受け止めなくてはならなかったとしたら、こんなにうまくやっていけた自信はないよ」

　ジェフリーはじっとフィリップを見つめた。「でも、ヘンリエッタがあなたの父上と結婚したときには、あなたはもう……大人だったんでしょう？」

「そうでもないさ。まだ十八だった。それにきみが、十六になったからもうあの母性愛から解放されると思っているのなら、考え直したほうがいいよ」

「すでに思い知らされました！」ジェフリーは顔をしかめ、かたわらの陶器の人形を手に取った。「ときどき」彼は声を落とした。「彼女たちから見れば、ぼくは永遠に子供なんだって気がします」

「わたしがそうはさせないさ」フィリップは男同士の口調で言った。「どのみち、大学に入れば彼女たちももう干渉できないんだし」

ジェフリーは表情豊かな顔をゆがめた。「そうですよね。でも、そんな日が来るなんて、まだ信じられないな。今までは絶対にぼくを手放そうとしなかったから」彼は眉をひそめた。「ぼくがいくら学校へ行きたいって言っても母は耳を貸さなくて。だからずっと家庭教師だったんです」

ドアが開き、男同士の話は終わった。アントニアが入ってくるとフィリップがさっと背筋を伸ばしたのに、ジェフリーは気づいた。彼は人形を置き、ふたりの邪魔にならないようにおとなしくしていた。

「こんばんは、アントニア」フィリップは淡い黄色のシルクのドレス姿の彼女が近づいてくるのを見つめた。光沢のある生地が体の曲線に沿っては離れ、素肌を隠しては垣間見せる。金色のカールは結い上げた頭の上であふれんばかりに揺れていた。緑色がかった金色の瞳はいつもどおりまっすぐ前を見つめている。

「こんばんは、男爵」アントニアはお辞儀をすると、弟に目を向けた。「ジェフリー」穏やかな微笑(ほほえ)みが少し陰った。「ふたりは初対面ではないわね」彼女は内心、弟がひと目でフィリップを嫌いになっていないようにと祈った。相手が大人の男性だと、ジェフリーはときどき毛嫌いすることがあるのだ。

フィリップがアントニアに微笑みを返した。「ジェフリーが学問の世界に飛び込んで、冒険に乗り出すのももうすぐだって話していたんだ」

「冒険？」アントニアはいったんジェフリーに向けた視線をまたフィリップに戻した。

「実際、冒険だよ。とにかく、わたしが行ったときはそうだった。変わってないと思うな。とびきり劇的な事件にとびきりのどんちゃん騒ぎ。人生のさまざまな様相。若い紳士が世渡りの自信をつけるべく歩み出すのに必要な、すべての経験が待っている」

アントニアは目を丸くした。「世渡りの自信？」

「〝臨機応変の才〟というやつさ。誰と一緒でもくつろげる能力、世界を直視するための知識だよ」フィリップは片手を広げ、灰色の瞳で彼女に問いかけた。「そうじゃなければどうやってわたしのような紳士が今の姿になったと思う？」

アントニアは辛辣な言葉が出そうになるのをなんとかのみ込んだ。「たぶん」できるだけ穏やかな口調で言う。フィリップの瞳のからかうような光に胸がどきどきしてしまう。ちらりとジェフリーのほうを見ると、早熟な弟はこの館の主人の言葉の意味を察しているようすだ。アントニアはあごをぐいと上げ、フィリップを見た。「ジェフリーは勉学に熱中して、ほかのことまでは手が回らないでしょう」

フィリップからどんな答えが返ってくるかはわからずじまいとなった。そのときドアが開いて、ヘンリエッタが、そしてそのすぐ後ろからヒューゴーが入ってきたからだ。

叔母のほうを振り返ったとき、アントニアはフィリップが一瞬残念そうな顔をしたのに気づいて驚いた。ほんのつかの間のことだったから、わたしの見間違いかもしれない。それ以上考える間もなく、フェントンが夕食の開始を告げに来た。

「いいかな？」

振り返ると、フィリップが腕を差し出していた。ヘンリエッタはすでにヒューゴーの腕を取り、何やらふたりで話し込んでいた。アントニアはしかたなくフィリップの袖に手を置いた。「喜んで」

フィリップはため息をついた。「一家の主人というのはいいものだ」

アントニアは口元をゆがめたものの何も言わず、ふたりはそろって食堂へ向かった。全部で五人なので、フィリップがテーブルの上座に、ヘンリエッタが下座につき、ヒューゴーが側面の席に、その向かいにジェフリーが座ることになる。フィリップは微笑んで、アントニアをジェフリーの隣、自分にいちばん近い席に座らせた。

最初は事情通のヒューゴーを中心に当たりさわりのない世間話が続いた。全部知っている話だったので、フィリップは適当に聞き流していた。やがて予想どおりゴシップ好きのヘンリエッタがヒューゴーに根掘り葉掘り質問して、これから自分が飛び込んでいく世界に興味津々のジェフリーも、ヒューゴーのおもしろおかしい答えに熱心に耳を傾けた。

フィリップはかすかな微笑みを浮かべ、アントニアのほうに向き直った。「ヘンリエッタの話だと、きみはこの八年間、とても静かに暮らしていたようだね」

まっすぐフィリップを見つめ返すアントニアの表情は真剣で、ほんの少し陰鬱だった。

「母の具合が悪くて、遊んでいる時間はほとんどなかったんです。年ごろになると、当然パーティへのお誘いはあったけれど」執事がスープの皿を下げに来たので、彼女は目をそらした。「ハロゲートでの催しにも」

「ハロゲート」フィリップは無表情を装った。彼女は生きながら葬られていたも同然ではないか。彼は執事が次の料理の皿を置くのを待って言った。「でも、お母上もたまには社交の場に出られることもあったんだろう？」

濃厚な子牛の胸腺のソースのかかったかれいをひと口味わってから、アントニアは首を振った。「父が亡くなってからはまったく。もちろんお客さまを迎えることはあったけれど、たいてい具合が悪くて階下まで下りてこられなくて」

「なるほど」

アントニアはちらりとフィリップを見た。「わたしが家に縛りつけられて、楽しい生活を夢見ていたなんて思わないでください」きのこの皿に手を伸ばし、それをフィリップに差し出した。「館と領地の切り盛りで忙しく過ごしていたんです。母の健康状態ではそういう仕事をこなすのはとても無理だったから。それに、ジェフリーもいるでしょう。母は弟も病気にかかるんじゃないかと、いつもぴりぴりしていたんです。別に病弱な子でもないのに。でも母は、弟が自分の体質を受け継いでいると思い込んでいて。どんなに言ってもむだでした」

フィリップはアントニアの向こうのジェフリーを見た。彼はテーブルのもう一方の会話に夢中になっている。「ジェフリーといえば、よく彼を教えられる家庭教師が見つかったね。きっと何人も首になったんだろうな」

アントニアは瞳を輝かせた。「そのとおりです。あの子の学力は九歳のときにもう教会の副牧師も舌を巻くほどだったから」

そこから、ジェフリーの数々の成功に、いたずらや大失敗、田舎の素朴な楽しみがふんだんにちりばめられた話が続いた。ジェフリーの人生を彩る出来事の狭間にアントニアの暮らしぶりも垣間見えた。フィリップは巧みに彼女の話を引き出した。そうしているうちに、例の副牧師がやたらと登場することに気づいた。

フィリップはフォークを置き、ワイングラスに手を伸ばした。「その副牧師はとても仕事熱心なようだね」

アントニアの微笑みには愛情がこもっていた。「ええ、それはもう。ミスター・スマシンガムにはいつもお世話になって。彼こそ本物の騎士だわ。真の騎士道精神の持ち主なんです」小さなため息をつくと、フェントンが目の前に置いたグーズベリーのムースに視線を向けた。

フィリップは、会ったこともない、おそらくはしごく善良な副牧師に対して、どうしてこんなに攻撃的な気持ちになるのだろうと考えた。彼は咳払いした。「ヘンリエッタは秋の社交シーズンにはロンドンに行くと言っていたが」

「ええ」甘ずっぱいムースを味わいながらアントニアは横目でフィリップを見た。「わたしも誘われました。あなたが反対でないといいけれど」

「反対？」フィリップはわざと目を見開いた。「とんでもない」スプーンを手に取り、ふわふわしたデザートに挑む。「それどころか、きみが一緒に行ってくれると聞いて、ほっとしているんだ」

アントニアは微笑んで、デザートに目を戻した。

フィリップはぐっとワインをあおって彼女を見た。「社交界を魅了するのが楽しみかい？」

アントニアはどぎまぎするほどまっすぐな視線を向けてきた。「わかりません」眉を上げ、唇を少しゆがめる。「わたしは社交界を楽しめるかしら？」

フィリップの視線はついふっくらした唇に引き寄せられた。アントニアが舌先で唇をなぞり、その輝きがいちだんと増す。フィリップは無表情のまま、深く息を吸い込んだ。そしてゆっくりと目を上げて、彼女と視線を合わせた。「その点に関しては、いいかげんな推測はやめておこう」

フィリップがアントニアにロンドンでの心づもりを尋ねたのはただ、ヘンリエッタの計画に彼女も喜んで協力する気なのかどうか確かめたかったからだ。これはまったく利他的な動機なのだと、彼は自分に納得させようとした。本気になったときの継母は戦艦だ。わたしの読み違いでなければ、アントニアの将来に関してはヘンリエッタは本気も本気だろう。

「ビリヤードをする気分じゃないな」フィリップはポートワインを飲み干し、上着を直した。「ご婦人方と合流しようか?」

初めて紳士と認められてポートワインの席に残ったジェフリーは、この提案を別に妙だとも思わなかった。

しかし、ヒューゴーはそれほどうぶではない。彼はけげんな顔でフィリップを見た。

フィリップは友を無視し、無言で客間へ向かった。

義理の息子が予告もなく長年の習慣を破ったことに驚いたとしても、ヘンリエッタはそれを顔には出さなかった。長椅子に座った彼女は針仕事から顔を上げ、やさしく微笑んだ。

「ちょうどよかったわ。ジェフリー、アントニアと歌ってちょうだい」

ヘンリエッタはテラスに向かって開け放たれたフランス窓のそばにあるピアノを手で示した。アントニアが楽器に向かい、鍵盤(けんばん)に手を置いている。窓からはそよ風が吹き込んでいた。

ジェフリーは素直にうなずいて、姉のところへ向かった。アントニアは微笑んで、ピアノの端に置いてある楽譜に手を伸ばした。フィリップはいつもどおりの物憂げな態度でジェフリーのあとに続いた。長椅子のそばに立っていたヒューゴーも肩をすくめ、しかたなくあとについていく。

「この曲でいい？」アントニアは楽譜を譜面台に置いた。

ジェフリーは楽譜を見てうなずいた。

フィリップはアントニアの顔が見えるグランドピアノのそばに立った。彼女の指が鍵盤を滑り、古いバラードの調べが部屋を満たす。アントニアは目を上げ、フィリップと視線を合わせた。彼女の唇にかすかな微笑みが浮かんだ。一瞬ふたりは見つめ合い、アントニアがまた目を伏せて、演奏を続けた。

ジェフリーの澄んだテナーとアントニアの響きのある声が独特の音色を織りなした。彼女がソロで歌う一節があり、フィリップは目を閉じて、歌というより彼女の声の調べに耳を澄ました。記憶にある少女のころの軽やかな声とは違って、少しハスキーなぬくもりのあるコントラルトだ。

ジェフリーの声が再びアントニアの声とまじり合い、フィリップは目を開けた。アントニアは励ますように弟を見上げ、最後の一節で姉と弟は笑いだした。曲が終わると、フィリップもヘンリエッタもヒューゴーも自然と拍手した。

ジェフリーはきまり悪そうに赤くなっている。アントニアは困った子ねというように弟を見ると、振り返って、わざとフィリップと視線を合わせた。そして片眉を上げた。「いかがです?」

フィリップは彼女の問いかけには少なくともふたつの意味があると思った。三つ目があるかどうかはわからない。とにかく彼は物憂げにうなずいて、いちばんはっきりしている問いに答えた。ピアノのところまで来ると、彼はジェフリーの肩に手を置いた。「あれだけみごとな二重唱のあとではみんなをがっかりさせてしまいそうだが、簡単なバラードなら最善を尽くすよ」そしてアントニアの背後に立った。ヒューゴーもピアノのかたわらに来た。

アントニアはにっこり微笑むと、カントリー・バラードを弾きだした。フィリップの力強いバリトンが楽々と旋律をとらえて響いた。意外にもこの素朴な娯楽が楽しくなってきたヒューゴーは、陽気なはやし歌を選んだ。アントニアがわざと節の最後を長々と引き伸ばして弾いて、さらに滑稽さを際立たせる。このはやし歌はたっぷり二十番まであった。最初にジェフリーが、次にフィリップも、どんどんひょうきんになっていく歌に参加し、最後は全員が笑い転げて息を切らした。

ヘンリエッタも顔をくしゃくしゃにして笑い、拍手喝采した。それからお茶の時間になった。

まだ笑ったままの目でアントニアが椅子をくるりと回すと、すぐそばにフィリップがいた。アントニアはわざと目を上げ、彼と視線を合わせた。彼の表情は穏やかだが、灰色の瞳は帳（とばり）が下りたように無表情だ。そっと眉を上げると、彼のきりりとした口元がほころんだ。

フィリップは片手を差し出した。「お茶にする？」

「ええ」アントニアは彼の手に手を置き、フィリップがそっと手を握った。奇妙なおののきが腕を走り、そのままゆっくりと体を下りていく。アントニアはそれを無視して立ち上がった。ふたりは部屋を横切り、ヘンリエッタのところへ向かった。

アントニアは平静を装ってカップを受け取ったものの、叔母のそばを離れようとしなかった。奇妙な感覚が全身を駆け抜け、鼓動は悩ましく乱れた。こんなことは初めてだ。早く静まってくれるといいけれど。

ほっとしたことに、ヘンリエッタはヒューゴーに促され、たわいのないおしゃべりを続けている。ジェフリーはお茶をがぶがぶ飲むと、ピアノのところへ戻った。アントニアはゆっくりとお茶をすすりながら、気持ちを静めようとした。

フィリップは物憂げな仮面の背後からアントニアを見つめた。

「実はね、ルースヴェン」ヘンリエッタがフィリップのほうを向いた。「あなたが帰ってきたらすぐ、近所の方を集めて催しを開く相談をしようと思っていたの。もう何年もそういうことをしていないでしょう。今ならアントニアにも手伝ってもらえるし、やってみようという気になったのよ」

フィリップは眉を上げた。「本当ですか？」いかにも気の進まなそうな言い方だ。

ヘンリエッタは尊大にうなずいた。「これも領主の務めよ。わたしは大舞踏会を考えていたの。楽団を呼んで、館をきれいに飾って」

「それで？」フィリップはさらに気のない口調で言って、ヒューゴーと視線を交わした。

「でもアントニアに、久しぶりのことだから小作人たちも楽しめるものにすべきだって言われて」

アントニアは目を伏せ、おとなしくお茶をすすっている。

「この機会を逃してはいけないと思うのよ、ルースヴェン。やっぱりアントニアの案がいちばんだわ」ヘンリエッタはきっぱりとうなずいた。

「それで、なんですか？」フィリップは務めて穏やかな声で尋ねた。「アントニアの案というのは」

「あら、園遊会よ。言ってなかった？」ヘンリエッタは目を見開いてフィリップを見た。

「おもしろいアイデアでしょう。芝生に用意を整えて、羽根つき遊びや徒競走、りんご食い競争、弓の試合、子供のための芝居などを催すのよ。小作人たちには外のテーブルに食べ物やエールを用意して、近所の方たちにはテラスから催しを楽しんでいただくの」ヘンリエッタは大きく手を広げた。「午後じゅうずっと、みんなが楽しめるわ。来週あたり、天候が変わる前にやりたいと思っているんだけれど、当然、あなたも出席してくれなくてはだめよ。来週の土曜はどうかしら？　ちょうど一週間後の」

フィリップは壁のように無表情な顔で継母の視線を受け止めた。舞踏会に比べればガーデン・パーティのほうがずっとましだが……。農民の夫婦が大勢、庭の芝生を横切っていく姿が胸に浮かんだ。子供たちの甲高い声が響き、何人かは池に落ちて悲鳴をあげるだろう。だが何よりいやなのは、近隣の間の抜けた令嬢たちが押しかけてくるのに、礼儀正しく接しなくてはならないことだ。

「もちろん、わたしはできるかぎりのお手伝いをしますわ」

アントニアの穏やかな声に、フィリップははっとわれに返った。彼は片眉をゆっくりと上げてヘンリエッタを見た。「それだけの催しを女主人として取り仕切るとなると、継母上がお疲れにならないか心配だな」

ヘンリエッタは勝ち誇ったようににやりとした。「それなら心配ないわ。アントニアがたいていのことは代わりにやってくれるから。わたしはただ、ほかの未亡人たちと一緒にテラスの一等席に座って、いろいろ見物するのを楽しみにしていればいいの」

「なるほど」フィリップはそっけなく答えて、アントニアに目を向けた。「その〝たいていのこと〟というのは楽な役目じゃないよ」

アントニアはあごを上げ、高慢なまなざしをフィリップに向けた。「わたしにもそれなりの働きができるのがわかっていただけると思います。マナリング・パークではもう何年もそういう催しを取り仕切ってきましたから。今回叔母さまのお手伝いをするのも、さほど苦になりません」

フィリップの疑わしげな顔に、アントニアの瞳がきらりと光った。

「わかったよ」

「よろしい」ヘンリエッタが杖で床を叩いた。「では土曜日に決まりね。あす招待状を出しましょう」

フィリップはまばたきした。ヒューゴーも唖然とした顔だ。ヘンリエッタは当然、うれしそうにフィリップを見上げている。フィリップは大きくため息をついてからうなずいた。

「いいでしょう」

彼はわざとアントニアと視線を合わせた。彼女は何食わぬ顔をして、緑色と金色を織りなしたような瞳からは心の動きは読み取れない。アントニアは少し眉を上げ、空になった彼のカップに手を伸ばした。

フィリップは目を細め、カップを手渡した。「では、あてにしているよ」

アントニアは明るく自信に満ちた微笑みを浮かべて、お茶のワゴンのほうへ向かった。

フィリップのそばにいつの間にかヒューゴーが来ていた。「ジェフリーと合流するとしよう」ヒューゴーは肩をすくめた。「きみは気づいていないかもしれないが、ここにはどうも微妙な空気が漂っているから」

翌朝、アントニアが厩へ向かったときには、草はまだ朝露に濡れていた。昔はよく早朝に馬を走らせたものだ。フィリップが帰ってきて、楽しい記憶がよみがえった。

細長い厩に入ると、立ち止まって暗がりに目が慣れるのを待った。爪先立ちになり、つややかな馬の背中を見渡して、栗毛の去勢馬がまだ馬房にいるかどうかを確かめた。馬丁頭のマーティンがフィリップのお気に入りだと言っていた馬だ。

「相変わらず勇猛果敢な女騎手だな」

アントニアは息をのみ、振り返った。乗馬服のベルベットのスカートが翻り、フィリップのブーツを撫でた。彼がすぐそばにいたので、彼と目を合わせるには片手で乗馬帽を押さえて見上げなくてはならなかった。

「気づかなかったわ」声が震えてしまい、アントニアは内心舌打ちをした。

「熱心に何か探しているようだったね」フィリップはじっと彼女を見つめた。「何を探していたんだい？」

一瞬、アントニアは頭が真っ白になった。そんな自分にいらだって、彼女は答えた。

「マーティンを捜していたんです」人けのない厩を見渡してから、ちらりとフィリップを見た。「馬に鞍をつけてもらおうと思って」

フィリップはちょっとためらってから尋ねた。「いつもどの馬に乗っているのかな？」

「まだ乗っていません」アントニアはスカートをつまみ上げ、大きな狩猟馬や乗用馬を注意深く見つめながら通路を進んでいった。

フィリップもあとに従った。「好きな馬を選んでいいよ」言われなくても彼女がそうするのはわかっている。

「ありがとう」アントニアは尻尾の長い痩せた糟毛の雄馬の馬房の前で止まった。気の短い馬だ。「これにします」

ほかの女性だったらフィリップは即座にだめだと言っただろう。代わりに、彼はただふんと鼻を鳴らして馬具部屋へ向かった。片鞍と頭部馬具、手綱を持って戻ってきたときには、アントニアは大きな馬に何かやさしく話しかけていた。雄馬はとびきり落ち着いた雌馬くらい従順になっている。

また〝ふん〟と鼻を鳴らしたい気持ちを抑えて、フィリップは馬房に入り、馬と会話を続けているアントニアをちらちら見ながら手早く鞍をつけていった。彼女が自分で鞍をつけられることは重々承知している。彼女はこの世でただひとり、彼が安心してその作業を任せられる女性と言ってもよかった。

しかし、その髪よりも深いトパーズ色のベルベットの乗馬服に身を包んだ彼女に、そんな作業をやらせるのはいかにも野暮だ。ぴったりした身ごろは女らしい胸の曲線を際立たせ、細いウエストできゅっと締まって、そこからスカートがふんわり広がっている。フィリップの視線を感じたかのように、アントニアが目を上げた。彼は肘で糟毛の横腹をぐっと押して、鞍の帯を締めた。「わたしがペガサスに鞍をつけるあいだ待っていてくれ」

アントニアはうなずいた。「庭を歩かせています」

フィリップは彼女が馬を厩の外に出すのを見送ってから馬具部屋へ戻った。馬具を抱えて出てくると、庭の石道に足音がする。フィリップは顔をしかめ、鞍を厩の入り口に置いた。ヒューゴーはまだぐっすり眠っているはずだ。いったい誰が……。

「おはようございます！　ちょっと遅かったかな」ジェフリーが手を振りながら馬具部屋へ向かっていく。すれ違いざまに彼はフィリップに向かってにっこりした。「きっと朝早く乗馬だろうなと思ったんです。待たせませんから」彼は馬具部屋へ消えた。

フィリップはうなり声を押し殺し、馬のつややかな胴体に頭を押しつけた。体を起こして振り返ると、目の前にペガサスの目があった。「おまえは笑えないものな」彼は苦い口調で言った。

フィリップが厩から出てきたときには、アントニアは踏み台を見つけて馬に乗り、華奢（きゃしゃ）な体で巧みに大きな馬を操って庭を歩かせていた。

フィリップもひらりと馬にまたがる。一分とたたないうちにジェフリーが葦毛（あしげ）の狩猟馬を引いてきた。

「いいですか?」ジェフリーが最初にフィリップを、それからアントニアを見た。

　フィリップはうなずいた。「いいとも。出発だ」

　三人は風のように疾走した。先頭はフィリップだったが、当然のように糟毛の雄馬の頭がいつも右手にあった。ジェフリーもしっかりあとをついてきた。フィリップがこんな乗馬を楽しんだのは久しぶり、少なくとも八年ぶりだ。自分に劣らぬ技量の連れとともに、思いきり馬を駆ることができるのだ。柵（さく）を飛び越えるのをちらりと見ただけで、アントニアの腕が落ちていないのがわかった。ジェフリーも姉に負けない技術を持っている。

　人馬一体となって風を切って進み、三人は館から何キロも離れた丘に出た。フィリップは大きく息をついて馬の向きを変えた。アントニアと目が合うと、お互い同じように微笑んでいる。高揚感が彼の体を駆け抜けた。アントニアは天を仰ぎ、声をあげて笑った。

「ああ、気持ちいい!」彼女は微笑んだままで、再びフィリップと目を合わせた。

　三人は息を整えながら、ゆっくりと進んでいった。フィリップは野原を見渡し、昔のことを思い出していた。アントニアも同じらしい。

「わたしがこの前、馬でここまで来たときには」彼女は左手の小さな森を指さした。「あの木はまだ植えられたばかりだったわ」

大半が樺のその木立は少なくとも高さ六メートルはあって、枝の先は天まで届きそうだし、穴熊や狐のねぐらになっている下生えもみっしり茂ってからみ合っている。

「こいつはまだ走り足りないみたいだ」ジェフリーが葦毛の向きを変えた。「あちらに廃墟が見えるから」彼は東のほうをあごで示した。「もうひと走りしてきてもいいかな?」

フィリップはうなずいた。「わたしたちは浅瀬沿いに帰るから。反対側から回ってくるといい」

ジェフリーは小川と浅瀬の位置を確かめてから、うなずき、走りだした。

アントニアは弟が野原を横切っていく姿をいとおしげな微笑みを浮かべて見つめた。それから、ため息をついてフィリップのほうを振り返った。「弟がまだこつを忘れていなかったとわかって、どんなに安心したことか」

丘を下りながら、フィリップは眉を上げた。「乗馬のこつ? なぜ忘れるんだい?」

彼と並んで馬を進めながら、アントニアは口元をゆがめ、軽く肩をすくめた。「八年は長いから」

フィリップはまばたきし、しばらくしてやっと尋ねた。「きみもジェフリーも……あまり馬に乗る機会がなかったというのか?」

アントニアは驚いて目を上げた。「ご存じだと思っていたわ」フィリップがけげんそうな顔をしたので、彼女は説明した。「父は狩りのときの事故で亡くなったんです。母はその後、即座にうちの馬を売ってしまって。残したのは馬車用の二頭だけ。必要なのはそれだけだからと」

フィリップは石のようにこわばった顔でまっすぐ前を見つめた。「じゃあ、最後にここに来て以来、馬に乗っていないんだね？」

そう口にしただけで、むらむらと腹が立ってきた。アントニアは昔から乗馬が大好きで、馬との交流を心から楽しんでいたのだ。親ともあろうものがそれを禁じるなんて。亡くなったレディ・マナリングにはもともと好感を抱いていなかったが、彼女に対する評価はさらに急降下した。

アントニアは道を見つめて首を振った。「わたしは別にいいんだけれど、ジェフリーが……若い紳士にはそういう技術は不可欠でしょう」

フィリップはあえて反論しなかった。人の古傷をつくようなことはしたくない。平地に出ると、彼は軽い口調で言った。「ジェフリーにはすばらしい指導者がいたじゃないか。父上ときみが」

アントニアはにっこりした。

「わたしじゃ手本にならないと言う人がたくさんいるわ。わたしみたいな乗り方じゃ」

「それは嫉妬しているだけさ」

アントニアは声をあげて笑った。温かくハスキーに波打つ声は、フィリップが今まで聞いたことのないものだった。彼の目は彼女の唇に、白いのど元に釘づけになった。そのとき、馬が軽くはねた。

フィリップは反射的に手綱を引いた。「行こう。ジェフリーが待ちくたびれるといけないから」

ふたりは頭を並べて馬を走らせた。栗毛と糟毛の二頭は悠々と草地を駆けていく。浅瀬のところでジェフリーが合流し、しばらく走って、小一時間前に出発した厩の前へ戻った。男性ふたりはさっと馬から下り、フィリップがぽんとジェフリーに手綱を投げると、彼は葦毛と栗毛を厩へ引いていった。

アントニアの息は整う前にまたさらに乱れることになった。フィリップの両手がしっかりと彼女の腰をつかみ、子供のように軽々と抱え上げて、ゆっくり地面に下ろした。

アントニアは頬が赤くなるのを感じた。ちらりと彼と目を合わせるのが精いっぱいだった。「ありがとうございます、男爵」鼓動はどの馬よりも乱れていた。

フィリップはアントニアを見下ろした。「どういたしまして」彼はためらいがちに彼女を放した。「ただ、男爵と呼ぶのはやめてもらえないか」少し口調を和らげ、つけ加えた。「昔はフィリップと呼んでいたじゃないか」

まだ息は乱れていたものの、体が麻痺してしまいそうな彼の手の感触からは解放されて、アントニアはなんとか気を取り直した。「それは爵位を受け継がれる前のことですもの」

首をかしげて考える。「今はご身分にふさわしく、わたしも男爵とお呼びします。みなさんと同じように」

曇った灰色の瞳がじっとアントニアを見つめた。彼女は一瞬、彼が言い返してくるのかと思った。彼の口の端が少しゆがんだ。しかめっ面なのか謙遜なのかわからない。彼は目を伏せ、うなずいた。

「朝食が待っている」フィリップはアントニアに優雅に腕を差し出した。「行こう。ジェフリーが薫製にしんを全部たいらげてしまわないうちに」

3

「そうだったのか……誰がわたしの薔薇(ばら)を荒らしているのかと思っていたら」

　せっせと薔薇の実を摘んでいたアントニアはびくりとした。そして半分向き直ると、階段を小道へと下りてくるフィリップに非難の目を向けた。「もう種がついているんです。荒らすだなんてとんでもない」彼女はまたひとつ枯れた花を摘んだ。

　午前中は園遊会の招待状を書くのに費やした。叔母は昼寝中だし、静かな午後なので、庭へ出てきたのだ。けさの乗馬で顔を合わせたから、フィリップとは夕食までもう会うこともないと思っていた。

　彼は物憂げに微笑(ほほえ)み、アントニアに近づいてきた。「ヘンリエッタが館(やかた)のこともきみがいろいろ手伝ってくれると言っていたよ。このあたりで種をつけそうなものは、みんなきみが処分するということかい？」

　蕾(つぼみ)を摘みかけたまま、アントニアは固まってしまった。フィリップとの距離はほんの一歩だ。半ばそむけた顔に、彼のからかうような視線を感じる。アントニアはこっそり息をつくと、目を上げてフィリップと視線を合わせた。「それはものによりけりだけれど」そして、振り返ってまた丁寧に薔薇の花を摘んだ。「庭に関しては、ただちにここの庭師頭と話すつもりです」腕にかけた籠に花を入れて目を上げる。「わたしが出しゃばるのが気にさわります？」

フィリップは微笑んだ。「とんでもない。女主人の役目を果たすことを出しゃばると言うのなら、好きなだけ出しゃばればいい。実際」彼は片眉を上げ、アントニアを見つめた。「きみがこんなふうに働いてくれているのを見ると、安心するよ」

アントニアは軽くうなずき、歩きだした。安心する？　こちらの期待どおり、こういう振る舞いを妻としての能力の証と見るから？　それとも、彼の自由な暮らしをいっそう快適にするからだろうか？

「この庭の造りは変わっていますね」振り返って、フィリップが獲物を狙う獣のように後ろをついてきているのに気づき、アントニアは言った。「わたしは現代的な造園と古典的な様式の両方を学んだけれど、ここは両方の折衷みたい」

フィリップはうなずいた。「湖と小川が館から遠く離れているので、水を中心に据える一般的な様式にはできないだろう。〝可能性のブラウン〟として高名な造園家にとってもこの庭は挑戦だった」彼はアントニアを見つめた。「それで大いに意欲をそそられたんだ」

「そうなんですか」アントニアは内心、彼がそばに来るといつもどきどきしてしまうのをいまいましく思いつつ、クレオメの茂みのそばで立ち止まった。「自然をうまく生かした、とても魅力的な景観だわ」籠を置いて柔らかな白い花の茂みのそばにしゃがみ、二本を選んで籠に加えた。

　フィリップはその姿に見とれたが、アントニアが立ち上がると、すばやく視線をサンクガーデンを縁取るコニファーに向けた。「確かに」それしか言うことが思いつかなかった。

　アントニアはけげんそうなまなざしをちらりと彼に向けた。

　フィリップはすぐさま魅力的な微笑みを浮かべて彼女を見下ろした。「芍薬(しゃくやく)の小道はもう通った?」

「ここ数日は行ってません」

「じゃあ、一緒に行こう。あそこはいつ行っても気持ちがいいから」

　アントニアはためらったが、しぶしぶ承知した。ふたりは一緒にサンクガーデンから階段を上り、あらゆる種類の芍薬が両側の花壇を埋める細い生け垣の道を進んでいった。盛りは過ぎたとはいえ花はまだ咲いており、つややかな緑の葉に白とさまざまな濃淡のえび茶色の花が散っていた。小道は小川のようにゆるやかにうねり、ところどころに珍しい小木が植えられ、花は咲かないものの、変わった葉の形が彩りを添えている。

　ふたりは心地よい沈黙の中をそぞろ歩き、ときおり立ち止まっては咲き誇る花を堪能(たんのう)した。アントニアが一本の丈の高い茎の前で足を止め、そこに咲く花をじっと見つめた。フイリップは彼女の顔にさまざまな思いがよぎるのを眺めた。

彼女はある面では昔どおりだが、ある面では驚くほど変わった。ハスキーな低音に変わった声はとても魅力的だ。緑色がかった金色の瞳の色は変わらず、まなざしは依然まっすぐなものの、さらに自信が深まったようだ。そのほかの部分は確実に変化している。若々しく弾んでいた部分には今や落ち着きがそなわり、少女の軽やかさは優雅なしとやかさに取って代わられた。

フィリップは日差しに輝く彼女の髪をまなざしで愛撫した。やはり昔のまま長く豊かなようだ。しかし、モスリンのドレスに包まれた体の線はすっかり変わってしまった。なんとも心惑わす変身だ。

背丈もかつてはやっと彼の肩まで届くくらいだったが、アントニアが振り返ると、額が彼の唇の位置にあった。ほんの数センチ先に。

目を落とし、彼女と視線を合わせる。どこか驚いたようなまなざしだ。彼女の香りが鼻をくすぐった。薔薇と忍冬と彼が名前を知らない何かの香り……。

アントニアはフィリップのまなざしの虜になって、目をそらすことができなかった。動くことも話すこともできず、蛇ににらまれた蛙の気分で、深みを帯びた灰色の瞳に吸い込まれていく。

フィリップがさりげなく一歩下がった。「そろそろ昼食の時間だ。戻ろうか？」彼は目を伏せ、物憂げに館へと続く十字路を手で示した。

アントニアはゆっくりと息を吐き、空を見上げた。心臓がどきどきしていた。「そうね」とにかく何か言わなくてはと、頭に浮かんだ話題に飛びついた。「あなたはなぜ庭に出ていらしたの？」

フィリップは真実を話す気にならなかった。ジェフリーが厩から戻ってくるのが遠くに見えた。「ジェフリーは馬車を操れるのか尋ねようかと。きみの話を聞いて、教わる機会がなかったんじゃないかと思ったんだ。よければわたしが教えようか？」

アントニアの顔に一瞬奇妙な表情が走った。

「ええ、お願いします」彼女はフィリップに感謝の視線を向けた。「そうしてくださったら、弟は一生感謝しますわ。もちろん、わたしも」

「じゃあ、機会を作ろう」

アントニアはうなずき、目を伏せた。ふたりは並んで館へと歩いていった。

なんだかアントニアのようすが変なのにとまどって、フィリップはちらりと彼女を見た。そして、ゆっくり微笑んだ。じっと考え込んでいる表情を装って、彼は言った。「実はわたしは若い人に教えた経験がないんだ。きみは乗馬の名手だし、ジェフリーの親代わりでもあるから、まずきみを相手に教え方の練習をさせてもらえるかな？」

アントニアはさっと頭を上げ、まっすぐフィリップを見据えた。「わたしに教えてくださるの?」

フィリップは微笑みそうになるのをこらえた。「きみにその気があるなら」

「でも……」アントニアは顔をしかめた。「社交界の女性のあいだでは、もう自分で馬車を駆るのははやらないと思っていたけれど」

「それはときと場合によりけりだ」テラスの階段の下で立ち止まり、フィリップは彼女を振り返った。「女性だって田舎で一頭立て二輪馬車や二頭立て四輪馬車を走らせる分にはなんの問題もない」

アントニアは片眉を上げた。「ロンドンでは?」

フィリップは両眉を上げた。「わたしがきみにハイドパークで馬車を委ねると思っているなら、大きな間違いだよ」

アントニアはきらりと瞳を光らせた。「ロンドンではどんな馬車に乗っていらっしゃるの?」

「御者台の高い二頭立て四輪馬車だ。無理だよ」フィリップはぴしゃりと忠告した。「二頭立て二輪馬車を走らせるのは許してあげるが、それもここでだけだよ」

アントニアは高慢に眉を上げ、階段を上り始めた。「でも、ロンドンへ行ったら――」

「教えてみたら、きみは案外不器用だったとわかるかもしれないし」

「不器用!」アントニアはフィリップのほうを向こうとしたが、彼に肘を押されて午前用の居間に入ると、そこでは叔母がレース編みをしていた。

「一歩ずつだよ」彼はアントニアの耳元でささやいた。「鞭に手を伸ばす前に、まずきみがどれくらい手綱を操れるか見てみないと」


それでアントニアが発奮しないわけがなかった。その日の午後、フィリップは彼女を二頭立て二輪馬車の御者台に乗せた。アントニアは何事にも、この男爵にさえ気を散らさないと決意し、自分が妙に過敏になっているのは無視して慎重に手綱を握った。

「そうじゃない」フィリップはアントニアの隣に腰を下ろした。そしてすばやく彼女の手から手綱を取って正しい持ち方を示し、彼女のてのひらに革の手綱を置いて、その指に手順どおり手綱をからめていった。手袋をはめていても、アントニアは彼の手の感触に口を引き結び、顔をしかめた。

フィリップはアントニアの反応に気づいた。彼は座席に寄りかかり、背もたれに片腕をかけた。

「きょうは軽い速歩までだ。本当にやるんだね？」

アントニアは彼に高慢なまなざしを向けた。「もちろん。それで？」

「じゃあ、指示を出して」

アントニアが手綱を振ると、釣り合いのとれた二頭の葦毛が勢いよく走りだした。

アントニアは悲鳴をのみ込んだ。フィリップの片腕がしっかりと彼女の体を支え、もう一方の手が手綱と苦闘する彼女の手に下りてきた。馬車は馬車道をがたごとと下っていく。さほどの速さではないが、葦毛は歩幅を伸ばしていった。それからの数秒、アントニアは完全な混乱状態だった。馬をなんとか制御し、やっと手綱を通してこちらの威厳を感じさせられるようになったときには、生まれてこの方ないほど興奮していた。

フィリップに鋭い視線を向けたものの、アントニアは体をしっかり支えてくれる彼の腕を拒むことはできなかった。そして、嫌みのひとつも言いたい気持ちがある一方で、彼が手綱を奪い取らず、未熟な自分にサラブレッドとの格闘を許してくれることに、奇妙な感謝の念を感じていた。

心臓が飛び出しそうな数分が過ぎて、アントニアはやっと何食わぬ顔でフィリップを見た。「次は?」

彼の唇がぴくりとした。

「このまま馬車道を走って。きみにもう少し自信がつくまでは、小道を走るだけにしておこう」

アントニアは馬に意識を集中した。さっきフィリップにも言ったが、何度か一頭立て二輪馬車を走らせた経験はある。しかし、愚鈍な馬車馬と意気盛んなサラブレッドとではわけが違う。最初のうちは全神経を張りつめていなくてはならなかった。フィリップは必要なときにだけ、はっきりと的確な指示を出した。馬がこちらの命令に反応したときの〝感触〞をつかんだと確信して初めて、アントニアは少し肩の力が抜けた。

そして初めて、今の自分の状態に気づいた。

フィリップの腕の力は弱まったとはいえ、依然守るようにしっかりと彼女の肩を抱いている。警戒は怠らないものの、彼女の隣にゆったりと腰かけて、野原を見渡していた。馬車はなだらかに連なる丘を曲がりくねって続く、生け垣に囲まれた小道を走っている。エメラルド色の野原の向こうでは、森と果樹園と柳に縁取られた小川が手招きしていた。しかし、アントニアにはそんな景色も目に入らない。体に押しつけられたたくましい太腿の感触で頭がいっぱいだった。

大きく息を吸うと、ふくらんだ胸に薄いシュミーズをやけに敏感に感じた。もしコルセットをつけていたら、紐をきつく締めすぎたと思ったにちがいない。こんなふうにくらくらしてしまう理由はひとつしかなかった。玄関ホールでフィリップに再会したときに感じたのと同じ、鼓動が乱れ息苦しくなる奇妙な感覚だ。アントニアはそれを単純な不安と片づけようとした。そうでなければ、長年漠然と抱いていたあこがれだ。

それは現実を直視したときには消えるものだと、自分に言い聞かせていたあこがれだった。

でも、現実はむしろそのあこがれを……いったい何に変えてしまったのだろう?

体が震えそうになるのを、アントニアはなんとか抑えようとした。

しかし、うまくいかなかった。

肩に回した腕を通して、フィリップは彼女の反応を感じた。彼は心の底まで届くような鋭い視線を彼女に向けた。アントニアは馬の耳をじっと見つめている。「ジェフリーのことなんだが……」

「なんですか?」

「彼の年齢を考えると、オックスフォードに行くのは少し延ばしてもいいんじゃないかな。彼はまだあまり世間を知らないから、まずロンドンで二、三週間過ごすといい。仲間の中に飛び込んでいく土台作りになるよ」

アントニアは前を見たまま顔をしかめた。うわの空だったかもしれないが、とにかく角をきちんと曲がったあとで答えた。「わたしはいいと思うけれど」彼女はしかめっ面でちらりとフィリップを見た。「弟がなんと言うか。あの子はとにかく本の虫で。時間をむだにしては同級生に遅れを取ると言われたら、反論のしようもないし」

フィリップは口元をほころばせた。「彼の説得なら心配なく。わたしに任せてくれればいいから」

アントニアは納得のいかない顔で彼を見た。

フィリップはそれに気づかないふりをした。「学業の面で言えば、彼の実力をもってすれば二、三週間の遅れぐらい難なく取り戻せるだろう。どこの学寮に入る予定だい？」

「トリニティです」

「学寮長を知っているよ」フィリップは微笑んだ。「よければ、わたしが手紙を書いて、秋の社交シーズンが終わるまで入寮を延期してもらおう」

アントニアは馬の速度をゆるめて角を曲がると、じっと彼を見つめた。「学寮長をご存じなの？」

フィリップは尊大に眉を上げた。「こちらもあの学寮とは縁があってね」

アントニアは目を細めた。「あなたも行ってらしたの？」

フィリップは平然とうなずいて、困った顔のアントニアを眺めた。

彼女は思いきって尋ねた。「あなたからの……そういう要望に学寮長はなんとお答えになるかしら？」

フィリップはけげんな顔で彼女を見た。「どういう意味かな？」

アントニアは彼に非難めいた目を向け、すぐに馬のほうに視線を戻した。「おわかりのはずよ。あなたのような評判を持つ方からそういった要望が出れば、いろいろな解釈ができますもの。学寮長が眉をひそめるような解釈も」

フィリップの低く転がるような笑い声に、アントニアは歯を食いしばった。

「よくぞ言ってくれた！　それ以上、好意的な言い方はないだろう」

アントニアはフィリップをにらみつけ、手綱を振って馬を速歩にした。

フィリップは真顔になった。「安心して。学寮長のわたしへの信望は厚いから、決して妙な勘ぐりはされない」疑わしげなアントニアのまなざしに、彼は目を細めた。「それに、わたしには純真な青年を堕落させるなどという評判はないよ」

さすがにアントニアも赤くなった。「わかりました」彼女はうなずいたが、目は馬を見つめたままだ。「ジェフリーに話しておきます」

「いや、わたしに任せてほしいな。わたしから言ったほうが、すんなりうんと言いそうだから」

弟の性格をよく知っているだけに、アントニアは逆らわなかった。頭を高く掲げ、フィリップが引き起こす胸のざわめきを断固無視して馬を館へ向けた。

その横顔を見て、彼女が玄関の階段の前に馬を止めるまで、フィリップはもう何も言わなかった。馬車を降り、ゆっくりと彼女の側に回ると、探るような若干警戒心のまじったアントニアのまなざしに称賛のまなざしで応(こた)えた。「初めてにしてはよくやったね。角を曲がるときはまだ少し手綱を引きすぎだが、それも慣れれば加減がわかるだろう」

アントニアが答える前に、フィリップは彼女の手から手綱を取り、厩から駆け出してきた馬丁に放(ほう)り投げた。そして、彼女がそちらに目を奪われているすきに、彼女の腰を抱え、その緊張を十分意識しながら地面に下ろした。

「喜んでくれ」アントニアの腰に手を回したまま、大きく見開いた目を見下ろしてフィリップは言った。「馬と心を通じ合わせるという特異な才能を、きみが馬の背中に乗っているときじゃなくても発揮できると知って、わたしは大いに満足したよ」

アントニアはまだぽかんと彼を見つめている。フィリップはしぶしぶ彼女を放した。

「つまり……」アントニアは激しくまばたきした。それは声を振り絞るためだけでなく、感じて当然の怒りを奮い起こすためでもあった。声を震わせ、彼女は続けた。「きょうは……テストだったと？」

フィリップは微笑んだ。「きみの才能は知っているが、やはりテストは必要だと思ってね。今やきみはとびきり優秀な生徒であることを証明したんだ」

アントニアはまたまばたきした。反論のしようがないのが悔しい。彼女は背筋を伸ばし、まっすぐフィリップを見つめた。「では、あしたは速歩よりスピードを出してもいいのね？」

フィリップの口元に浮かんだかすかな微笑みにアントニアはどきりとした。「まだ鞭を手にしていいとは言っていないよ」

「よしよし！　最高の外出だったようね」ヘンリエッタは義理の息子と姪が玄関に入るのを馬車道の上の窓から見届けて、振り返った。

「そうかもしれませんけど」メイドのトラントはリネンをたたみ、きちんとベッドの上に重ねていった。「わたしならまだ判断は差し控えますね。馬車でそこらをひと回りしてきただけなんですから」

「何を言っているの！　ルースヴェンはめったに女性を馬車に乗せたりしないのよ。ましてや馬車を操らせるなんて。これは当然、期待できるわ」

トラントはただ鼻を鳴らしただけだ。

「つまり」ヘンリエッタは続けた。「わたしたちの計画は成功の見込みが大ということよ。ふたりがなるべく一緒に過ごすように取り計らわないとね。それも、できるだけ邪魔が入らない形で」

「ふたりきりになるようにするっていう意味ですか？」トラントが困惑の色をにじませて尋ねた。

ヘンリエッタは鼻を鳴らした。「アントニアだってもう二十四よ。小娘じゃないわ。それにルースヴェンにはいろいろ評判はあっても、無垢(むく)な娘を誘惑したと非難されたことはありませんからね」

トラントは肩をすくめ、口をつぐんだ。

ヘンリエッタは顔をしかめ、ショールを直した。「この件ではあまり慣習にこだわる必要はないと思うの。ルースヴェンは自分の館で、わたしの庇護(ひご)の下にある女性を誘惑するようなことは決してしないわ。だから、なんとか毎日ふたりが一緒に過ごす時間を作らないと。わたしは近くにいることの意味を大いに信じているのよ。ルースヴェンにアントニアがどれほどの宝石かをわからせるために、なるべく彼女を彼にくっつけておかないとね」

三日後、アントニアは階段を上って寝室へ入った。午前中はずっと、二日後に開かれる園遊会の準備に追われていた。今はもう午後も半ばで、ヘンリエッタは昼寝をしている。アントニアはいつもどおり庭に出るつもりだが、その前にまず身なりを整えるのが最近の習慣になっていた。鏡台に向かいつつ、窓辺に座って繕い物をしているメイドのネルに微笑みかけた。「目を悪くするわよ。若いメイドにやってもらえばいいわ」

「あの子たちの裁縫の腕はどうも信用できなくて。だから自分でやりたいんですよ」

アントニアはブラシを手に取り、頭の上で結んで垂らしたカールを丁寧にとかした。

ネルはちらりと女主人を見た。「最近はよく男爵と一緒にいらっしゃいますね」

アントニアは手を止め、肩をすくめた。「そうでもないわ。もちろん朝は一緒に馬を走らせるけれど、ジェフリーもいるし」馬に乗っている時間の半分はフィリップとふたりきりだということは、言わないでいた。乗馬の実力を試してみるよう勧められているジェフリーは、めったに目に入るところにいない。「それ以外は馬車の御し方を三度教えてもらったただけで、あとは用のあるときに話す程度よ」

「そうなんですか？」

「そうよ」アントニアはいらだちを声に出すまいとした。フィリップは日中たびたびそばに来て、三十分かそこら一緒に過ごすが、そういうときは常に何か理由があるのだ。彼女はまた髪にブラシをあてた。「そもそも忙しい人だもの。熱心に領地の経営に取り組んで、何時間も地主代理や領地管理人と過ごしているわ。立派な紳士というのはそういうものよ」

「妙ですね。わたしが思っていたのとは違います」ネルはさっとシュミーズを払った。

「あの方はひどく……怠け者に見えましたけど」

アントニアは首を振った。「違うわ。はやりだから、そんなふうに見せかけているだけよ。昔からそんな人ではなかったわ。重要な問題に関してはね」

ネルは肩をすくめた。「そうですか。わたしよりずっとよくご存じですものね」

アントニアは鼻を鳴らしそうになるのをこらえて、髪をとかし続けた。

五分後、テラスの階段を下りている途中で呼び止められた。見ると、ジェフリーが厩から大股でこちらにやってくる。その顔をひと目見ただけで、興奮しているのがわかった。

「最高だったよ、姉上。最初からうまく速歩で走らせることができたんだよ。次回は先生が葦毛を操らせてくれるかもしれないな」

アントニアもうれしくなってにっこりした。「よかったわね。でも、あまり期待しすぎてはだめよ」フィリップは彼女には葦毛を任せたが、ジェフリーは栗毛から始めている。その二頭とも血統のいい馬だが、アイルランド産の葦毛とは比べるべくもなかった。「実際」彼女は弟と腕を組んだ。「馬車の御し方を教えてもらえるだけでも感謝しないと」

「わかっているよ。言ってみただけさ」姉弟は並んで砂利道を歩いた。「ルースヴェンは期待していた以上にいろいろ教えて励ましてくれるんだ。すごい人だよ。最高だね！」

ジェフリーの口調からは好意が感じられる。アントニアが顔を上げて見ると、それは弟の表情にも表れていた。

ジェフリーは姉の視線にも気づかず続けた。「知っていると思うけど、姉上と一緒にロンドンへ来たらどうかって誘ってくれたんだ。最初は迷ったけど、ぼくが社交界に少々なじんだ姿を見れば、姉上やヘンリエッタがどれほど安心するかって説得されてさ。心配なく大学へ送り出せるって」

「そうなの？」ジェフリーがこちらを見たので、アントニアは慌てて口調を変えた。「いえ、そうね」一瞬間があって、つけ加えた。「ルースヴェンはそういう面でとても配慮のある人ね」

「彼はそこが大人の男と子供の違いだって言っていたよ。大人は自分のことだけじゃなく、もっと広い視野に立ってどう行動すべきかを考えるって」

アントニアはフィリップへの感謝の気持ちが胸に広がっていくのを感じた。彼の巧みな指導が、ジェフリーの人生の中で父の死によって大きく欠落している部分を埋めるのを助けてくれている。弟をロンドンに連れていくことへのためらいはすっかり消えた。「それは心に銘じておくといいわね。彼の経験を信頼して」

「信頼しているとも！」ジェフリーはすたすた歩いていて、ふと、姉に歩調を合わせなくてはと気づいた。「姉上がここに来ると決めたとき、ぼくは余計者だと思ったんだ。フィリップは昔は姉上と親しかったけど、今はもうそんなふうには接してくれないと思っていた。でも、変わらないね。彼はロンドンでは名士かもしれないけれど、ぼくたちには今でも友だちとして接してくれる」

「本当ね」アントニアはしかめっ面になったのを隠した。「わたしたちは幸運ね」

ジェフリーはそっと姉の腕をほどいた。「じゃあ、ぼくはすることがあるから」

アントニアはうわの空でうなずいた。そのまま道を進みつつ、心は別のところにあった。悲しいかなジェフリーの言うとおりだ。フィリップはわたしをからかうのを楽しんでいるかもしれないけれど、ふたりで過ごした時間を振り返ってみれば、散歩のときであれ馬車の走らせ方の練習のときであれ、彼がわたしを友人以上の存在と見ている節はいっさいない。気のおけない旧友でしかないのだ。

それはわたしが望んでいることとは違う。

彼とのやりとりのすべてを思い返してみると、年月を経て変わったのはわたしの側の〝奇妙な過敏さ〟だけだ。彼がそばに来ただけで、胸がどきどきして手足がこわばり、触れられるたび、馬車から抱え下ろされるたび、階段を上ったり何かをよけるときに手を取られるたびに、息が苦しくなってしまう。

でも、すべてはわたしの側の反応で、それを隠すのがどんどん難しくなってきている。

立ち止まってあたりを見回すと、イタリア式庭園まで来ていた。手入れの行き届いたラベンダーの生け垣が一段高くなった細長い長方形の池を囲んでいて、池には白い睡蓮が浮かんでいる。池を囲む砂利道もきちんと刈り込まれた糸杉と柘植に縁取られていた。この格式ばった簡素な庭は今の気分にぴったりだ。顔をしかめつつアントニアは池のそばまで行って、水面を指先で撫でた。

〝奇妙な過敏さ〟など、ほかの問題に比べればたいしたことではない。フィリップは依然わたしを子供扱いしているし、園遊会はもうすぐだ。その後すぐ、みんなでロンドンへ発つことになる。目的を遂げたいなら、何か手を打たなくては。わたしに対する彼の見方を変える何か……。彼から女性として、レディとして、花嫁候補として見てもらえるようにならないと。いずれにせよ、ぐずぐずしてはいられないわ！

「わたしの金魚に指をかじられていないかい？」

振り返ると、彼女の悩みの種がぶらぶらとこちらへやってくる。彼はゆったりしたアイボリーのシャツに狩猟服をはおり、日に焼けたのど元にゆるやかにスカーフを結んでいた。長い脚は鹿革の膝丈ズボンに包まれ、乗馬用のブーツはぴかぴかに磨き上げられている。軽く眉を上げ、髪を風に乱した彼は、まさに裕福な領主そのものだ。それでいて、とびきり危険なにおいも漂わせている。

アントニアは落ち着いて手を上げ、濡れた指をじっと見つめた。「大丈夫みたい。ここの魚はたっぷり餌をもらっているから、そんな気にもならないのでしょう」

フィリップは彼女の目の前で止まった。彼の手が手首に伸びてきたときには、アントニアは思わず飛び上がりそうになった。彼女の手を取り、彼は濡れた指を見つめた。「魚はあまり頭がよくないから」

彼の曇り空のような瞳が彼女の瞳をとらえた。アントニアの鼓動は乱れ、胃が縮み上がった。こういう感覚にはもう慣れたとはいえ、それで耐えやすくなるわけでもない。手を握られたまま、息もできず、彼の視線に釘づけになっていた。

フィリップはためらいがちに微笑むと、ポケットから白いハンカチを取り出し、彼女の濡れた指を一本一本拭いていった。

アントニアの鼓動は今や早鐘を打っている。まず咳払いをしなくては声が出なかった。

「何か……お話でも？」

フィリップの微笑みは深まった。彼女はいつもこうだ。彼は答えは用意しておかない主義で、その場ででっち上げなくてはならないので、気が張ってしょうがない。「何か園遊会に必要なものがあるかと思って。もう何もかもそろっているのかい？」

アントニアはなんとかうなずいた。薄いハンカチ越しに伝わってくる彼の感触に、腕がぞくぞくする。「すべて手筈は整っています」

「本当に？」

フィリップのからかうような口調にアントニアは体を硬くした。彼の手から手を引き抜く。「本当です。召使いがみんなよく働いてくれたし、こちらの執事と領地管理人にもお礼を言わないと。いろいろ協力してくれましたから」

「それはよかった」フィリップは一緒に歩こうとアントニアを手招きした。「きっとみんな大いに楽しんでくれるだろう」

アントニアはうなずいてフィリップのかたわらに来た。ふたりはゆっくりと池のそばを進んだ。

フィリップは彼女をちらりと見た。「なぜここへ？　考え事でもしているようすだったが」

アントニアは深く息を吸った。「考えていたんです」髪をかき上げる。「ロンドンはどんなふうかなと」

「ロンドン？」

「ええ。わたしにはあまり社交界の経験がないでしょう？　詩が大流行だというのは知っています。紳士たるもの、女性をほめるときには詩を用いるか、少なくとも詩的な言い回しをするものだと」アントニアは無邪気な目で彼を見上げた。「違います？」

フィリップの鼓動が速くなった。「いくつかのグループではね」見下ろせば、アントニアは依然問いかける表情だ。「実際、あるグループでは女性のほうも同様の形で答える習わしになっている」

「そうなんですか？」アントニアは心底驚いた。

「そうだよ」フィリップはさりげなく彼女の手を取って自分の袖に置いた。「きみももうすぐ仲間入りするのだから、詩の練習をしておいたほうがいいかもしれないね」

フィリップに手を握られながらも、アントニアはなんとか頭を働かせようとした。考えてもみなかった提案だったからだ。

フィリップは池を見渡す位置にある錬鉄のベンチの前で立ち止まった。「座って試してみよう」

アントニアはわけがわからないまま腰を下ろした。

フィリップは横向きになって彼女の隣にかけ、片腕をベンチの背に置いた。「まずは言葉を並べてみるところからだな。きみは初心者だから」

アントニアもフィリップのほうを向いた。「それが賢明ね」

女性経験の豊富なフィリップだけに、なんとか微笑みを抑えた。「わたしから始めるのがいいだろう。そうだな……きみの髪はカエサルの黄金のように輝いている。その髪のためならば、大軍も命を捧げるにちがいない」

アントニアは目を丸くして彼を見つめた。

「きみの番だよ」フィリップが促す。

「ええ……」アントニアは頭を絞った。「あなたの髪は日差しに輝く栗の実のようにつややか」

「ブラボー！」フィリップは微笑んだ。「でも、それは純粋に視覚的な描写だろう。今回はわたしの勝ちだな」

「これって勝負なの？」

フィリップの瞳が輝いた。「そういうことにしよう。わたしの番だ。きみの顔は雪つばめのように白く、空を切って飛ぶその姿のように滑らかだ」

アントニアは発奮して目を細め、彼の顔をじっと見つめた。そして微笑んだ。「あなたの顔はいにしえの皇帝に勝るとも劣らぬ高貴さ」

フィリップの微笑みが深まった。「黄金の中に据えられたエメラルドのようなきみの瞳。この宝石の価値は計り知れない」

「灰色の雲と鋼鉄、霞と霧、嵐の海と稲妻があなたのまなざしの奥でまじり合う」

フィリップは眉を上げ、うなずいた。「きみの学習能力の高さを忘れていたよ。そうだな……」彼はゆっくりと手を上げると、指の背でごくやさしくアントニアの頬を撫でた。「きみの頬は薔薇に重ねたアイボリーのシルクのようにやさしく輝く」

アントニアはしばらくのあいだ目を見開き、息を殺していた。頭ではただひたすら、作戦続行と念じていた。フィリップと接触している影響は徐々に薄れていき、脳が働きだす。アントニアは息をのみ、彼を見返した。「しっかりとしたあごに端整な顔立ち。あなたの動きは倦怠の優美を描く」

フィリップは笑った。「やれやれ！　どう対抗すればいいんだ？」

アントニアのまなざしは誇らしげだ。

フィリップはじっと彼女の顔を見つめた。「次は……」膝の上で軽く組んだアントニアの手に目を落とす。「そうだ」再び彼女の手首をつかむと、片手をそっとほどいた。指に彼女の乱れた鼓動が伝わってくる。

フィリップはその手を裏返し、感じやすいてのひらを指でなぞった。

アントニアは思わず息を吸い込み、その音が自分自身の耳に鋭く響いた。フィリップがさっと目を上げ、口元に彼女が今まで見たこともない微笑みをゆっくりと浮かべた。彼は指をずらし、指先で彼女の指先を支えるようにした。「繊細な骨、敏感な肌が恋人の愛撫を待っている」

深みのある低い声の抑揚がアントニアの琴線をかき鳴らす。フィリップはゆっくりと彼女の手を持ち上げると、一本一本の指先に唇を押し当てた。

アントニアの体の芯におののきが走った。「ああ……」追いつめられて、われに返った。「忘れていたわ」声がひどくかすれている。彼女は咳払いした。「叔母さまに伝言を頼まれていたのに。すぐ行かないと」ここは不作法でも立ち去らなくてはと思うのだが、握られた手を振りほどくことができない。

フィリップは揺るぎないまなざしでアントニアを見つめている。その灰色の瞳の表情は読み取りがたかった。「伝言？」ずっと彼女を見据えていたフィリップの顔が和らいだ。「園遊会の件で？」

アントニアは茫然としたままうなずいた。

フィリップの口元がぴくりとした。「今すぐでないといけないのかい？」

「ええ」アントニアはいきなり立ち上がった。フィリップも物憂げに立ち上がり、彼女は心底ほっとした。しかし、フィリップはまだ彼女の手を握ったままだ。アントニアは動揺に耐えつつじっと待った。

「わたしも一緒に行くよ」フィリップはアントニアの手を自分の肘にかけ、館のほうへ向き直った。彼女は震えながらも従うしかない。ただ、ほっとしたことに、彼がさっきのゲームを話題にすることはなく、ふたりは心地よい沈黙の中、歩いていった。

テラスの階段の前まで来るとフィリップは立ち止まり、アントニアの手を取って、しばし彼女を見つめてから放した。

「じゃあ、夕食のときにまた」彼は穏やかに微笑み、うなずいて去っていった。

アントニアはフィリップの後ろ姿を見送った。ゆっくりと勝利の高揚感が体に広がって、さっきまでの動揺を蹴散らした。

わたしは目的を遂げたわ。フィリップが今わたしをどう思っているにせよ、家族ぐるみのつき合いの年下の友人などと見なしていないことだけは確かだ。

「おやすみなさい」ジェフリーは微笑んで会釈すると、館の主人とヒューゴーを残してビリヤード室をあとにした。彼はヒューゴーに負けていたのを思いがけず挽回できたのだ。

「学習能力が高いな」ヒューゴーは弁解するように言った。

「さすがマナリング家の者だ」フィリップはキューの先にチョークを塗った。館のほかの者はみなすでに部屋に下がっている。アントニアは少し声を震わせながら、あすは園遊会の準備で朝が早いからと言った。フィリップは目に微笑みを浮かべ、ヒューゴーが玉をセットするのを待って、ブレイクした。

「実は」ヒューゴーはビリヤード台のまわりを動くフィリップを眺めながら言った。「きみに話したいことがあって、一日じゅう捜していたんだ」

フィリップは目を上げた。「なんだい？」

友がポケットに玉を入れるのを見届けてから、ヒューゴーは答えた。「あすロンドンへ戻ろうと思って」

フィリップは体を起こし、問いかけるまなざしになった。

ヒューゴーは顔をしかめた。「例の園遊会さ。きみはいいよ。ミス・マナリングの後ろに隠れていればいいんだから。だけど、誰がわたしの盾になってくれる？」ヒューゴーは両手を上げておののいて見せた。「その気満々の娘たちが押しかけてくるんだぞ。きみの継母（はは）上はすでに彼女たちの長所を並べ立てている。きみで成功したものだから、次はわたしに狙いを定めたらしい。その手に乗るものか」

フィリップは動きを止めた。「成功した？」

「最初から見え見えだったじゃないか。継母上の気持ちもわかるよ。ミス・マナリングとは長年、家族ぐるみのつき合いだし、きみはもう三十四で、唯一の跡取りなんだし」

フィリップはゆっくりと身をかがめ、次の一打の狙いを定めた。「なるほど」

「気をつけろよ」ヒューゴーはつけ加えた。「ミス・マナリングは摘まれるのを待っている果実だ。しかも、きみの館の中で。きみはいやだろうが」

フィリップはキューを見つめながらも、鼻をくすぐるラベンダーの香り、庭を歩くアントニアのあどけない顔がよみがえってくるような気がした。

ショットは大きくはずれた。無表情のまま、フィリップは一歩下がった。

ヒューゴーはビリヤード台を見つめた。「きみがこんなショットをはずすとはな」

「まったくだ」フィリップのまなざしはうつろだった。「気が散ってね」

4

翌朝、アントニアは早起きした。九時までには料理番と家政婦のミセス・ホッブズと打ち合わせをすませ、庭師頭のポッツにあしたの花のことを相談した。テラスでどのテーブルを使うかを執事のフェントンと話し合っているときに、フィリップが玄関ホールに入ってきた。

彼はアントニアに気づいて、こちらにやってきた。

「乗馬に来なかったね」

アントニアは彼の嵐(あらし)の空のような目を見上げた。「きょうは忙しいと申し上げたでしょう?」

フィリップは玄関ホールを足早に行き交う召使いたちを横目で見た。「そうだったね」

彼は白いブーツを乗馬用の鞭(むち)で叩(たた)いた。「園遊会の準備か」

「そうです。一日じゅう大忙しです」

「一日じゅう?」

アントニアはあごを上げた。「一日じゅう」彼女は繰り返した。「あしたも会が始まるまでずっと。始まれば、さらに忙しくなるでしょうし」

フィリップは小さく舌打ちした。

アントニアはそ知らぬ顔で食堂を手で示した。「まだ朝食があると思いますわ。お急ぎになれば」

フィリップは彼女をにらみつけると、無言で踵を返し、食堂へ向かった。

けげんな面持ちで彼を見送ったアントニアは、何がおかしいのか気づいた。彼はいつになく足早にきびきびと立ち去ったのだ。

「この椅子もテラスへ運んでいいでしょうか？」

振り返ると、従僕が安楽椅子を抱えていた。「そうね。年配のご婦人方は日向ぼっこしながらうたた寝をなさりたいでしょうから」

午前中ずっと忙しく働きながら、アントニアは目的に気持ちを集中させた。園遊会を成功させなくては。それも大成功を。少なくとも田舎のレベルでは、自分が花嫁に十分ふさわしい女性であることをフィリップに示す絶好の機会なのだから。

アントニアはメイドをふたりイタリア式庭園へ連れていき、咲いているラベンダーを指さした。

「花だけではなく、茎もなるべく長く切ってね。休憩室にさわやかな香りを漂わせるのに使うから」

仕事に取りかかったメイドたちを見ているうちに、視線はいつの間にか池の端のベンチに向かっていた。彼女の指にキスしたときのフィリップの表情がはっきりとよみがえる。アントニアの口元に微笑（ほほえ）みが浮かんだ。うろたえはしたものの、大きな前進だ。すると今度は、玄関ホールでの彼の妙な態度を思い出して表情が曇った。

「これでよろしいですか？」

現実に引き戻され、アントニアは差し出された花を確かめた。「完璧（かんぺき）よ」まだ若いメイドの顔が輝く。「それぞれ両手にふた抱えほど集めて、できるだけ早くミセス・ホッブズのところへ持っていって」彼女はフィリップのことを心から締め出し、準備に集中するのだという決意も新たに足早に館（やかた）へ戻った。


フィリップは図書室かビリヤード室へ逃げ込めばいいと思っていたが、両方ともアントニアが園遊会の準備に使っていた。彼は静けさを求めるのをあきらめ、アントニアの指示に従って行ったり来たりする召使いのあいだを抜けていった。

本当に我が強いなと、アントニアに言ってやろうかとも思った。昔からわかっていたことだ。彼女は何かと物事を取り仕切りたがる。芝生は大混乱の様相を呈していたが、せわしなく動き回る使用人たちがきわめて効率よく組織されていることは、フィリップにもわかった。小作人のふたりが屋台の組み立てにてこずっている姿を眺めながら、人を自分のために働かせるアントニアの類いまれな才能に思いをはせる。しかもたいていの場合、その報酬は彼女の微笑みと称賛の言葉だけだ。今もアントニアは芝生の奥、湖の狭い入り江の葦に縁取られた岸のところにいて、小舟をすべてきれいに洗って湖に浮かべるよう庭師の下働きたちに指示を飛ばしている。

「気をつけろ、ジョー。落ち着いて。ちゃんと直角になっているかどうかわかればいいんだから」

フィリップが目の前の作業に再び視線を戻すと、若いほうの小作人が屋台の前の梁のバランスを取りつつ、片側の壁を支えていた。年上のほうはハンマーと木の支柱を手に、後ろに下がって梁と壁の角度を測っている。しかし、ジョーは両方をしっかり支えていられない。

フィリップはちょっとためらってから進み出て、年上のほうの男の肩を叩いた。「ジョーに手を貸してやってくれ、マギル。わたしが指示を出すから」

マギルは帽子に手をやって挨拶した。「そうしてもらえると助かります」

ジョーも感謝の表情だ。

屋台の組み立てが終わるころには、フィリップも上着を脱いで釘を打っていた。準備の進み具合を見にやってきたアントニアは驚きを隠せなかった。

フィリップは目を上げ、彼女を見た。それで機嫌が直ったわけではない。彼は不満もあらわにじっとアントニアを見つめた。彼女に話しかけたい気もしたが、まだどうかなという気もする。彼女について、内心で〝彼女の陰謀〟と名づけているものについての自分の気持ちを、見極めかねていた。フィリップは目をそらし、渋い顔でまた釘を打った。こんな不安定な気持ちになったのはずいぶん久しぶりだ。こんなとき、釘打ちに逃げ込めるのはありがたかった。

催眠術に引き込むようなフィリップの視線から解放され、アントニアは彼の肩や背中にさっと視線を走らせずにはいられなかった。彼が釘を打つたびに、薄いシャツの下で筋肉が波打つ。再び歩きだしたとき、口は乾き、鼓動も少し乱れていた。周囲の仕事ぶりも目に入らぬまま、アントニアは彼との最近のやりとりを思い返した。フィリップはいつも落ち着き払ってひどく物憂げで、激しい感情などとは無縁に見えた。あのいらだたしげなようすは謎だ。振り返ると、フィリップは屋台にもたれて休んでいた。物思いに沈んだまなざしでじっとこちらを見ている。

「お嬢さま、敷物の類いは今出しますか？　それともあすになってからでしょうか？」

「ああ……」アントニアは驚いてさっと振り返った。「あしたよ。それまでは居間に置いておいて」

若いメイドはお辞儀をして足早に立ち去った。アントニアは大きく息を吸い、もっと優雅な足取りでメイドのあとに続いた。

　フィリップは軽く腰を揺らしながら坂を上っていくアントニアの後ろ姿を見送ると、体を起こして、またひとつかみ釘を取った。

　一時間後、昼食の用意ができた。大皿のサンドイッチとエールのコップがすでに用意の整ったテーブルに並んだ。アントニアに熱心に勧められ、みんな遠慮なく食事を始めた。フィリップもハムをたっぷりはさんだサンドイッチをぱくついていると、ジェフリーが人をかき分けて彼のところへやってきた。

「アントニアに人形劇の『パンチとジュディ』をやれって言われて。フェントンが手伝ってくれるし、従僕がパンチ役をやってくれるんだけど、ジュディはぼくがやるしかないみたいなんだ。メイドはみんな吹き出しちゃって、ちゃんとせりふが言えないから」

　フィリップは短い笑い声をあげた。ジェフリーの瞳は輝いている。

「仮小屋はできたんだけど、舞台装置も少し作らないとね」

　フィリップはジェフリーの肩を叩いた。「それできみが子供たちを湖から遠ざけてくれたら、一生恩に着るよ」

　ジェフリーはにやりとした。「ロンドンへ行ったら借りを返してもらいますよ」

「わたしの葦毛を狙っているのでなければね」

　ジェフリーは笑って首を振った。そしてまだにやにやしながら立ち去った。

エールをすりながら、フィリップは家令と領地管理人がともに形だけでも手伝っているのを眺めた。通常はふたりとも、自分たちがこんなことに手を貸す必要はないと思っている。ふたりの気が変わったのは領主がいるせいか、はたまたアントニアの自信に満ちた態度のせいだろうか。

フィリップが人ごみを眺めていると、確かエマという名のメイドがさりげなくジョーの肘に当たったのが目に入った。ジョーは二十歳になったばかりの将来有望な若者で、体格もよく気さくだ。エマがあどけない笑顔でジョーを見上げ、しきりに謝るのを見ているうちに、フィリップは皮肉な気持ちになった。ジョーは疑うことを知らぬ目で微笑んでいる。フィリップはお節介を承知で若者に忠告したくなった。一般に男が狩人（かりうど）だと思われているが、ときには獲物になることもあるのだと。

わたし自身が思い知らされたように。

ヒューゴーのおかげで目から鱗（うろこ）が落ちた。ヘンリエッタの態度からして警戒すべきだったのに、気もそぞろになっていた。普通に誘いをかけられたのなら彼も動じなかっただろう。アントニアは彼の気を引くのに別の手を使った。女性経験の豊富な筋金入りの放蕩（ほうとう）者にこそ有効な手を。

彼女は昔からの友情を利用したのだ。

フィリップは顔をしかめ、空のコップを置いて再びハンマーを手にした。依然、自分の気持ちがわからなかった。どう感じるべきなのかも。アントニアはほかの女たちとは違うと思っていたのに、単に違う手を使っていただけだったのだ。

渋い表情のまま、フィリップはマギルとジョーの手伝いに戻った。残りの軽食の屋台を次々と建てていき、最後の屋台の支柱を打ち込んでいるとき左手で物音がした。振り返ると、アントニアがすぐそばに立っていた。

彼と目が合うと彼女は軽く微笑んで、隣の屋台に置いたトレーを手で示した。「エールです。お茶よりお気に召すかと思って」

周囲を見ると、あちらこちらで女たちが男たちのところへトレーを運んでいる。みんなほとんど仕事を終えて、ひと息つこうとしていた。

フィリップはもう一度、静かに問いかけるようなアントニアの目を見てから、ハンマーを振るって釘をしっかり打ち込んだ。そしてハンマーを置き、ジョーとマギルにエールが来たと声をかけた。アントニアは一歩下がって手を組んだ。フィリップはコップを手に取った。

芝生を見渡しながら、ぐっとエールをあおる。「まだいろいろ準備することがあるのかい？」

エールを飲むフィリップののど元に見とれていたアントニアは、まばたきして慌てて周囲を見回した。「いいえ。もうほとんど終わっています。あとは酒樽（さかだる）を運び込むことくらいかしら。夜のあいだは防水布の下に置いておくことにしたんです」

　相変わらず彼女と目を合わそうとしないまま、フィリップはうなずいた。「よかった。じゃあ、夕食の前に話す時間があるね」

「話す？　何をですか？」

　フィリップは振り返って彼女を見た。「それは会ったときに言うよ」

　アントニアがじっと見つめると、彼は目をそらしてしまった。「園遊会のことなら――」

「違う」

　きっぱりとした口調には、説明するつもりのないことが表れていた。アントニアは内心顔をしかめつつ、優雅にうなずいた。

「そういうことでしたら、わたしは――」

　アントニアの言葉は叫び声と低い地鳴りのような音にかき消された。彼女が周囲の者とともに振り返ると、酒樽がひとつ芝生を転がってくるのが見えた。

「止めろ！」誰かが叫んだ。

「なんてこと！」アントニアはスカートをたくし上げて走りだした。

　樽に向かって走っていく彼女を一瞬あっけにとられて見ていたフィリップは、コップを投げ出し、すぐあとを追った。

　アントニアは警告の叫びも無視して、近づいてくる樽の正面に位置取ると走る速度を落とした。追いついたフィリップは彼女の腰を抱えて危険な場所からどかし、しっかりと抱き寄せた。

「きゃあ！　フィリップ！　下ろして！　樽が！」

「きみの三倍も重いんだ。ぺしゃんこにされるぞ」ふたりのかたわらを樽が通り過ぎていった。

フィリップの厳しい言葉は右耳のすぐ後ろで響いた。アントニアは必死で足をじたばたさせたが、草の上に下りることができなかった。フィリップは後ろからしっかり彼女を抱え上げていて、頑として放そうとしない。アントニアはふいに赤くなった。今の自分がどんな姿かを悟ると、ショックが全身を走り、奇妙なほてりとまじり合った。

男たちが四方から集まってきて、うまく樽を止めた。そして、エールの保管場所になっている厩へと押し戻していった。

それでやっとフィリップはアントニアを地面に下ろした。

アントニアは即座に大きく息を吸った。そしてもう一度深呼吸してから振り返った。

フィリップが先に言った。「きみには止められなかったよ」

アントニアはあごをつんと上げた。「止めようなんてしていないわ。スピードを落とそうとしただけよ」

フィリップは目を細めた。「きみの上を転がっていけばスピードは落ちただろうね」

アントニアはフィリップのあごをにらみ、それからまた目を合わせた。「それなら」歯を食いしばりつつもできるだけ優雅に言った。「あなたにお礼を言わなくてはいけないんでしょうね」

「そのとおり。感謝の印は乗馬がいいな」

「乗馬？」

フィリップはアントニアの手を取り、周囲を見回した。「準備はもうすっかり終わったんだろう？」

アントニアは何かないかと見回したが、何も見つからなかった。「人形劇の準備がまだ――」

「それならジェフリーに任せておけばいい。きみがしゃしゃり出るのは賢明じゃないよ」

「そんなつもりは――」

「じゃあ、行こう」フィリップは上着を置いてある屋台のほうへ彼女を引っ張っていった。そして立ち止まりもせずにさっと上着をつかみ、彼女の手を自分の肘にかけて進んでいった。

アントニアは唖然（あぜん）として彼の腕を払い、目を細めた。「ひとつお忘れじゃないかしら」

フィリップは顔をしかめて彼女を見下ろした。「何を？」

アントニアはにっこり微笑んだ。「このドレスでは馬に乗れません」

フィリップは悪態をつくと、ふいに進む方向を変えた。あっという間にふたりは横手のドアから玄関ホールへ入っていた。

「五分以内だ」彼は階段の下で立ち止まってアントニアを放した。「ここで待っているから」

アントニアが憤慨し、信じられないといった目でにらむと、フィリップはゆっくりと目を細めた。

アントニアは鼻を鳴らして頭をひと振りし、階段を上っていった。

急いでも乗馬服に着替えるには五分以上かかった。フィリップは階段の下でうろうろしながら待っていた。アントニアが下りてくると、彼はうなずき、外へ出るよう手で合図した。

アントニアはあごを上げ、悠然と歩いていった。

馬丁はすでにふたりの馬を用意していた。フィリップが言いつけたにちがいない。彼はアントニアを馬に乗せてから、ひらりと自分の栗毛にまたがって馬の向きを変えた。アントニアは彼の横に並んだ。いつもどおり、ふたりは風を切って馬を駆った。

フィリップはどこで彼女と話し合うか決めていた。ふたりが確実に一線を越えてしまいそうな場所だ。良識に反するが、そんなことはどうでもよかった。フィリップは彼女を森の奥、小川が淵になっているそばの涼しい空き地へと導いた。

フィリップはペガサスから下りると、馬を木の枝につないだ。かけすが甲高い声をあげ、日差しが水辺に茂った草をまだらに照らしていた。樫の古木に囲まれた空き地はひっそりと静まり返っている。

フィリップに抱えられて馬から下りるあいだ、アントニアはすでに平静ではなくなった鼓動を抑えようと息を殺した。フィリップは彼女の手を取り、水辺へと向かった。彼の動きのすばやさがアントニアには気に入らなかった。

「なんなんですか？」フィリップに遅れまいと半ば小走りになりながら尋ねた。「何か気に入らないことでも？」

ふいにフィリップが立ち止まり、さっと彼女のほうに向き直った。「自分でもわからない」

フィリップの瞳は濁流のようだ。きょう一日、彼の唐突な動き、つっけんどんな口調が、アントニアの自信を揺るがしていた。そして今、彼は謎めいたことを言う。彼の力がゆるんだすきに、アントニアは手を引き抜いた。そして、あごを上げた。「何かにいらだっていらっしゃるのは明らかね」

「そのとおり」フィリップは両手を腰に当て、アントニアの目を見据えた。

アントニアが負けじと挑戦的に見返すと、フィリップは小声で悪態をついた。彼は引き絞った弓のような緊張感を漂わせ、目をそらしたが、ふいにまたアントニアに視線を戻した。そして彼女を見つめたまま、その手を取った。それからさっと手を裏返し、手袋に隠れていない手首の脈のところにキスをした。

アントニアは体を貫くおののきを静めようと身をこわばらせた。彼女は目を見開いたが、それは驚きのせいではない。胸のレースのひだ飾りの上下が激しくなった。

フィリップは目を細めた。「教えてくれ、アントニア……わたしがきみを誘惑しているのか、きみがわたしを誘惑しているのか」

一瞬、アントニアは世界が引っくり返った気がした。彼女はまばたきした。「誘惑……?」

「誘惑だ」フィリップは容赦なく彼女をにらみつけた。「大昔からときとして男と女のあいだに発生する引力を利用してね」

アントニアは当惑した。いったい何が言いたいのだろう。「わたしが……?」

「なんの話だかわからないと言うのか?」フィリップは彼女のあごをつかんだ。

皮肉な口調が胸に突き刺さる。アントニアの瞳がきらりと光った。「そもそもどうやってあなたを誘惑すればいいのかもわからないのに!」

「わからない?」きょう一日フィリップを苦しめていた緊張感がさらに高まった。「わかる必要もないだろう。直感だけでできてしまうのだから」アントニアの大きく見開いた茶色の目、形のいい唇を見つめていると、彼の心はいっそう激しく乱れた。欲望の渦にのまれてしまいたいという衝動がしだいに強くなる。今までそんなふうに自分を見失ったことなど一度もないのに。「いずれにせよ」フィリップは低くくぐもった声で言った。「きみは成功したよ」差し出されたものを受け取れば、再び心の平安を得られるのだろうか？　フィリップは身をかがめて彼女の唇に唇を重ねた。

　思ったとおり、アントニアは即座に反応した。反射的にこわばった体も彼の愛撫にやすやすと溶けていった。彼女の熱い反応がフィリップの傷ついた自尊心を癒した。少なくともこの段階では彼女もわたし同様、自分をどうすることもできなくなっている。彼女の唇から力が抜けた。巧みに促されて、ためらいつつも彼の唇の下で彼女の唇が開いていった。

　アントニアは激しい快感の渦にのまれ、そのまま舞い上がっていくしかなかった。理性は砕け散り、感覚だけが研ぎすまされ、もっと経験したいと渇望の叫びをあげる。いつの間にかフィリップにきつく抱きしめられていた。

　もっと愛撫が欲しくて、アントニアは自ら彼の唇に唇を押しつけた。もはや彼のキスの魔力の奴隷だ。自分からもおずおずとキスを返し、驚くほどの親密さ、めくるめく快感を満喫した。彼女を包むたくましい筋肉、大きな体が放つ熱気、すべてが初めての体験だ。徐々に胸の中でふくらんでいく何かも、初めて味わう魅力的な感覚だった。

　フィリップの強さが彼女を包み、キスが彼女を酔わせる。彼の感触、彼の味がアントニアを圧倒し、興奮させた。アントニアは彼の首に両腕をからませ、自分でも驚くほど熱烈にキスを返した。

フィリップはうなり声をあげ、さらに強くアントニアを抱きしめた。彼女の胸のふくらみが胸に押しつけられる。フィリップは片手で彼女の腰を撫で、さらに一体になろうとした。

彼もまた快感の渦にのまれていた。

しかし、経験豊富な彼は自分を失うことはなかった。強烈な官能の力から身を引きはがすには全力を振り絞らなくてはならなかったが。なんとか頭を上げ、彼女の飢えた唇を唇でやさしくなだめたときには、ふたりとも荒い息をしていた。

フィリップは筋肉をこわばらせ、常識が戻ってきてふたりを救ってくれるのを待った。ゆっくりとアントニアのまぶたが上がっていく。いつにも増して宝石のように輝く瞳を、フィリップはうっとりと眺めた。それはどこか暗い輝きだ。彼は息をのんだ。アントニアは下唇を噛んで、驚いたように目を見開いた。

そして、彼の腕の中で身をこわばらせた。

アントニアがひどく動揺しているのがフィリップにもわかった。「違うんだ」彼女がもがきだす直前に彼は言った。

ほっとしたことに、アントニアは動きを止めた。おびえた小鳥は彼の腕の籠の中で震えていた。

彼女を見つめたまま、フィリップは深呼吸した。上下する胸に柔らかなふくらみを感じつつも、なんとか自分を抑えた。「きみを汚すつもりはない」

彼女は無垢だ。わたしは彼女を脅えさせてしまったのだ。

アントニアの大きな瞳は疑わしげだった。フィリップは慌ててつけ加えた。「欲望がまったくなかったわけじゃないが」肩から腰までぴったり重ねていたのだから、彼女もこちらの渇望に気づいただろう。「そうするつもりはないから」

アントニアは答えることもできなかった。耳にはまだ鼓動がどくどくと響いている。いったいどこまで見透かされているのだろうとぼんやり考えながら、しばらくただ彼を見つめていた。わたしがどれほど燃え上がったか、彼は気づいただろうか？　今もまだわたしの中で欲望が息づいているのが、まなざしに映っているだろうか？

そうでないことを祈るしかない。

ひどくうろたえショックを受けて、アントニアは頬が真っ赤に染まるのを感じた。フィリップが片眉を上げたのでさっきの言葉を思い出し、無理にうなずいた。それでまたさらに赤くなった。

「もう戻らないと」フィリップはもう一度気を取り直し、アントニアに回した腕をほどいて彼女の手を取った。

「戻る？」それ以上言う前に、アントニアは馬のほうへ引っ張られた。さまざまな場面が胸の中でぐるぐる回った。「でも……」

　フィリップは低いうなり声をあげると、振り返ってアントニアを馬に押しつけた。そして身をこわばらせ、彼女にのしかかるようにして険しい目でにらみつけた。「今ここでどうかされたいのか？」

　アントニアはまた真っ赤になった。首を振るのがやっとだった。

「じゃあ、戻ろう」フィリップは歯を食いしばって言った。「今すぐだ」彼はアントニアを抱え上げて馬に乗せ、手綱を持たせた。そしてすぐさまペガサスにまたがった。

　それ以上は無言で館へと馬を走らせた。

　馬を走らせるうちに、アントニアの頭もはっきりしてきた。館に着くころには頬は真っ赤で、瞳はきらきら輝いていた。

　ふたりは厩の前に馬をつけたが、誰も出てこない。フィリップは周囲を見回し、馬丁たちに園遊会の催しに協力してもらう礼に、村の酒場へ行っていいと許可を出したことを思い出した。子供たちをポニーに乗せたり、年長の子には近くの運動場で乗馬のジャンプをさせたりするのだ。彼は舌打ちして馬から下りた。

「馬の世話は自分たちでしないと」

　アントニアは足を振ってあぶみをはずし、滑るように馬から下りた。そしてフィリップを振り返った。

「誘惑しようとしたなんて人を非難しておいて、そんなことまでさせようというの？」それ以上は言葉が出てこない。手綱をフィリップに投げつけると、くるりと背を向けて中庭をあとにした。

5

誘惑ですって？　まるでそんなことが可能みたいに。

アントニアはむっとしながら豊かに波打つ髪にブラシをかけた。寝室の窓から日差しとともにそよ風が吹き込み、朝露に濡（ぬ）れた草のみずみずしい香りを運んでくる。園遊会の朝は快晴だった。昨夜は眠れず、彼女は早めに起きて春用のモスリンのドレスを着た。そして今は髪の手入れをしている。

それに、この館（やかた）の主人とどう接するのがいちばんいいのかを考えていた。

わたしは確かに彼の気を引こうとしたわ。花嫁候補として見てもらおうともした。でも、誘惑したと非難されるなんて。

鏡に向かって顔をしかめ、アントニアは乱暴に髪をとかした。わたしはそんなずるい女じゃない！

そもそも、わたしみたいにほとんどなんの経験もない娘が、彼のような多種多様の経験を積んでいるにちがいない紳士を誘惑できるなんて思うのがばかげている。わたしはこれまで一度だって男性を誘惑したことなどないのだから。

誰が誰を誘惑したかは一目瞭然（りょうぜん）ではないか。

森での出来事が目を開かせてくれた。あのときまでアントニアは自分の反応に気を取られ、抑えようと必死で、何がそれを引き出すのかに注意を払っていなかった。でも、今はわかっている。

ただ、それをどうすべきかは神のみぞ知るだ。

ブラシを持つ手を止め、アントニアは鏡に映る自分の姿を見つめた。社交界の女性たちをより取り見取りのフィリップが本気で自分に関心を抱くことがあるなんて、彼女は考えてもみなかったのだ。

彼の妻になりたいとは思ったけれど、彼から得られるのは多くみつもっても単純な好意と長年の友情に基づいた親しみぐらいのものだと考えていた。それで満足しなければと、自分に言い聞かせていたのだ。名ばかりの妻の座に甘んじようと。

けれども、森での彼の行動はわたしの計算違いを示唆している。彼はわたしを求め、わたしに欲望を抱いているのだ。甘いときめきが体を走った。一瞬アントニアはその感覚に浸り、それからまた顔をしかめて、髪をとかした。彼の情熱、そしてわたしの情熱が深刻な問題を引き起こした。男性が妻に望むことを考えれば、わたしは自分の感情を隠すか、少なくともうまくごまかさなくてはいけない。

ドアが開き、ネルが入ってきて、アントニアの姿にびっくりして立ち止まった。「まあ、驚いた！　お嬢さまを起こさなくてはと思って来ましたのに」

アントニアはいちだんと強く髪をとかした。「まだいろいろすることがあるわ。ぎりぎりになって慌てるのはいやだもの」

ネルはふんと鼻を鳴らし、女主人の手からブラシを取った。「それはお嬢さまひとりじゃないようですわ。今、男爵を下でお見かけしました。乗馬にお出かけかと思ったんですが、靴が違いました。とてもしゃれたお姿でしたよ」

「そうでしょうね」アントニアは膝で手を組み、できるだけ無関心な口調で言った。フィリップは昨夜彼女に話しかけようとした。最初は夕食前の客間で、ジェフリーのおしゃべりが彼女を救ってくれた。次はお茶をいれているときだ。低く〝アントニア〟とささやいた彼の声が聞こえないふりをして、彼女はなみなみとお茶を注いだカップを手渡した。

アントニアはまだ、彼を許して再び自分に近づかせるつもりはなかった。心の動揺がおさまって、また花嫁候補にふさわしい揺るぎない態度で彼と接する自信が持てるようになるまではだめだ。

「きょうはお嬢さまは大忙しでしょうね。奥さまの代わりに女主人役を務めるんですから」ネルは手際よくアントニアの髪をまとめ、耳の上やうなじに幾筋かカールを垂らした。「奥さまはトラントに、テラスから先へは出ないとおっしゃったそうですよ」

「もうお年だから、お客さまの相手はつらいのよ。お役に立ててうれしいわ」

「男爵だって感謝していらっしゃいますよ。お嬢さまのおかげでずいぶん助かりますもの」

　アントニアはネルの表情を探ったが、メイドの顔からは特別な意図は読み取れなかった。

「できるだけ男爵のお役にも立ちたいと思っているわ」

　ここまで一生懸命にやってきて、今さらその役目を逃れるわけにはいかない。きょうだけはフィリップといがみ合ってはいられなかった。招待客が到着する前に仲直りしなくては。

　ネルがこれでよしと告げるとすぐ、アントニアは階下へ向かった。階段を途中まで下りかけたとき、宿敵が玄関ホールに入ってきた。彼は目を上げ、階段の下で立ち止まった。アントニアも足を止め、彼と目を合わせた。二階の廊下でドアが開く音がして、またゆっくりと閉まった。アントニアはひと息ついてから、冷ややかな表情で階段を下りていった。

　フィリップはアントニアのほうへ向き直り、巧みに道をふさいだ。ネルの言ったとおり、グレーのモーニングに優美に幅広のネクタイ(クラバット)を結んだ格好は一分の隙(すき)もない。渋い色調のベストにぴったりした膝丈ズボン(ブリーチズ)、きれいに磨き上げた飾り房付きブーツ。身のこなしもいつもに戻って、物憂げな倦怠(けんたい)感が外套(がいとう)のように彼を包んでいた。アントニアは階段の最後の段で止まり、彼と同じ目の高さになった。「おはようございます、男爵」冷淡かつ礼儀正しい口調を保った。

フィリップのまなざしの鋭さだけがきのうの激情の名残だ。「おはよう、アントニア」彼女を見つめて一礼した。「これで仲直りかな?」

アントニアは目を細めた。「誘惑したとわたしを非難したでしょう」

「あのときはどうかしていたよ。きみにそんな気のないことはわかっている」

アントニアはなんといっても無垢なのだ。彼女とヘンリエッタが何を企んでいるにせよ、彼女とのあいだに起こったことはやはりどちらかといえば自分の責任だ。

アントニアはためらい、彼の表情を探った。

無表情を装うつもりだったのに、フィリップの口元がぴくりとした。彼は彼女の手を取った。「アントニア……」

重い足音がして、ふたりとも目を上げた。

「ヘンリエッタだ」フィリップは真剣な顔でアントニアを見つめた。「わたしには女主人役としてきみが必要なんだ」彼女の手を握る手に力をこめた。「そばにいてほしい」

アントニアはしばし彼の感触への、懇願への反応を抑えることに集中した。そして、ぎごちなくうなずいた。背後の踊り場に叔母が来ているのが足音でわかる。「任せて」彼女は低い声で言った。「失望はさせません」

フィリップは彼女を見つめた。「わたしもきみを失望させないよ」瞳をきらりと光らせると、フィリップはすかさずアントニアの指にキスをした。「噛(か)みつかないと約束してもいい」

ヘンリエッタはテラスの階段の下で客を迎えることにした。フェントンが館の玄関に陣取り、到着した客のすべてを南側の庭へ誘導する。

アントニアは叔母を手すりのところまで連れていき、ミセス・ミムズが覇気のない娘ふたりを引き連れてこちらへ突進してくるのに気づいた。「わたしはちょっとあちらへ――」

「何を言っているの」ヘンリエッタは姪(めい)の手首をつかんで微笑(ほほえ)んだ。「あなたはわたしのそばにいればいいのよ」

アントニアは顔をしかめた。「でも――」

「そうでしょう、ルースヴェン」ヘンリエッタは自分の背後に立ってミセス・ミムズをじっと見ているフィリップに言った。「アントニアはわたしたちのそばにいるべきだと思わない?」

「もちろんです」フィリップは微妙に挑戦的な目でアントニアを見た。「そうでなくては、ほかの客はもちろんのこと、どうやってミセス・ミムズをあしらうんですか?」

当然、アントニアは従うしかない。結果は思ったとおりだった。満面の笑みを浮かべたヘンリエッタが彼女を紹介した。「わたしの大事な姪ですの。覚えていらっしゃるかしら。

夏は毎年ここでわたしたちと過ごしていましたのよ。この子なしではとてもこの園遊会は開けませんでしたわ」アントニアはミセス・ミムズの蛇のような視線に射すくめられた。「そうですの？　お手伝いを？」ミセス・ミムズは芝生やテラスに点在するテーブルや屋台を見回してから、すでに次の客に挨拶（あいさつ）しているフィリップに鋭い視線を向けた。「なるほど」

ここで動じてはいけないと、アントニアはにっこり微笑んだ。「楽しんでいただけるといいんですけれど」そして、ホレイシアとホノリアのミムズ姉妹に目を向けた。ふたりはまだ物欲しげな目でフィリップを見ている。「もちろんお嬢さま方も」

ミセス・ミムズは険しい目で娘たちを見た。「さあ、行きましょう！　ぐずぐずしていないで！」そしてスカートを翻し、テラスの階段を上っていった。

ルースヴェン・マナーからの招待状を自分の娘にとっての好機と見なした地元の婦人はミセス・ミムズひとりではなく、客が増えるにつれてそれがはっきりしてきた。アントニアはしばしば当惑の視線を向けられた。多くの客が子供のころの彼女を覚えていて、たいていは温かく迎えてくれたが、未婚の娘を連れた婦人たちはよそよそしかった。

レディ・アーチボルドは驚き方も率直だった。「まあ！　あなたはこの世から消えてしまったのかと思っていたわ。それとも無事結婚したのかと！」

アントニアは吹き出しそうになるのをこらえた。根は気のいい夫人のことだけに、腹は立たない。

夫人は顔をしかめ、母親の陰に隠れるように立っている内気そうな娘を見た。彼女もほかの娘たち同様、フィリップに見とれている。「行きましょう、エミリー。そんな目でそっちを見ていてもむだよ」

アントニアは夫人の辛辣な言葉を和らげるようにエミリーと握手した。しかし娘はうわの空で、瞳を輝かせてフィリップを見つめていた。

夫人とエミリーをテラスへ促してから次の客を迎えようと振り返ったとき、フィリップと目が合った。

アントニアは今まで、こんないらだった彼を見たことがなかった。彼女まで愛想笑いをしているのがつらくなり、五分とたたないうちにあごが痛くなってきた。それからはうっとりした娘がやってきたときには、慎重に彼の視線を避けるようにした。

珍しい催しだけに、大勢の人が集まった。近所の人々はすべて招待に応じ、馬車道を二輪馬車や四輪馬車が次々と上ってきた。小作人は荷車や徒歩でやってきて、出迎えを受ける招待客の列の前を通るときに、帽子を上げたり、おずおずとお辞儀したりして挨拶し、芝生に集う人々と合流した。

最後に到着した客の中にキャッスルトン一家がいた。サー・マイルズとレディ・キャッスルトンはアントニアが最後にここへ来たときにはまだこちらへ移ってきていなかった。夫人は美しい顔に冷淡な表情を浮かべて先頭に立ち、後ろにはほっそりした黒髪の娘が続いた。「ごきげんよう、ルースヴェン」レディ・キャスルトンは大仰に片手を差し出した。褐色の髪に貴族らしい青白い肌の威厳ある夫人は、織り模様入りのモスリンのドレスを優雅に着こなし、物憂げな表情を作っていた。「ずいぶん奇抜で……疲れるアイデアね！」きつい香水の香りが周囲に漂った。夫人はヘンリエッタに視線を移した。「よくこれだけの準備ができたこと。あなたはもうくたくたでしょう。ルースヴェンもひどいわね」

「ばかを言わないで、セライナ」ヘンリエッタは顔をしかめて背筋を伸ばした。「これはわたしのアイデアなのよ。ルースヴェンは快く聞き入れてくれただけよ」

「そうなんですよ」フィリップはいかにもおざなりな握手をして、夫人の手を放し、サー・マイルズのほうへ向き直った。「きょうの娯楽の発案者はわたしじゃないんです」

率直でにこやかなサー・マイルズは妻とは対照的だ。彼はくすくす笑いながらフィリップと握手した。「説明無用だよ。ここにいる男たちはみんな、その手のことには不案内だ」

「確かにね」フィリップは微笑んだまま、サー・マイルズ夫妻のかたわらに立つ娘に目を向けた。「こんにちは、ミス・キャスルトン」

「こんにちは、男爵」ミス・キャスルトンは母親同様仰々しく片手を差し出した。目には恥じらいもなく誘うような表情を浮かべている。彼女はアントニアほどではないが背が高く、体型もあらわな薄いモスリンのドレス姿だった。

フィリップはちょっと驚いた顔で彼女の手を見てから、つかの間その手を取り、レディ・キャスルトン、さらにはアントニアへと視線を移した。

「まだ姪をご紹介していなかったわね」ヘンリエッタはアントニアを手で示し、即座に唇をとがらせたミス・キャスルトンから巧みにみんなの注意をそらした。「ミス・マナリングです」

アントニアが穏やかに微笑んで片手を差し出すと、レディ・キャスルトンは鋭い視線をさっと彼女の全身に走らせた。夫人の顔に不満げな表情がよぎる。「あら」夫人は微笑んだが目は笑っていなかった。「あなたにもやっと付き添い役が見つかって安心ね」

「付き添い役?」ヘンリエッタはまばたきした。「あなた方がまだこちらへいらしたばかりだということを忘れていたわ!」彼女は横柄に微笑んだ。「姪は以前はしょっちゅうここへ来ていたのよ。第二の故郷のようなものなの。最近母親を亡くしたので、また来てくれたの」彼女はアントニアの腕を握りしめた。「でも、あなたの言うこともあながち間違いではないわ。この種の催しを取り仕切ってくれる人がいると安心ですもの。確かにわたしの年ではたいへんだけれど、これも領主たる者の務めのひとつだし」

アントニアは叔母の意図を読み取り、にっこり微笑んだ。「そのとおりですわ。でも、わたしは少しも疲れていないのでご心配なく」彼女はレディ・キャスルトンと目を合わせた。「催しには慣れていますから。若い娘が学んでおかなくてはならないことのひとつだと、母も常々言っていましたし」

　レディ・キャスルトンは目を細めた。「本当に？」

「そうかもしれないな」フィリップが巧みに割って入った。「さて、そろそろテラスへ移りましょうか」彼はアントニアの手を取って肘にかけ、もう一方の腕でヘンリエッタを支えた。「どうです、サー・マイルズ？」

「いいとも」妻がしゃしゃり出る前に、サー・マイルズは妻と腕を組み、もう一方の腕を娘に差し出した。「さあ、行こうか？」

　サー・マイルズは振り返りもせず、妻と娘を促して階段を上っていった。

　彼らが十分離れてからフィリップは両側の女たちに鋭い目を向けた。「さて、この疲れるけれどきわめてよく準備された催しを開始するとしますか」

　ヘンリエッタを長いテーブルの上座に座らせてから、フィリップはアントニアを彼女の選んだ真ん中あたりの席へエスコートした。

「こんなことを言うとは思いもしなかったが、わたしはレディ・アーチボルドとレディ・ハモンドに大いに感謝しているよ」

　アントニアは席につくと、フィリップの席をはさんで座っている、ともに堂々としたふたりの婦人にちらりと目をやり、問いかけるように彼を見上げた。

　フィリップは彼女のほうにかがみ込んだ。「ふたりはレディ・キャスルトンの先手を取ったんだ」彼は眉を上げて微笑んで、去っていった。

アントニアはにやりとしたいのをこらえて、レディ・キャスルトンを捜した。夫人は不満げな顔でアントニアの反対側の少し離れたところに座っていた。しかし、夫人の不機嫌を気にする者もなく、テーブルに凝った料理が並んで、あちこちで会話が弾んだ。フェントン以下、召使いがゴブレットやグラスに酒を満たし、お祭り気分が盛り上がった。

フィリップが開会の挨拶をして、乾杯の音頭をとった。彼が席につくと、宴が始まった。

アントニアはメイドが下のテーブルへ大皿を運んでいくのを目の端で絶えず確認していた。彼女にとって、小作人は近隣の貴族同様、大切な客だ。貴族は別の催しにも招かれるだろうが、農民にとってはきょうは領主の歓待を受けるめったにない機会なのだ。テーブルにはおいしそうな菓子や料理にパンとチーズ、エールのピッチャーがところ狭しと並び、みんなにこにこしている。芝生全体に陽気な雰囲気が広がっていた。

芝生の盛り上がりが耳障りではないかと、アントニアは周囲の会話に注意を戻した。心配は無用だ。テラスはテラスで大いに話が弾んでいた。

食事は滞りなく進み、フルーツの皿もすっかり空になると、テーブルが片づけられた。未亡人たちやゲームや競技に参加するつもりのない客はテラスの椅子でくつろぐことにし、もっと元気な客たちは芝生へ出ていった。

アントニアはヘンリエッタと言葉を交わし、体を起こした。すると、そばにフィリップがいた。

アントニアが驚いた顔をしたので、フィリップは眉を上げた。「まさかきみに守ってもらいもせずにわたしが危険な芝生へ出ていくなどとは、思っていないだろう？」

「守ってもらう？」フィリップはさっさとアントニアの手を自分の腕にかけた。彼はとても大きくて……たくましい。彼がすぐそばにいることにアントニアはまだ慣れていなかった。「何からあなたを守るのかしら？」

フィリップは微笑んだ。「ピラニアさ」

「ピラニア？」アントニアは未亡人たちに会釈してから、フィリップに促されて階段を下りていった。「それって魚でしょう？」芝生へ下りると言った。

「そのとおり。社交的だが肉食で、ひどく冷血だ」

「それがこの芝生に？」

「そうとも。ほら、若いのが一匹やってきた」

目を上げると、ミス・キャスルトンがホノリア・ミムズと腕を組んでこちらへ向かってきた。

「あら、ミス・マナリングでしたわね？」ミス・キャスルトンはふたりの前で立ち止まった。「かわいそうに、ホノリアがスカートのひだ飾りを破いてしまって」

ホノリア・ミムズは困りきった顔で、体をよじって裂けたひだ飾りを見ようとした。「どうしてこんなことになってしまったのか。裂けたのはわかったんですけど、引っかかるようなものは何もなくて。幸いカライオピがそばにいて、ひどいことになっていると教えてくれたんです」

「できればミス・マナリング」カライオピ・キャスルトンが巧みに口をはさんだ。「ホノリアを館へ連れていって、応急処置をしてあげてくれません？」

ホノリア・ミムズは真っ赤になった。「だめよ、そんな。ほかにもたくさんお客さまがいらっしゃるのに」

「そのとおり」フィリップが穏やかに言った。「ミス・キャスルトン、きみはミス・ミムズの友だちなんだから、一緒にテラスへ戻って、メイドに頼んであげてくれないか」彼はとびきり魅力的な微笑みをホノリア・ミムズに向けた。「ここにはぜひミス・マナリングが必要なのでね」

ホノリア・ミムズはぼうっとしている。「もちろんですわ、男爵」大きく見開いた目はきらきら光っていた。「わたし、決してご迷惑はかけません」

「ありがとう」フィリップは彼女の手を取り、お辞儀をした。彼の感謝の微笑みだけで、若い娘ならもう夢見心地だろう。「ひとつ借りができたね」

ホノリア・ミムズは喜びのあまり破裂しそうだった。丸い顔を輝かせてカライオピ・キヤスルトンの腕を取った。「行きましょう、カライオピ。これくらいのこと、わたしたちだけで片づけないと」

ホノリア・ミムズは意気揚々と友をテラスへ引っ張っていき、カライオピ・キャスルトンの抗議の声もほどなく聞こえなくなった。

アントニアは目を丸くした。「ミス・キャスルトンはあなたの言葉に納得していないでしょう」

「だろうね。きみも気づいただろうが、彼女は自分の策略で頭がいっぱいだったし」

アントニアの瞳が光り、口元がぴくりとした。

「何がおかしいんだい？」フィリップは眉を上げた。「さあ、言って」

アントニアはたまらず吹き出した。「それって、自分のことを棚に上げて人を批判する典型じゃないかしら」

ふたりはしばらくじっと見つめ合った。フィリップの視線がアントニアを虜にする。彼女が体の芯に感じたおののきは皮膚のすぐ下まで広がってきた。

そのときフィリップが目をそらした。「きみの前では油断できないな」ちょっと間を置いてから、少し軽い口調でつけ加えた。「さあ、みんなに合流しよう。弓の試合はいつからだったかな」

会話が弾んでたちまち数時間が過ぎた。ふたりは芝生のあちこちで客と言葉を交わした。

アントニアは、フィリップは少なくともひとり五分ずつぐらいは小作人と話をすべきだと思っていたが、彼も同じ考えでいることがわかった。彼女がそう仕向ける必要はなかったのだ。それはありがたかった。

彼女は園遊会を完璧(かんぺき)に取り仕切っていたが、フィリップにだけは彼女の支配も及ばなかったからだ。

アントニアが驚いたことに、フィリップは常に彼女のそばにいて、彼女が農家の奥さん連中と料理の話などしているときも辛抱強く待っていた。長年の空白にもかかわらず、小作人の多くは彼女を覚えていて、旧交を温めたがったし、領主とも交流を持ちたがった。話に区切りがつくたびに、フィリップはアントニアを抱き寄せるようにして先へ進んだ。本当に彼女に守ってもらっているかのように。

母親の多くはそのサインを読み取って、娘を彼に押しつけようとはしなかったが、娘たちのほうはもっと鈍感だった。ミス・アバークロンビーとミス・ハリスは大胆にも声をかけてきた。

「ひどく暑いですわね、男爵」ミス・アバークロンビーは流し目をして、大きくあいた胸元の豊満な胸の谷間に注意を引こうと、顔を手であおいだ。

「ほんと、まいってしまいそう」ミス・ハリスも負けじとまつげをぱたぱたさせて、物憂げな視線をフィリップに向けた。

アントニアは彼の体がこわばるのを感じた。しかし、その顔はまったくの無表情だ。

「暑さに負ける前に客間で休んではどうかな？」フィリップは気温が十度も下がりそうな口調で言った。「冷たい飲み物も用意してあるはずだし」軽く会釈するとアントニアを促し、娘たちから離れた。

この館の主人に接近したいなら、つまらぬおしゃべりや媚は禁物だと、アントニアはここにいる娘たち全員に教えてやりたくなった。フィリップはべたべたされるのが嫌いで、節度ある会話を好む。要は常識人なのだ。たいていの紳士がそうであるように。そう、アントニアはほぼ確信していた。

今度はフィリップが輪作の件で小作人の一家の相談を受け、立ち止まった。アントニアはこっそり彼を観察し、苦笑した。

輪作に最適の条件をきびきびと語る彼の声は、娘たちの耳には届かない。ただ、優雅に芝生を横切っていく洗練されたその姿に、娘たちはうっとりしたまなざしを注ぐのだ。

アントニアは周囲を見回した。ホレイシア・ミムズが牧師館の娘ふたりと固まって、くすくす笑いながら何かささやき合っている。アントニアは急に老け込んだ気分になって、目をそらした。

フィリップは話が終わると彼女の手を取り、弓の的のほうへ向かった。「試合は順調に進んでいるようだね。勝者にリボンを授けるのはきみじゃないんだろう？」

アントニアは首を振った。「それはあなただわ。若い人たちのあこがれの的だもの」

彼女はフィリップと視線を合わそうと少し前に出た。そして不運にも、ホレイシア・ミムズの道をふさぐ形になってしまった。ホレイシアは優雅につまずいてフィリップの胸に飛び込む計算だったのだ。ところがその代わりに、アントニアの背中に激突した。

突き飛ばされたアントニアは低い叫び声をあげ、フィリップの胸に飛び込んだ。フィリップはしっかりとアントニアを抱え上げてホレイシアをよけ、ホレイシアは草の上にぶざまに転がった。

「大丈夫かい？」フィリップは腕の力をゆるめると、アントニアを見下ろした。

アントニアはうなずいて、なんとか答えた。「ぶつかっただけだから」それでも体を引いたときには思わず顔をしかめた。

フィリップは両手で彼女の背中を支え、やさしくもんだ。そして、ふたりの友人に助け起こされるホレイシアに鋭い視線を向けた。「こんな軽率な振る舞いは見たことがない！」

アントニアは背中をもむ温かな手の感触にしばし浸って、フィリップの胸に頭を預け、吹き出しそうになるのをこらえた。彼の口調と体のこわばり具合からして、怒りは爆発寸前のようだ。

「きみたちのご両親だって」フィリップは三人の娘たちを冷ややかに見た。「こんな振る舞いには眉をひそめられるだろう。この際、ご両親にもはっきり――」

アントニアはフィリップの胸を強く押して彼の腕から抜け出した。思ったとおり三人の娘は顔面蒼白だ。「わたしならなんともありませんから」フィリップをちらりと見ただけで、彼が納得していないのがわかった。その表情は硬く冷たい。アントニアは彼をたしなめたかったが、目を細めて警告するだけにとどめた。「ミス・ミムズ、おけがはなかった？」

真っ青になったホレイシアはぼんやりと視線を落とした。ピンクのモスリンのドレスのスカートに草のしみがついている。「いちばんいいドレスなのに！」彼女はうなった。「台なしだわ！」

フィリップはふんと鼻を鳴らした。「自業——」

アントニアは後ずさりして彼の足を踏んだ。フィリップは顔をしかめて彼女を見た。

「ミス・カーマイケル、ミス・ジェーン、ミス・ミムズと一緒に館へ戻って、しみが落ちるかどうかメイドにきいてみてくださる？」

牧師の娘たちはうなずき、すぐに友の腕を取った。しかしホレイシアは真っ赤になって、なぜかその場を動かなかった。「本当にすみませんでした、ミス・マナリング。わざとやったわけでは……」彼女は唇を噛み、目を伏せた。

アントニアはホレイシアがかわいそうになった。「悪い偶然が重なったのよ。もう忘れましょう」

三人の娘全員が滑稽なほどほっとした顔になった。小さくお辞儀をして、三人は即座に立ち去った。

「わたしの足も悪い偶然に見舞われた！」フィリップは三人の背中をにらみつけた。「恥知らずめ」

「若い娘ってあんなものよ」アントニアは横目で彼を見た。「特にきょうのような浮かれた状況では」

フィリップは目を細めた。「彼女たちのばかげた妄想の標的にされてはたまらないね」

「気にしないで」アントニアは微笑んで、慰めるように彼の腕を叩いた。「試合の勝者に賞を授けましょう。歓声があがったから勝負がついたようよ」

フィリップはアントニアをにらんだものの、促されるまま弓の試合が行われている湖のほとりに向かった。彼は娘たちに騒がれるのは面倒でも、若者たちは苦にならないらしい。三種の競技の勝者を讃えるスピーチを彼が即席で行うと、青年たちは彼のまわりを小躍りして取り囲んだ。授賞がすむと、フィリップはアントニアのそばに戻ってきた。

お茶の時間になったので、ふたりはテラスへ戻った。たくさん誘いがあったのに、フィリップは断固アントニアのそばを離れなかった。それから子供たちの乗馬の会場へ移る時間が来た。

ふたりが芝生に戻ると、前方にレディ・キャスルトンの姿が見えた。娘もかたわらにいて、ジェラルド・モーズビーの腕に手をかけている。

「あら、ルースヴェン」レディ・キャスルトンはマニキュアをした手でしっかりフィリップの袖をつかんだ。「ずっと農民のあいだに隠れていたのね。もっときちんと応対すべき相手を無視して」

フィリップはうんざりした顔だ。

夫人はさらに続けた。「カライオピがぜひここの薔薇園を見たいと言うんだけれど、残念なことにジェラルドは花が苦手なの。くしゃみが出るんですって」

「そうなんですよ」ジェラルドが苦笑した。「あの香りがたまらなくて」

「そういうわけだから、本日の女主人代理のミス・マナリングにミスター・モーズビーを湖のそばの乗馬場へ案内してもらって、あなたはわたしとカライオピを薔薇園へエスコートしてくださらない？」

「いい考えでしょう？」ジェラルドは両手をこすり合わせてアントニアを見た。

アントニアはそうは思わなかった。八年前のジェラルドはまったく信用できない少年だった。淡いブルーの瞳の表情やだらしない口元の動きからして、年月を経ても成長はないようだ。

ふいにフィリップの体がこわばったのに気づいてアントニアが目を上げると、彼は皮肉な笑みを浮かべてジェラルドを見据えていた。

「残念ながら」フィリップは好色なジェラルドの顔から夫人へと視線を移した。「わたしとミス・マナリングには小作人たちをもてなすという大事な役目がありましてね。領地の女主人であるあなたならわかってくださるでしょうが」

フィリップはレディ・キャスルトンに領主夫人としてたいした経験がないのを知っていた。夫人はぐうの音も出ず、冷たい目で彼を見返すしかなかった。

「わかってくださると思っていた」フィリップはうなずいて、袖に置かれたアントニアの手を取った。「では、失礼します。子供たちの乗馬大会が始まるので」彼は夫人と娘には笑顔を向けたが、ジェラルドは無視した。

三人に声の届かないところまで来ると、アントニアはため息をついた。「あなたって本当に……」彼女は言葉を探した。

「才気煥発？　口が達者？　老練狡猾？」

「わたしの頭に浮かんだのは、冷酷非情」アントニアはとがめるような視線を彼に向けた。

「ジェラルド・モーズビーと湖のそばを散歩したかったのかい？」

「まさか」アントニアはぞっとした。「彼はまるでひきがえるよ」

「じゃあ、ミス・キャスルトンはピラニアだからお似合いだ。一挙にふたりとも追い払えるし」

アントニアに異論はなかった。

ふたりはロープで仕切られた一角にやってきて、ロー・ジャンプの最終競技に間に合った。馬丁頭の息子のジョニー・スミッジンズが僅差で勝利を収めた。彼の妹でやっと手綱を握れるようになったばかりのエミリーも、太ったポニーを巧みに操って賞をもらった。子供たちはみんなアントニアとフィリップを歓迎した。フィリップはジョニーとしっかり握手して、彼にブルーのリボンを授けた。アントニアはエミリーのドレスに薔薇結びのリボンをつけてあげる前に、抱き上げてキスをせずにはいられなかった。フィリップは少女のカールした髪を撫でた。

最後に残った催しが『パンチとジュディ』の人形劇だった。芝生に散っていた客のほとんど全員が灌木の生け垣の正面に設えた舞台の前に集まり、数人の未亡人までやってきた。

子供たちは草の上に座り、大人たちはその背後に立った。拍手喝采とともに手作りの幕が上がったところへ来たフィリップとアントニアは、いちばん後ろに立つことになった。フィリップには舞台が見えたが、アントニアは人の頭のあいだから背伸びをしても無理だった。

「こっちへ」フィリップは彼女を芝生の縁の低い石垣へと導いた。「この上に立って」

アントニアはスカートをたくし上げ、彼の手を取って石垣の上に上った。高さはさほどではないが、とにかく狭い。

「わたしの肩に手をかけて」

なんとかバランスを取って立つアントニアをフィリップが支え、ふたりは舞台に目を向けた。

ジェフリーの台本はとてもおもしろくて、人形も生き生きと動いた。料理番のお気に入りのひしゃくやビリヤード室にあったぼろぼろの虎の頭など、いくつかの小道具が独創的に生かされていた。ついに幕が下りたときには、アントニアはフィリップにのしかかるようにして舞台を見つめていた。

「驚いたわ！」彼女は笑いすぎて涙を流した。「弟があんなに巧みに言葉を操れるなんて」

フィリップはアントニアに皮肉な目を向けた。「きみが弟に関してわかっていないことは、まだいくつかあると思うね」

アントニアは眉を上げた。そして体を起こそうとしたとき、背中に激痛が走って息をのんだ。

即座にフィリップの腕が彼女を支えた。

「痛むんだね」

非難するようなその口調に、フィリップの腕に寄りかかったアントニアは驚いて彼を見つめた。石垣のおかげで、ふたりの目の高さはほぼ同じだ。彼の灰色の瞳には激しい感情が渦巻いていた。

見つめ合ううちにその目が澄んでいく。心臓をどきどきさせながらアントニアが目を伏せると、フィリップはそっと彼女を地面に下ろした。彼女は伸びをして、ホレイシア・ミムズの肘がぶつかったあたりをもみほぐそうとした。もう一度フィリップにマッサージしてもらいたかった。

フィリップは彼女の隣に両手を握りしめて立っている。

「ちょっと痛いだけよ」

「無分別な娘が！」

「本当に大丈夫だから」アントニアは芝生を横切っていく人々に目を向けた。「さあ、お客さまのお見送りをしないと」

ふたりは馬車道に立ち、帰っていく馬車や小作人に手を振った。ミムズ一家が挨拶に来たときには、アントニアはフィリップが怒りださないかと冷や冷やしたが、すべて順調に進んだ。キャスルトン一家もやっと帰った。

客が全員去ると、アントニアは芝生へ戻って後片づけの監督をした。フィリップは彼女のかたわらに立ち、ブロンドの髪が夕日に輝くのを見つめた。

「ジェフリーには本当に感心したよ」彼は言った。「『パンチとジュディ』の上演を責任を持ってやり遂げたんだから」

アントニアは微笑んだ。「それに大成功だったたし。子供たちは夢中になっていたわ」

「そうだね。わたしの知るかぎり、湖に落ちた子もいなかったし。それだけでも、ジェフリーには大いに感謝しないと。でも、彼の栄光の一部はきみのおかげだと思うな」ふたりは湖の岸のすぐそばまで来ていた。フィリップは彼女を見つめ、かたわらに立った。アントニアは眉を上げ、小高くなったところで止まった。フィリップは彼女を見つめ、かたわらに立った。「実質的にはきみひとりで彼をあそこまで育てるのはたいへんだったろう」

アントニアは肩をすくめ、湖に目を向けた。「弟の世話に時間を費やしたのを後悔したことはないわ。大きな報いが待っていてくれたし」

「かもしれないが……きみの責任じゃなかったのにと言う人も多いだろう。母上もいらしたんだし」

アントニアの口元がゆがんだ。「確かに。でも、父が亡くなって以来、母は本当に生きていたのかどうか」

ちょっと間を置いてから、フィリップが言った。「そうだね」

ふたりは館へと引き返した。しばらく歩いて、再びアントニアは口を開いた。「母は父に夢中だったの。父のことしか考えていなくて。その父が突然消えてしまって、途方に暮れたのよ。母がわたしとジェフリーに興味があったのは、わたしたちが父の子供だったからだわ。父が亡くなって、母はわたしたちへの興味も失ったの」

フィリップは唇を噛んだ。「母親とも思えないな」

「誤解しないで。母はわざと責任を放棄したわけではないのよ。ただ、普通母親に期待されるような視点から物事を見ることができなかったのね。父が亡くなってからは、すべてがどうでもよくなったの」

ふたりは一緒にテラスへと続く坂を上っていった。

館のそばまで来ると、アントニアは片手を目の上にかざして、館の優美なたたずまいを称賛のまなざしで見上げた。「理解できるようになるまで時間がかかったわ。そこまで誰かを愛するということを。そんな愛があれば、ほかのすべてはどうでもいいのだと」

長いあいだ、ふたりは黙ってじっとたたずんでいたが、やがてアントニアはフィリップをちらりと見て、彼が差し出した腕に手をかけた。

テラスに上がるとふたりは振り返って、再びきれいになったものの足跡のたくさん残る芝生を見渡した。

フィリップの口元がゆがんだ。「またすぐこういう催しをするなんて言い出さないでほしいな」振り返って、アントニアの目の表情に気づいた。「いや、成功しなかったと言っているんじゃない」彼は慌てて言った。「だが、またすぐやるとなると、わたしの神経がもたないと思ったんだ」

アントニアは反論をのみ込んだ。

フィリップは彼女の表情からそれを読み取って、顔をこわばらせた。「実際」彼は淡々とした口調になった。「わたしが結婚してしまえば問題はなくなるんだが」

アントニアはもじもじしたが、目はそらさなかった。ふたりはじっと見つめ合った。

やがてフィリップが彼女の手を取った。指先にわざと長めのキスをして、アントニアの中にさざ波のように広がっていく反応を味わった。彼女が隠しきれない反応を。

アントニアはフィリップを見つめたまま、反抗的にあごを上げた。

彼女の挑戦的なまなざしに、フィリップは片眉を上げた。「大成功の一日だった。すべての面でね」彼は物憂げに午前用の居間のドアを手で示した。ふたりは一緒に館へ入った。

「だめだ！」ジェフリーが大きなあくびをした。「もうへとへとで、ぼろ雑巾みたいだ。部屋に下がります」

フィリップはビリヤードのキューを棚に戻してうなずいた。「それがいい。気絶して、わたしに引っ張っていかれる前にね」

ジェフリーはにやりとした。「そんなご迷惑はかけたくないな。おやすみなさい」彼はドアを閉めて立ち去った。

フィリップはキューの棚の扉を閉め、反対側の壁の酒のテーブルに目を留めた。グラスにたっぷりとブランデーを注ぐと、片手をポケットに突っ込み、フランス窓からテラスへ出た。

館も領地もひっそりと静まり返っている。薄い雲の背後で星がきらめいていた。興奮の一日を終えて、みんな部屋に下がってやすんでいる。フィリップもジェフリー同様疲れていたが、気が立ってベッドに入る気分になれなかった。

一日じゅう彼の中で渦巻いていた感情は、新鮮すぎて簡単に払いのけられず、強烈すぎて無視することもできなかった。守りたい気持ち、嫉妬、不安などは今までにも経験してきたが、こんなにも切実に集中的に感じるのは初めてだ。

そしてその全体を貫くのが発散しようのないいらだち、自分の中から出てきた衝動とはいえ、それに引きずられることへの嫌悪感だった。

こんなことは初めてだ。

彼はぐっとブランデーをあおり、夜の闇を見つめた。相手がほかの女性だったら、何かもっともらしい口実を見つけて、どこか遠くへ行ってしまうだろうに。

なのに、わたしはまだここにいる。

グラスを空けると、頭がぼうっとしてきた。これも三十四になるということの一部なのだろうか。

6

二日後、フィリップは図書室の窓辺に立ち、日差しに照らされた庭を眺めていた。こんな気持ちのいい日に彼を屋内に引き留めていた仕事は片づいた。家令のバンクスが背後で書類をまとめている。

「では、ミセス・モーティングデイルの代理人に条件を提示してみます。彼女が受け入れるかどうかはわかりませんがね」バンクスは不機嫌な口調になった。「スミッジンズが懸命に説得しても権利書にサインしようとしなかったのですから」

フィリップの視線は庭をさまよった。アントニアはきょうはどこに隠れているのだろう。

「結局はサインするさ。ただ、決断するのに時間がかかるだけだ」バンクスが鼻を鳴らしたので、フィリップは振り返った。「ここは我慢だ、バンクス。ロウアー・ファームは周囲をぐるりとうちの領地に囲まれているから、買いたがる者などめったにいない。まして、われわれのような好条件を出す者はね」

「ええ、わかっています」バンクスはうなるように言った。「実はそこが腹立たしいんです。女のくだらないためらいに振り回されているのが」

フィリップは眉を上げた。「残念ながら、女性を相手にするときにはそれに耐えるしかない」

バンクスはまだぶつぶつ言いながら立ち去った。

しばらくじっと庭を眺めていたフィリップも、続いて部屋をあとにした。

アントニアは薔薇(ばら)園にはいなかった。芍薬(しゃくやく)の小道は午後の日差しの中でまどろんでいた。涼しげな木陰もひとりではむなしい。フィリップは生け垣の陰に立って目を細め、獲物の性格を考えた。そして、バンクス同様ぶつぶつ言いながら館(やかた)へ引き返した。

アントニアは食料貯蔵室にいた。

ほの暗い部屋にフィリップが入ってくると、アントニアは驚いて目を上げた。「何かお探し?」

「実はそうなんだ」彼はアントニアが作業をしている台に寄りかかった。「きみをね」

アントニアは目を見開き、それから刻んでいたハーブに目を落とした。「わたしは――」

「けさも会えなかったし」フィリップはアントニアが顔を上げると、じっと彼女を見つめた。「もう乗馬には飽きた?」

「まさか」アントニアは目を伏せた。「園遊会で疲れただけ」

「ミス・ミムズとぶつかったところがまだ痛む?」

「いいえ。ただの打ち身だから」アントニアは刻んだハーブを集め、ボウルに入れた。「もうすっかり治ったわ」

「それはよかった。バンクスとの仕事が思ったより早く終わったから、きみがその気なら馬車の練習でもと思ってね」

アントニアはエプロンで手をぬぐいながら考えた。ときには新しい技術の習得のために一歩踏み出すことも必要だろう。

「きみが葦毛をうまく操れたら、基本的な鞭の使い方を教えてあげてもいいよ」フィリップは眉を上げてアントニアを見つめた。

アントニアはフィリップの瞳のかすかな挑発の色を見逃さなかった。「お願いするわ」こくりとうなずくと、背伸びして窓の外を見た。

フィリップは体を起こした。「いい天気だよ。帽子が必要だね」アントニアの手を取り、彼女をドアへと導いた。「きみが帽子を取ってくるあいだに、馬車に馬をつけておくよ」

アントニアはあっという間に階段の下に連れられていった。そして十分後には快調なペースで馬車を進めていた。馬車道は草の茂った道を抜けて、近くの村まで続いており、その間は平坦だ。かたわらでフィリップはすっかりくつろいで、暖かな日差しとおいしい夕食のことしか考えていないように見える。

がっかりした気持ちを抑えて、アントニアはあごを上げた。「ここまであなたを振り落としもせずに馬車を進めてきたのだから、鞭の使い方を教えてくださってもいいんじゃないかしら」

「そうだね」フィリップは体を起こした。「手綱を左手に、鞭を右手に持って。鞭紐（むちひも）は指に通すんだ」アントニアがてこずっていると、彼は片手を差し出した。「貸して。やり方を見せてあげよう」

　それからは、フィリップが巧みに鞭を操れば馬は難なく進み、アントニアが鞭を振るおうとするとうまくいかないという状態が続いた。

　館の馬車道に戻ってきたときにも、アントニアは何度も何度も練習を繰り返して、やっと馬の耳に鞭を当てられるようになっただけだった。フィリップのように長い鞭をさっとしならせ、馬の耳をくすぐるようにかすめて、すかさず引き戻すといった技は、そう簡単に真似（まね）できるものではなかった。

　アントニアは顔をしかめたまま、フィリップに抱き上げられて馬車から降りた。

「気にしないで。たいていのことがそうだが、練習すればできるようになるから」

　アントニアは、フィリップはいつもの仮面をどこに置いてきたのだろうと思った。彼の瞳はあの森の中の空き地のときのように陰りを帯び、両手はしっかりと彼女の腰をつかんでいた。キャンブリック地はモスリンより厚いし、下にシュミーズも着ているが、それでも彼の手のぬくもりが伝わってくる。フィリップはじっとアントニアを見つめた。彼女の心はとろけて、理性はどこかへ流され、呼吸が止まった。

フィリップの瞳がいちだんと陰りを増した。

アントニアは一瞬、キスをされるにちがいないと思った。館の前庭の真ん中で。しかし、彼の表情がふっとゆるんで口元が自嘲的にゆがんだ。フィリップは彼女の手を取り、甲にキスをした。

そして苦笑を浮かべた。「もう一段上のレベルに進むには練習が必要だな」

そこへ馬丁がやってきた。フィリップは馬丁に馬車を任せると、アントニアの手を自分の袖にかけた。アントニアはどういう意味かと問いかけるようにフィリップを見上げた。

フィリップは片眉を上げた。「わたしたちは着実に進歩していると思わないか？」

「いいわよ！」前庭を見下ろす窓辺に腰かけたヘンリエッタは、大きなため息をついて振り返った。「あなたにも言ったけれど、わたしは本気で心配になっていたのよ、トラント」

「わかっていますよ」トラントは鋭い目で女主人を見た。

「園遊会のあとはこれ以上はないほどの状態よ。ルースヴェンはどんな誘惑があろうとぴったりアントニアに張りついているし」

トラントは鼻を鳴らした。「旦那さまが悪趣味だなんて噂は聞いたことがありませんもの。そんな〝誘惑〟にはむしろ反発なさるだけでしょう。ますますアントニアさまの存在が天国に思えて」

ヘンリエッタもふんと鼻を鳴らした。「わたしとあなたにはミス・キャスルトンのような娘たちはどうしようもなく不作法に見えるわ。でも、ルースヴェンの知性はわたしも大いに認めているけれど、男性の見る目はまた違うのよ。どうしても中身より外見に走りがちで。ミス・キャスルトンは外見はまずまずでしょう。だからルースヴェンが彼女に無関心で、正直ほっとしたのよ」

トラントはせっせと針を持つ手を動かしつつ、また鼻を鳴らした。「無関心どころか、うんざりなさっていましたよ」

「そうだった？」

「わたしには、旦那さまはもう心を決めていらっしゃるように見えましたね」トラントは目を上げて、女主人の反応を見守った。

ヘンリエッタはしばし考えてから、満足げな顔になって杖に手を伸ばした。「ふたりが仲直りしたのは間違いないし、フィリップの気持ちがはっきり決まったのなら大いにけっこう。何か行き違いがあったんじゃないかと心配していたのよ。アントニアはぴりぴりして、館の中を隠れ回っていたし」彼女は目を細めた。「神経過敏になっていただけかもしれないわね。フィリップのほうは当然のように自分のペースを崩さないものだから」ヘンリエッタは好戦的に瞳を輝かせて立ち上がった。「手綱を締めるときが来たわ。いざロンドンへ出陣よ、トラント」

玄関ホールでフィリップと別れると、アントニアは急いで部屋に戻った。ネルはいなかった。帽子を脱いでベッドに放(ほう)り投げ、窓辺に向かう。窓枠に寄りかかり、暖かく甘い香りのする風を吸い込んだ。

ああ、なんとか乗りきったわ。

さらに重要なのは、例の厄介な過敏さに悩まされてはいるものの、フィリップとの関係の中できちんとした足場が築けたことだ。いつなんどきつまずくかもしれず、そのとき彼が受け止めてくれる保障もないとはいえ、ふたりとも同じ道を進もうとしているのはほぼ間違いない。

ありがたいことに、フィリップはわたしに時間が必要なことをわかってくれた。防御を固める時間、妻にふさわしい態度を身につける時間、あふれんばかりの感情を抑え、恥をさらさずにすむ術(すべ)を身につける時間が。それ以外に、さっきの彼の言葉は解釈のしようがない。窓腰掛けに座り、アントニアは窓枠に頬杖をついた。

雲が太陽を覆い、急に寒気を感じた。母の暗い警告の声がまた頭に響いた。〝賢い娘なら、愛など求めてはだめよ。ただつらい思いをするだけなのだから〟

体の震えを抑え、アントニアは顔をしかめた。それは母が死の床で発した言葉だ。母が経験から、利己的かもしれないが深く傷ついた心から引き出した結論だったのだ。このまま進めばわたしも、母同様すべてを失う危険を冒すことになるのだろうか？

フィリップの妻になることがわたしの望みだ。昔からそうだった。でも、わたしはルースヴェン・マナーに愛を探しに来たのではない。

だけど、愛のほうがわたしを見つけたら？

十分ほど考えたが、答えは出てこなかった。

不機嫌に顔をしかめると、アントニアは不安を振り払い、目の前の目標に集中した。ロンドンに行く前に、人前でフィリップといても堂々としていられるようになっておかないと。社交に関しては母やヨークシャーの貴婦人たちから断片的な知識を得ただけで、しかもその大半が田舎でしか通用しないものだろう。けれども、すばやく学んでいく自信はある。とびきり洗練されていて、常に自分を見失わないフィリップがいいお手本だ。彼の腕を取って社交界を堂々と進んでいくことこそ、最終的な試験にちがいない。

わたしが彼の妻にふさわしい、魅力的で洗練された淑女であることを証明できたなら、フィリップは求婚してくれるだろう。わたしの前の道はまっすぐに続いている。フィリップもほのめかしていたように、要は手綱の振るい方を身につければいいのだ。

自信がわいてくるのを感じながら、アントニアは立ち上がった。

翌朝、アントニアは寝過ごした。片腕にスカートを抱えて鞭を持ち、もう一方の手で帽子を押さえて小走りで厩の前の庭へ出た。フィリップがペガサスと彼女の乗る大柄な糟毛のレイカーを引き出したところだった。両方の馬にはすでに鞍がついている。アントニアはふいに立ち止まった。フィリップは彼女に気づいて眉を上げた。アントニアは帽子から手を下ろすと、つんとあごを上げ、落ち着いた足取りでレイカーに歩み寄った。

フィリップが彼女を抱き上げようと近づいてくる。アントニアが彼のほうに向き直り、両手を肩にのせると、フィリップは手を滑らせるようにして彼女の腰に回した。そして彼女が目を見開くと、問いかけるように眉を上げた。アントニアは口を引き結び、彼をにらんだ。

フィリップの口元がぴくりとした。「別にいいじゃないか」彼はアントニアを抱き上げて鞍に乗せた。

アントニアは彼を無視してスカートを直した。彼女の準備が整ったころに、ジェフリーも合流した。フィリップがうなずいて、先頭に立った。

五キロほど全速力で馬を走らせると、アントニアの心も晴れた。乗馬はいつも気分を爽快にしてくれる。いい馬にまたがって、時を忘れて野を駆けるのは最高だ。彼女にこんな馬の乗り方を許してくれる男性はこの世にフィリップしかいない。アントニアはそれを重々承知していた。

半馬身ほど先を行くフィリップをちらりと見ると、彼は大きな去勢馬を楽々と乗りこなしていた。人も馬もたくましく、人馬一体となった姿は一幅の絵のようだ。体の震えを抑え、アントニアは正面に視線を戻した。三人は草地を見渡す小山の上に来ていた。ここへ来るのは初めてだ。眼下には小さな庭の真ん中に石造りの家があり、細い小道が門へ続いていた。

「あそこには誰が住んでいるの？」アントニアは身をかがめてレイカーのつややかな首を撫(な)でた。「ここもまだあなたの領地でしょう？」

フィリップはうなずいた。「ただ、あの一角は最近未亡人になったミセス・モーティングデイルのものなんだ」

アントニアはゆっくりと馬の向きを変えて、その土地を見渡した。「あそこを買い上げて領地に加えるのが賢明じゃないかしら。その人もあんな狭い土地ではさしたる収穫も上がらないでしょうし」

「実はすでにそう申し出たんだが、向こうがまだその気にならなくてね。バンクスに言って少し条件をよくして、返事を待っているんだ。彼女はよその土地に家族もいるし、そのうち売る気になるだろう」

ジェフリーが近くの尾根へぜひ行ってみたいと言い、フィリップがうなずくと、歓声をあげて馬を駆っていった。

アントニアは手綱を振るい、レイカーを促して小さな小川を渡った。「最近とてもお忙しいようね」フィリップはこの二日間、ほとんどずっとバンクスと一緒だった。「ふだんは領地の管理にそこまでは時間を取られないんでしょう?」

「ああ」フィリップはアントニアのほうを横目で見ながら、ペガサスをレイカーの横につけた。「今は帳簿の整理に最適の時期だからね」

アントニアは顔をしかめた。「わたしは収穫のあとがいちばん効率がいいと思っていたわ。マナリング・パークではいつもその時期にまとめていたのよ」

フィリップは一瞬口元をゆがめた。「そう? ただ、目下わたしが直面している問題は、きみがマナリング・パークで処理していたこととは性格が違うと思うがね」

アントニアはとまどい顔になった。「そうでしょうね。別に批判するつもりはなかったの」

フィリップは皮肉っぽいまなざしで彼女を見た。「その慎みには大いに感謝するよ」

アントニアは背筋を伸ばした。「もって回った言い方をなさるのね」

「わざとじゃないさ」アントニアの疑わしげなまなざしを受け、フィリップは物憂げに眉を上げた。「ヘンリエッタのロンドン行きの計画をきみはどう思う?」

アントニアはちょっとためらってから肩をすくめた。「一週間以内に発つというのは賢明でしょう。舞踏会が始まる前にロンドンになじむ時間があるのは、わたしにはありがたいし、ジェフリーもいることだし。連夜のパーティが始まったら、弟と過ごせる時間はあまりないでしょうから」

フィリップは全速力で戻ってくるジェフリーを見つめた。「すぐに彼の心配をする必要はなくなると思うよ。頭のいい子だから」アントニアを見て、彼女の不安を悟った。「もちろん、わたしがついているから、ちゃんと気をつけているし」

ジェフリーが激しい蹄の音をたてて近づいてくる中、アントニアは驚いた顔でフィリップを見た。「本当に？」

「本当だとも」フィリップは馬を館の方角へ向けてからアントニアを見つめた。「わたしにだってそれくらいはできるさ。この状況でなら」

アントニアはまばたきした。フィリップはジェフリーにうなずくと踵でペガサスの横腹を蹴った。栗毛は駆けだし、レイカーもあとに続いた。厩に戻るころには、アントニアは、どういう状況なのかフィリップに尋ねるのはやめることにした。彼の答えに対処する準備ができていないと思ったからだ。

ロンドンと社交界。わたしが自分の能力を示すべき場がまだ先にあるのだから。

フィリップは継母やアントニアたちに先立ってロンドンへ発つことにした。表向きの理由はルースヴェン・ハウスでみんなを迎える準備を整えることだったが、本当のところはなじみのクラブに顔を出し、アントニアとジェフリーが社交界の海に乗り出す前に、ロンドンの空気を確かめておくのが目的だ。みんなより一日早く出発すれば十分だった。朝早くに発ち、二頭立て二輪馬車を駆れば昼までにはグローブナー・スクエアに着く。それで継母たち一行が着くまでに丸二日、潮の流れを測る時間ができる。

ただし、アントニアとのあいだでひとつのことをはっきりさせるまではルースヴェン・マナーを離れるつもりはなかった。その目的を果たすには時間と場所が重要だ。彼は出発の前夜、お茶が終わってカップが片づけられるまで待った。

アントニアはトレーをワゴンに置くと、呼び鈴の紐のほうへ向かった。暖炉の前に立っていたフィリップは通りかかった彼女の手をつかみ、驚いた顔を無視して、長椅子のそばであくびをしているジェフリーに言った。「きみが読みたがっていた例の本を図書室の机の上に置いておいたよ」

ジェフリーの瞳が輝いた。「わあ、うれしいな！　ベッドへ持っていこう」

すぐにドアへ向かったジェフリーにフィリップは声をかけた。「ついでに、フェントンに片づけに来るよう言ってくれないか」

ジェフリーは振り返りもせずに手を振った。「わかりました」そして戸口で立ち止まり、遅ればせながらみんなににっこり微笑(ほほえ)みかけた。「おやすみなさい」

ドアが閉まると、フィリップはちらりとアントニアを見てから、長椅子にくつろぐヘンリエッタに目を向けた。「アントニアに美しい夕暮れを見せたいと思っているんです。この時期、テラスからの景色はすばらしいと、継母上も感嘆なさっていたでしょう」

鋭い視線を向けられて、ヘンリエッタはもじもじした。「そ、そうね」フィリップがにらみつけるので、彼女はつけ加えた。「本当に！　それはもう……」大仰に手を振る。「息をのむほどよ」

フィリップは満足げに微笑んだ。「早々に部屋へ下がられるおつもりなんですよね？」

ヘンリエッタの胸の中で警戒心と好奇心がせめぎ合い、好奇心が勝った。「ええ」疲れた様子を装ってクッションに寄りかかった。「トラントを呼んでくれたら、すぐ上へ行くわ」

「それがいい」フィリップは部屋を横切り、呼び鈴の紐を二度引いた。「無理は禁物だ」

ヘンリエッタは下手な答えはせず、愛想よく微笑んで、ふたりにおやすみと手を振った。アントニアはお辞儀をし、フィリップもいつもどおり優雅に一礼してアントニアの腕を取り、彼女をテラスへと続くフランス窓のほうへ向けた。「さあ、きみの意見を聞かせてくれ」

いやおうなしに導かれるまま揺れるカーテンを抜けると、アントニアはしぶしぶ西の空に目を向けた。「夕暮れについての？」

「それもある」

そのきびきびした口調に、アントニアは思わずフィリップの顔を見た。

フィリップはじっと彼女を見つめたまま、手すりのそばで立ち止まった。「そろそろ率直に話し合うべきだと思ってね」

アントニアはめまいを感じた。「何について？」

「未来についてだ。特にわたしたちの」予想外の緊張を隠そうと、フィリップは石の手すりに腰かけた。アントニアと同じ目の高さになると、彼はじれったげに眉を上げた。「わたしがきみに妻になってほしいと言っても、驚きはしないだろう？」

「ええ」考えるより先に言葉が出ていた。アントニアは真っ赤になり、慌てて手を振って打ち消した。「いえ、つまり……」

フィリップの表情に、彼女は言葉を詰まらせた。

「率直に話し合うと言っただろう」

アントニアはあごを上げた。「そうなればいいと思って――」

「きみとヘンリエッタで策を練った」

「ヘンリエッタ？」アントニアは当惑してフィリップを見た。「ヘンリエッタになんの関係があるの？」彼女はまばたきした。「策って？」

彼女が見るからに当惑しているので、フィリップは自分の間違いを認めざるを得なかった。「気にしないで」

アントニアの目が怒りに燃えた。「気になるわ！　あなたは——」

「違うんだ！」遅まきながら真実に気づき、フィリップは歯を食いしばって言った。強情で頑固なアントニアのことだから、彼同様、ヘンリエッタの意のままになるはずがない。

「見当違いの疑いを抱いたことは認めるよ。だが、そんなことはもうどうでもいい」驚いたことに、口をついて出た言葉にも真実の響きがあった。「今大切なのは……話し合うべきなのは、これからのことだ」フィリップはアントニアのきらきら光る瞳をじっと見つめた。「お互いが何を求めているかはわかっているだろう？」

アントニアはフィリップの顔を、ひとつの決意が明確に浮かんだ灰色の瞳を見つめた。

そしてゆっくりと息を吸い、うなずいた。

「よかった。少なくともこの点では同意できたね」フィリップはアントニアの手を握りたい気持ちを抑えて、膝に手を置いた。「わたしのほうの準備は整った。結婚するためのもろもろの手続きはいつでも進められる」

アントニアは目を見開いた。「バンクスと相談していたのは……」

「そうなんだ」フィリップはつい得意顔になった。

アントニアはむっとした。「それならあなたのほうこそ策を——」

「そういうことじゃないよ」アントニアの冷たい視線を無視して、フィリップは続けた。

「ヘンリエッタはきみのいちばん近い成人の血縁者だが、彼女に求婚の許可を取る必要はないだろう。大喜びするにきまっているからね。ジェフリーだって反対するとは思えないし」

「弟は半ばあなたに心酔しているから」

フィリップは眉を上げた。「それが気に入らない？」

生来正直なアントニアは首を振った。動揺の渦が勢いを増し、頭がぼうっとしてくる。驚きの連続だ。展開があまりに速すぎる。

「残る問題はきみの気持ちだけだ」フィリップは片手を差し出した。「アントニア、わたしの妻になってくれるかい？」

世界がぐるぐる回り、鼓動は激しく乱れた。アントニアは灰色の瞳の虜となって、彼のてのひらに手を置いた。「ええ、もちろん。時が来れば」

フィリップは彼女の手を握ると、反射的に力をこめた。そして、悦に入って顔がほころびそうになったところで凍りつき、ショックと信じられない思いが入りまじった表情になった。「時が来れば？」

アントニアは曖昧な身振りをした。「のちのち」

「のちのちって、いつなんだ？」

彼女は顔をしかめた。「ロンドンから帰ってからだと思っていたわ」

「じゃあ、考え直してもらおう」ふいにフィリップは立ち上がった。「きみがロンドンの舞踏会場を婚約という盾もなしに、鳥のように自由に飛び回るのをわたしが承知すると思っているのなら、大間違いだ。わたしたちはあす婚約を発表する。わたしはロンドンへ着いたら『ロンドン官報』に告知を載せるよ」

「あす？」アントニアはまじまじとフィリップを見た。「そんなの無理だわ」

「無理？」フィリップは険しい顔で彼女を見下ろした。

アントニアはあごを上げ、まっすぐ彼を見た。「無理です」彼女が繰り返すと、彼女の手を握るフィリップの手に力がこもった。「わかってもらえると思っていたのに」例によってまた胸が苦しくなって、アントニアは目を伏せ、彼の幅広のネクタイ(クラバット)を見た。「わかるはずなのに」再び目を上げ、彼と視線を合わせた。「なぜ？」

フィリップはしばし目を閉じた。それから目を開けて大きく深呼吸し、無理してアントニアの手を放した。「きみは確信しているようだが、わたしにはぴんと来ないな。わたしに何がわかるはずなのか、さらには、なぜわたしの求婚が拒絶されるのかが」

アントニアはまばたきした。「求婚を断るなんて言っていません。ただ、ロンドンから戻るまでは婚約発表は無理だと」

フィリップは顔をしかめたが、緊張による筋肉のこわばりはゆっくりと解けていった。

「つまり、ロンドンから帰るまで婚約を伏せておくなら、この求婚を受けてくれるということかな？」彼はアントニアを見つめた。「そうなのか？」

アントニアは赤くなった。「もし……」両手を組んであごを上げる。「それでもわたしを妻にと言ってくださるなら」

「その点は問題ない」上向きのアントニアの顔を見ているとキスをしたくなってしまう。フィリップは歩きだした。「わたしはできれば今すぐにでもきみと結婚したいんだ。しかし、社交界の慣習では婚約から結婚までに一定の期間が必要だ。だから……」彼は目を細めてアントニアを見た。「ふたりの気持ちが決まっている以上、ロンドンから帰ったらすぐ結婚できるように、ただちに婚約を発表すればいいと思った。ところがきみはそれは無理だと言う！」

アントニアは譲らなかった。「理屈ではそうでも、あまりに早すぎるわ」

「早すぎる？」

信じられないという口調を無視して、アントニアはうなずいた。「わたしには早すぎます。わかってください。つまり……」顔をしかめ、適切な言葉を探した。「わたしは……社交界でどう振る舞えばいいか、まだわかっていないでしょう。こつを身につけないと。でも、婚約していたのでは無理だわ」

「どうして？」フィリップも顔をしかめた。彼はずっとうろうろ歩き回っている。「婚約しているのと、結婚しているのと、ただの知り合いのあいだに、どんな違いがあるんだ？」

アントニアはあごを上げた。「あなたもよくご存じのように、結婚していたり婚約していたりすれば、世間はわたしにどんな場面でもきちんと対処できることを求めます。あなたが花嫁に選んだ相手なら、それができて当然だと」彼女はじっとフィリップを見つめた。「わたしが大きな社交界の経験がまったくなく、ヨークシャーでの催しに何度か顔を出しただけにすぎないことも、あなたはご存じでしょう。そんな程度の経験では、あなたがおっしゃったように社交界を飛び回るなんて無理です。最初の障害でつまずいてしまうでしょう」彼女は苦笑した。「鞍にまたがったこともなく、生け垣を飛び越える自信もない状態なんですもの」

フィリップはますます渋い顔になって、ゆっくりと立ち止まった。

「あなたは鞭を使う前に練習が必要だとおっしゃったわね。それと同じことだわ。あなたの妻としてどう振る舞うべきか、わたしは学んでおく必要があるんです。結婚する前に」

フィリップは顔をしかめて目をそらした。彼に言わせれば、アントニアにはそんなことを学ぶ必要などない。彼女の生まれ育ちと生来の率直さ気さくさで、すんなり受け入れられるはずだ。園遊会での彼女が立派な証拠だが、本人があの程度の成功では社交界に出ていく自信にはならないと思っているのは明らかで、それには彼も反論できなかった。

ここは、珍しく自信が持てずにいるアントニアを励まし、彼女の計画を受け入れるしかない。フィリップは芝生をにらんだ。「ヨークシャー出身だと聞けば、誰もがきみの不安なみを身につけられるのよ」

ければ、特別注目を集めることもないわ。悪い評判を立てられることもなく、淑女のたし

みんな鵜の目鷹の目でわたしの粗捜しをするでしょうね。単にあなたの継母の姪にすぎな

「そのとおりよ」アントニアはうなずいた。「そしてわたしたちの婚約が発表されれば、

を察するだろうね」

　フィリップは黙っている。

　アントニアは勝利を感じ取り、もうひと押しした。「社交界ではどんな事情があろうと、無骨な物腰は大目に見てもらえないでしょう?」

「きみがその気になれば、無骨になどならないよ」

　アントニアは微笑んだ。「ふとなってしまうこともあるかも」真顔に戻り、ひとつ息をついた。「あなたは妻に、きちんと館を切り盛りし、ここでもロンドンでも女主人役を務められる能力を求めているでしょう。それはつまり……社交界で立派に通用する淑女じゃないといけないということだわ」

「わたしがきみに求めているのは友情だよ、アントニア」それと、それ以上のものも。フィリップは動揺に気づかれたくなくて、庭のほうを見つめた。

　彼の言葉に元気づけられ、アントニアは答えた。「わたしもわたしたちの友情が続くことを望んでいるわ」フィリップが何も言わないので、彼女は促した。「わたしだってあな

たと結婚したいのよ。でも、なぜロンドンから戻るまで婚約を待たなくてはいけないのか、わかってくださったでしょう？」

振り返ったフィリップはじっとアントニアを見つめ、その目から揺るぎない決意を読み取った。彼女は四、五週間もの猶予を求めている。彼は短くうなずいた。「わかった。婚約は発表しない。だが、婚約して、それを秘密にしておくのはいいだろう？」

アントニアはまっすぐフィリップを見返した。「ヘンリエッタが……」

フィリップは舌打ちして両手を腰に当て、振り向いてまた芝生をにらんだ。彼の大好きな継母は絶対に秘密を守れないだろう。しかし、彼女に知らせずに正式に婚約するのは無理だ。彼は大きく息を吸い、ゆっくり吐き出した。「なんの約束もなしにきみをロンドンの舞踏会で踊らせておくわけにはいかないよ」彼は振り返り、視線で彼女を釘づけにした。「わたしはしぶしぶながら、ここに戻ってくるまではきみに正式の婚約を無理強いしないことを承諾しよう。きみが社交界で十分な経験を積んだら、ただちに婚約だ」満たされぬ思いを懸命に抑えつつ彼女の両手を取り、自分の両手で包むと、その目を見つめた。「アントニア、わたしはきみを妻にしたい。まだ正式には婚約できなくても、約束は交わしておきたいんだ」

青みがかった空高くに浮かぶ三日月をちらりと見上げてから、フィリップはまたアントニアの緑色がかった金色の瞳に視線を戻した。

「月を証人に婚約しよう。そしてここに戻ってきたら、慣習が許すかぎり早く結婚するんだ」

アントニアの指が震え、彼女が息をのんだのが感じ取れた。フィリップはじっと彼女を見つめたが、やがてその両手を放して、片手を唇に引き寄せた。

「承知してくれるかい、アントニア？」彼女を見つめたまま手の甲にキスをしてから、今度はもう一方の手を引き寄せる。「わたしのものになると」

アントニアは胸の奥からこみ上げるものを感じた。フィリップの唇が指に触れると体が震えた。「ええ」わたしはずっと昔から彼のものだったのだ。

アントニアを見据えたまま、フィリップはゆっくりと彼女の両手を差し上げた。彼が手を放すと、その手は彼の両肩に落ちた。フィリップは彼女の腰に手を回して引き寄せた。アントニアの体をさざ波が走った。「フィリップ」

「婚約はキスをして初めて成立するんだよ」

彼の頭が下がってきて、アントニアは目を閉じた。

ふたりの唇が重なった。やさしく心を癒(いや)すようなキスだった。フィリップはそっとアントニアを抱き寄せ、両手で背中をさすった。

キスがアントニアを快感の魔法の王国へとさらっていった。フィリップの唇に導かれ、彼女はおずおずと唇を開いた。一瞬、森での出来事を思い出したが、きょうの愛撫(あいぶ)はもっとやさしく温かく、なぜかアントニアはさらに求めたくなった。あふれる情熱が、隠さなくてはいけないにちがいないみだらな思いを引き出してしまう。それでもフィリップに守られて、アントニアは甘美な快感に浸った。

軽いキスではなくても、炎のキスまでにしないために、フィリップは持てる技術のすべてを駆使しなくてはならなかった。彼の腕の中でアントニアの体が柔らかくなり、ごく自然に愛撫を求めてくる。ここでも彼女は率直でおおらかで、妙な技巧などとはまるで無縁だ。フィリップのような放蕩者にはその初々しさがたまらなかった。

彼は激しい欲望に襲われながらもゆっくりと体を引き、キスを終わりにしようとした。欲望という名の悪魔とは長いつき合いだ。そいつが彼の人生を地獄にするとしても、その地の主は彼自身だった。

フィリップがやっと顔を上げると、アントニアもゆっくり目を開いた。そしてまばたきをして、なんとか気を取り直そうとした。

「ああ……」アントニアは体を引こうとしたが、フィリップはしっかり抱き寄せた。

「まだだ」悪魔にそそのかされ、フィリップは彼女に息をつく間も与えずキスを繰り返した。

「フィリップ！」アントニアはもがいて体を引いた。

フィリップはしぶしぶ腕を下ろしたものの、まだ彼女の片手を握っていた。「きみはわたしのものだ、アントニア」指先にキスをし、それからてのひらにもやさしくキスした。

「それを忘れないで」

彼が手を放してもアントニアは震えていた。

フィリップは最後にもう一度、そっとキスをした。「ぐっすりおやすみ。次はロンドンで会おう」

アントニアは目を見開いて後ずさりすると、うなずいてゆっくり背を向けた。フィリップは館に入るアントニアの後ろ姿を見守った。彼女はわたしの館で眠るのだ。この先もずっと。

フィリップの唇から笑みが消えた。彼は芝生のほうへ引き返した。顔をしかめて階段を下り、両手をポケットに突っ込んで、涼しい夜の闇の中をそぞろ歩いた。

7

「手紙が届いております、旦那さま。ルースヴェン・マナーからです」

図書室の安楽椅子に座ったフィリップは執事のカーリングを手招きした。フィリップは午後から町に出て、行きつけのクラブをのぞいてから〈マントン射撃練習場〉で一時間を過ごした。それで仲間のほとんどがまだ夏の猟場から戻っていないのを知って、安心して図書室でくつろいでいたのだ。好天が続いているので、秋の社交シーズンの舞踏会やパーティが始まるまではみんな戻る気にならないのだろう。ということは、アントニアは比較的静かに初めの二、三週間を過ごして、ロンドンになじめるわけだ。

カーリングが差し出した銀の盆には、バンクスの几帳面な筆跡の手紙がのっていた。フィリップは顔をしかめ、手紙を開いた。短い手紙を読み終えると、彼はふっと息をついた。「厄介な未亡人もついに心を決めたか！」

「よい知らせですか、悪い知らせですか？」カーリングは主人のかたわらに、まっすぐ背筋を伸ばして立っていた。陰気な口調のせいで、質問が少しも出しゃばりな印象を与えない。

「両方だな。やっとロウアー・ファーム買い取りの件が片づいた。だが面倒なことに、今後の保証の件でミセス・モーティングデイルが直接わたしに会いたがっている」フィリップはため息をついた。「戻らなくては」そして時計を見た。「今夜は無理だ。ハムウェルに、日が出たら馬車の用意を整えておくよう言ってくれ。その前にわたしを起こしてほしい」

ブライトン街道を行けば昼までにルースヴェン・マナーに着けるだろう。運がよければ優柔不断な未亡人から早々に解放されて、あすじゅうに戻ってこられるかもしれない。

「承知いたしました」丸々太った体を全身黒で固めたカーリングはゆっくりとドアへと向かった。そして、片手をノブにかけたまま振り返った。「奥さまとお客さま方は予定どおりあすお着きになるのですね？」

「そうだ。準備万端整えておくように」

カーリングはかすかに眉を上げ、ドアのほうへ向き直った。「もちろんでございます」

しかし思ったようにはいかず、フィリップがロンドンに戻れたのは二日後の午後だった。カーリングは主人の外套(がいとう)を受け取った。「ロウアー・ファームの件はうまく片づいたのですね？」

「やっとのことで」フィリップは玄関ホールの鏡に向かい、幅広のネクタイ(クラバット)を直した。

「継母上とマナリング姉弟はきのう着いたか?」

「はい。無事お着きになりました」

「追いはぎはおろか、勘定をごまかすずるい宿屋の主人もいなかったわ」

フィリップが振り返ると、ターコイズ色の柔らかなモスリンのドレス姿のアントニアが滑るように階段を下りてきた。欄間窓から差し込む日差しが髪を金色に照らしている。

「それはよかった」フィリップは進み出て彼女の手を取り、指にキスをした。「御者や馬丁はきちんと世話をしてくれたかい?」

「ええ、もちろん。でも、あなたのほうは? 例の未亡人はついに折れたの?」

「やっと迷いを断ち切ってくれたよ」フィリップはアントニアの手を自分の腕にかけ、廊下を進んだ。「ただ、どうしても直接わたしに会いたいと言い張ってね。今後も農場の労働者は雇い続けると保証してほしいと言うんだ」

館の裏手の居間に入ると、アントニアが言った。「それが賢明じゃないかしら。それに、彼女はやさしい人ね」

フィリップはしぶしぶうなずいた。「だけど、どのみち彼らは雇っておくつもりだったんだ。とにかく彼女に呼び出されたせいで、きみを出迎えることができなかった。戻ってきて、きみがわが家を優雅に歩く姿にでくわす運命だったらしい」

フィリップはドアを閉めた。アントニアはかたわらの彼をちらりと見た。「目障りだった?」

　フィリップは緑色がかった金色の瞳を見下ろした。「とんでもない」わざと挑発的な笑みを浮かべる。「期待どおりさ。ただ、きみが初めてロンドンに着いた夜に歓迎するのを楽しみにしていたから」

　アントニアも微笑(ほほえ)んだ。「でも、きっとがっかりなさったわ」彼女は静かに窓辺の長椅子へ向かった。「叔母さまはすぐ部屋にお下がりになったし、ジェフリーとわたしも早めの夕食をすませて早々にやすんだから」スカートを翻し、花柄のインド更紗(さらさ)の椅子に座った。

「けさは?」フィリップも彼女に近すぎず遠すぎないところに腰を下ろした。「きみが昼まで寝ていたとは思えないが」

「ええ」アントニアはいたずらっぽく微笑んだ。「ジェフリーとハイドパークで乗馬をしようかって話も出たの。勝手に馬を出しても、あなたは絶対に怒ったりしないと弟が言って。でも、やはりあなたが戻るのを待ちましょうと、わたしが説得したの」

　フィリップは唖然(あぜん)とした。

「どうかして?」

　彼は顔をしかめた。「説明しておかなくてはいけないことがある。きみたちふたりにね」

彼はアントニアを見つめた。「ロンドンでの乗馬のことだ」

アントニアは表情を曇らせた。「ハイドパークで乗馬をするのは認められていると思っていたけど」

「認められているよ。ただ〝乗馬〟という言葉の定義がここの社交界とマナリング家とでは違うんだ」

「そうなの……」

フィリップは渋い顔になった。「貴婦人が〝ハイドパークで乗馬〟といえば、普通はゆっくりした常足（なみあし）のことで、せいぜいちょっと普通駆け足（キャンター）をするくらいだ。速駆け（ギャロップ）なんかさせたら眉をひそめられる。絶対にやってはいけないよ」

アントニアはがっかりした。「つまらないわ！」

フィリップは、アントニアの耳元にはらりと落ちた金の巻き毛に指をからませ、それが滑り落ちていくとそっとアントニアの頬を撫（な）でた。

アントニアが彼を見つめる。フィリップはいつもの緊張感に襲われつつ、ぐっとこらえて手を下ろした。

「そんな乗馬をする気にはならないわ」アントニアは首を振った。「やめておきます」

「賢明な決断だね。ロンドンにいるのは一カ月かそこらだ。マナーに戻ったらまた心ゆくまで乗馬を楽しめるんだし」

「そうね。大きな目的のための犠牲と考えないと」

フィリップは微笑んでうなずいたが、すぐに真顔になった。「残念ながら、それだけじゃないんだ」

アントニアはまっすぐ彼を見つめた。「えっ？」

「ハイドパークで馬車を走らせるのも」彼は顔をしかめた。「きみに手綱を操らせてあげると言ったが、あのときは隣にわたしが乗るつもりでいた」

アントニアの表情が曇る。「それで？」

「だが、わたしたちの婚約を隠しておくとなると、きみにわたしの馬車を操らせてパークを走ったりしたら、とんでもない憶測を招くことになる。きみが絶対避けたいと思うような噂（うわさ）が広まるんだ」

「まあ」

「でも、いろいろ制約はあるといっても、ロンドンは概して娯楽がいっぱいの天国だよ。きょうの午後はどうするつもりだい？」

アントニアは落胆を振り払って背筋を伸ばした。「叔母さまはまずブルートン・ストリートの仕立て屋に行ってドレスを選ぼうと」少し赤くなりながらフィリップを見た。「わたしの持っているドレスはロンドンでは通用しないらしくて」

「ヨークシャーから出てきたばかりだ」フィリップは彼女の手を取った。「無理もないさ」

「それからボンド・ストリートまで歩いて帽子屋を見て、そのあとはたぶんパークを一周して」

ぼんやり彼女の細い指をいじっていたフィリップはマントルピースの時計を見た。「ヘンリエッタも昼寝から起きただろう。わたしが戻ったと知らせてくるといい」アントニアの少し驚いた顔を見て、フィリップは微笑んだ。「十分で着替えをすませて、わたしも一緒に行くよ」立ち上がって彼女も立たせると、その手にキスをした。「きみのロンドンでの初めての外出だから」

二十分後、ヘンリエッタとフィリップとともにルースヴェン家の馬車に乗り込んだアントニアは、うれしさを抑えきれなかった。フィリップが一緒に来てくれるなんて、思ってもみなかったのだ。馬車はがたごと砂利道を進んでいき、角を曲がった拍子に体が揺れると、向かいに座るフィリップと目が合った。アントニアは微笑み、それから窓のほうへ視線をそらした。なんだかもう彼のことを夫のように思い始めている。結局は彼の妻になるのだし。

そう考えると、また不安が募ってきた。フィリップに求婚されただけになおさら、ロンドンではぜひとも成功しないと。社交界はわたしにとっての最後の障壁だ。ここでつまずくわけにはいかない。

運よくすぐにブルートン・ストリートに着いて、アントニアはくよくよ考え込まずにすんだ。馬車は飾りけのない木のドアの前に止まった。フィリップが先に馬車を飛び降り、アントニアに手を貸した。

　スカートを直して顔を上げたアントニアの目が、ドアの横のショーウインドーのドレスに止まった。ブルーのシルクのクレープの、驚くほどシンプルなドレスだ。むだのないデザインと豪華な素材が相まって、おしゃれでエレガントな典型に思えた。ぜひこんなドレスを着てみたかった。

「ブルーはよくない」フィリップが耳元でささやいた。

　アントニアはびくりとして顔をしかめたが、彼はしたり顔で微笑んでいる。

　彼女に腕を差し出すと、フィリップは従僕に導かれたヘンリエッタが入っていったドアを手で示した。「さあ、マダム・ラファージに会いに行こう」

　狭い階段を上り、シルクのカーテンを張りめぐらしたサロンに入ると、さまざまな年代の貴婦人が何人かずつ集まって椅子に座り、店員から生地見本を見せてもらっていた。熱心に相談する声が部屋に響いている。

　紳士もフィリップひとりではなく、それぞれが色やスタイルについて意見を述べていた。何人もがアントニアを振り返り、ひとりなど単眼鏡を目に当てかけて思い直した。助手が足早に近づいてきて、フィリップと静かに言葉を交わすと、小走りでカーテンの向こうに消えた。

　そして五秒後にはカーテンが開き、黒いドレスの小柄な女性がこちらへやってきた。

「ようこそいらっしゃいました」女性は黒い瞳に黒髪で、強いフランス訛があった。彼女はお辞儀をし、両手を差し上げた。「ご要望にかなうよう全力を尽くしますわ」

「よろしく」フィリップがうなずいた。彼はヘンリエッタを紹介すると、一歩下がってあとは継母に任せた。そして振り返り、アントニアと目を合わせた。

当惑したアントニアは眉を上げたが、そこで今度はヘンリエッタが彼女を仕立て屋に紹介した。

マダム・ラファージはアントニアの挨拶にうなずき、ゆっくりと彼女のまわりを回った。

「歩いてみてくださる、マドモアゼル？　窓まで行って戻ってきてください」

アントニアはフィリップを見た。彼は大丈夫と微笑んだ。彼女が奥行きのある部屋を進んでいくと、ほかの客がさりげなく視線を向けた。若い貴婦人の中にはむっとした表情の者もいた。彼女がフィリップのそばに戻ってきたときにはヘンリエッタとマダムは頭を寄せ合い、しきりに何か話していた。

「けっこうよ」ヘンリエッタがうなずいた。「では、あすの十時に仮縫いということで」

「準備を整えてお待ちしています。それではみなさま、あすまた」マダム・ラファージは深くお辞儀をすると、助手にアントニアたちを戸口まで見送るように言いつけた。

従僕の腕を借り、急な階段をゆっくり下りてくるヘンリエッタの先に立って外に出たアントニアは、短い通りを見渡した。有名な婦人服や紳士服の仕立て屋の看板がずらりと並んでいる。フィリップを振り返り、彼女は眉を上げた。「なぜここに？」

フィリップも眉を上げた。「彼女が最高だからさ。少なくとも、そのセンスと、真のエレガンスをかもし出す、いわく言いがたい何かに関しては」

もう一度ウインドーのブルーのドレスを見て、アントニアはうなずいた。「でも、叔母さまではなくあなたの紹介なのね」

フィリップはアントニアの洞察力がここまで鋭くなければと思った。嘘をつくことも考えたが、彼女はすでに彼の困惑に気づいている。

アントニアは再び眉を上げると、少し意地悪にからかうような表情になった。「若い娘が尋ねてはいけないようなことなのかしら？」

そのとおりだ。そして今初めて、フィリップはそれをきまり悪く思った。それでも彼は無表情を装った。「過去にもマダムの腕を求める必要があったと言えば十分だろう」

「そのことに」ヘンリエッタが少し息を切らしながらやってきた。「わたしたちは大いに感謝しなくてはね」彼女は感心した目でフィリップを見た。「なぜ御者にここで馬車を止めさせたのかと思ったのよ」アントニアを振り返り、説明した。「マダムの興味を引くのは、それはもうたいへんなの。でもいったん彼女のお眼鏡にかなえば、あなたのドレスにはどんなやかまし屋だって口をつぐむわ」ヘンリエッタは御者に手を振った。「ボンド・ストリートの端で待っていて、ジョン」それから従僕を手招きした。「ジェム、腕を貸して。ここからは歩きましょう」

フィリップはアントニアに腕を差し出した。彼女は一瞬ためらってから彼の袖(そで)に手を置き、ヘンリエッタに続いて堂々とボンド・ストリートへ入っていった。

彼が一緒に来てくれて、マダム・ラファージを紹介してくれたうれしさは、うまく隠した。

一行は帽子屋、手袋屋、小間物屋、靴屋と、ウインドーの前でたびたび立ち止まった。

「あすラファージと相談してからでないと決まらないわね」ヘンリエッタが言った。「色やスタイルがちぐはぐになってはいけないから」

一行が最後に止まったのは、宝石店の〈アスプレー〉の前だった。ウインドーの中でネックレスや指輪、さまざまな色合いの装飾品がきらめいていた。

ヘンリエッタはウインドーをじっと見つめ、唇をとがらせた。「わたしの記憶に間違いがなければ、あなたの母親は宝石に興味のない人だったわね」

アントニアはうなずいた。「いつも自分には必要ないと言っていました。でも、母が残してくれたパールはありますけれど」

ヘンリエッタはウインドーの奥のネックレスとドロップイヤリングのセットをじっと見つめている。「あのトパーズはあなたに似合いそうだわ」

「どれかしら?」アントニアはまばたきして、叔母の視線を追った。

「トパーズはだめですよ」

フィリップが背後から言った。ボンド・ストリートへ入って以来、彼が口を開いたのはこれが初めてだったので、アントニアもヘンリエッタも驚いて振り返った。

フィリップはいつもの無表情を装いつつ、ウインドーの中央の黒いシルクの台に誇らしげに飾られたセットを指さした。「こっちだよ」

〝こっち〟はエメラルドだった。緑色の宝石はありがちな装飾過多なデザインでなく、ギリシア風とでも呼びたくなるシンプルなゴールドの台座に収まっている。アントニアは目をみはった。ラファージのウインドーのドレス同様、そのペンダントつきのネックレスとイヤリングとブレスレットのセットには独特の魅力があった。これを自分のものにできたらどんなにいいだろう。でも、とても無理だ。彼女にだってそれがどけだけ高価なものかはわかる。貴族が愛人に、それも陰で〝高級娼婦(しょうふ)(ペニヨワール)〟とささやかれるような女性に贈る類(たぐ)いのものではないか。マダム・ラファージの化粧着が似合う女性に。アントニアはため息を抑えた。「ジョンだわ」

馬車がすぐそばの角のところで待っていた。フィリップは黙ってアントニアに腕を差し出した。そして通りを渡ると、最初に継母を、次にアントニアを馬車に乗り込ませた。

ヘンリエッタが身を乗り出した。「パークをひと回りするつもりなの。アントニアに見せてあげたくて。あなたも一緒に来る？」

フィリップはためらった。彼はちらりとアントニアを見たが、彼女の目は影になって見えないし、彼を誘うそぶりもない。フィリップは優雅に一歩下がった。「いや、クラブに顔を出すので」一礼してドアを閉め、御者に合図した。

フィリップは翌朝寝坊をした。ゆうべ遅くまでヒューゴー・サタリーとビリヤードをしたからだ。偶然、夕方〈ホワイツ〉で居眠りしているヒューゴーを見つけ、ふたりで豪華な夕食をすませてから〈ブルックス〉へ移り、いつもどおり夜通し遊んだ。

昼になって階下へ下り、手袋をはめて歩きだしたところへ、図書室のドアが開いてジェフリーが出てきた。「いらしたんですか」彼はにっこり笑って近づいてきた。

フィリップは眉を上げた。「何か？」

「ぼくとの約束を覚えてますか？　園遊会のあいだ子供たちがひとりも湖に落ちなかったら、ロンドンになじむのを手伝ってくれるって」

「ああ、そうだった。確かに濡れている子供はいなかったな」

「そのとおり」ジェフリーは今にも飛び跳ねそうな顔でうなずいた。「それで、〈マントン射撃練習場〉へ連れていってもらえないかと思って」

フィリップもつい微笑んだ。〈マントン〉ならジェフリーの年齢でもまあ安全だ。「マントン本人と話してみないとね。彼は普通は若い者はあまり歓迎しないんだ」

ジェフリーはがっかりした顔になった。「そうですか」

「あまり期待しすぎないでほしいが」フィリップは静かに近づいてきたカーリングからステッキを受け取った。「例外を認めてくれるかもしれない」ジェフリーを振り返って眉を上げる。「きみに銃が扱えればだが」

「もちろんですよ。田舎育ちなんだから！」

「それもそうだな」フィリップはカードケースからカードを取り出してジェフリーに手渡した。「どこかで何かあったらそれを使って。じゃあ、二時に〈マントン〉の前で会おう」

「さすが首都だ！」ジェフリーは瞳を輝かせてカードをポケットに入れた。「じゃあ、あとで」彼はいったん歩きだしてから、また振り返った。「そうだ。アントニアから乗馬のことを聞きました」

「そう」

「あの、朝、一頭馬を出してもいいですか？　馬丁に尋ねたら大丈夫だろうって言ってましたけど。朝、九時ごろに馬を走らせても」

「いいとも」フィリップはうなずいた。「きかれる前に言っておくが、落馬するほどギャロップしたっていいんだ。走路を走っているかぎりはね。ただ、芝を荒らされると管理人がいやがる」

「わかりました！」ジェフリーの顔が輝いた。「姉からギャロップはできないって説明されたけど、女性にかぎってじゃないかと思ってたんです」
「そのとおり」フィリップは手を振って、ドアへと向かった。

女性にかぎってか。

フィリップはハイドパークの車道のそばの芝生を歩きながら、しゃれた小道を走っていくさまざまな馬車に目をやった。彼はジャーミン・ストリートの高級店で友人たちと食事をし、それから〈マントン射撃練習場〉でジェフリーに会った。

店主にジェフリーの年を大目に見てもらうのに、彼の銃の腕前が大きな助けになった。うれしそうなジェフリーを残して、フィリップはジェントルマン・ジャクソンのボクシング・サロンへ向かった。長年の友人であるジャクソン本人からスパーリングに誘われたのを断って、ボクシング仲間と言葉を交わし、すでにロンドンに戻ってきた名士を確かめ、噂話を仕入れた。そのあとは急ぎの予定もなかったので足の向くままに歩いてきた。そしていつの間にかパークへ来ていたのだ。

ルースヴェン家の四輪馬車がゆっくりと周回路を回ってくるのを見つけ、フィリップが手を上げると、御者が馬車を端に寄せた。フィリップはゆっくりと馬車に近づいていった。
「まあ、あなただったの」ヘンリエッタが言った。「ちょうどいいわ。アントニアを芝生へ散歩に連れていってちょうだい」

「わたしもそう思っていたんですよ、継母上」

ヘンリエッタはショールを直し、クッションに寄りかかった。「わたしはここで待っているわ」

フィリップはドアを開け、手を差し出した。そして、アントニアのうつろなまなざしに気づいて息をのんだ。「きみが新鮮な空気を吸いたければだが」いったい長年の経験はどこへいってしまったのだろう？　彼はこれまで、相手の意向も確かめないようなこんな無神経な態度をとったことはなかった。

アントニアは怒りと傷ついた思いを心の隅に押しやり、うなずいた。平静を装いつつ、フィリップの手に手を置いた。彼の視線を感じながらも目は合わさず、馬車を降りた。

彼女の手を袖にかけると、フィリップは深呼吸して気を取り直した。周囲の芝生にはカップルもまばらだ。「二、三週間のうちにもっとこみ合ってくるのだろうが。「今はまだ人も少ないようだが」彼はアントニアを見下ろし、微笑んだ。「天候が変わったら、社交界の連中がどっと戻ってきて、いっせいにいろいろな催しが始まるよ」

アントニアはつんとあごを上げた。「ロンドンのにぎわいは世界一だと聞いています」

「そのとおり」フィリップはやっと彼女と目を合わすことができた。「楽しみかい？」

アントニアは目をそらした。「それなりに。叔母さまはわくわくしているようだし。けさのラファージの店では、それはもう生き生きしていらして」

「そうだろうね。仮縫いはどうだった？」

アントニアは軽く肩をすくめた。「マダムのデザインには感嘆しました。最初のドレスはあすには届くそうです」自分のドレスを見下ろし、渋い顔になった。「それでも遅いくらいね」彼女は洗練された装いで散歩する貴婦人たちを眺めた。

「あしたからは、きみのおかげでロンドンの美女たちも全員色褪(いろあ)せてしまうな」

よそよそしい態度をとろうという決意にもかかわらず、アントニアの口元がぴくりとした。彼女はついフィリップのほうを見てしまった。

彼は片手を胸に置いた。「今の言葉は本心だと誓うよ」

アントニアは思わず吹き出した。すると意外なほど心が軽くなった。

「少人数の気取らないパーティはもうすぐ始まると思うよ」

「ええ。叔母さまのところにもう何通も招待状が届いているわ」

「そして、有力な夫人たちが戻ってくれば、競い合うように催しが開かれる」

「そうね」アントニアは顔をしかめそうになった。

フィリップはアントニアを見つめた。「きみは華やかな社交界を体験するのを楽しみにしているんだと思っていたが」

アントニアはちらりと彼を見た。「しっかりと経験を積んで、社交界というものを理解しなくてはと思っています。でも、楽しめるかどうかは……」彼女は肩をすくめた。「まだよくわからないわ」

いつもながら率直なアントニアに、フィリップは表情を和らげた。「わたしが言うのも妙だが、ロンドンは社交界のパーティだけの町じゃないよ」

アントニアは眉を上げた。

「もちろん劇場もあればオペラもある。それは知っているよね。川を渡れば〈アストリー円形劇場〉や〈ボクスホール遊園地〉もある。難しいことは考えずにひたすら楽しみたいときにうってつけの場所だ。それにきみたち姉弟なら、博物館もぜひ訪ねてみたいだろう」

アントニアの答えを待たず、フィリップは首都の美点を並べ立て、さまざまな名所について詳しく語った。そして彼女の無知をからかうと、ついには彼女も笑いだした。「よくわかったわ。ロンドン滞在は楽しいにちがいないと認めましょう。わたしたちがそんなにいろんな――」ふいに言葉を切り、ひとつ息をついて言い直した。「本当にいろいろ見るところがあるのね」

フィリップはアントニアの視線をとらえることができず、内心眉をひそめた。「きみはずっとヨークシャーの荒野に埋もれていたんだから、知らないのも無理はないさ。シーズンが本格的に始まる前に、いくつかの場所へ行っておかないとね」

アントニアは目を上げ、フィリップを見つめた。「きっと……楽しいでしょうね」

フィリップは微笑んだ。「なるべくいろいろなところへ行きたいね」

ふたりは馬車に戻った。

フィリップはドアを開け、アントニアを乗り込ませた。「またあとで」彼女を見つめて言う。

アントニアがうなずいて、ヘンリエッタが御者の肩を叩いた。フィリップは少し顔をしかめ、馬車を見送った。アントニアとのあいだが妙に気づまりだ。原因はさっぱり見当がつかないが。


その夜六時、アントニアは階段を上がっていった。夕食の鐘が鳴ったところだ。着替えをしないと。踊り場の近くで上から足音が近づいてきた。目を上げると、フィリップと目が合った。アントニアは踊り場で立ち止まり、彼が下りてくるのを待った。

フィリップは最高の仕立ての上着にアイボリーのズボン、複雑に結んだクラバットに琥珀色のシルクのベストと、一分の隙もない身なりだ。髪はきれいに櫛が入り、やさしく波打っている。彼は片手に持った手袋で軽く太腿を叩くと、微笑みを浮かべた。

「あすの午後予定がなければ、馬車でリッチモンドへ出かけないか？〈スター・アンド・ガーター〉でお茶を飲んで、夕食までには十分戻ってこられるよ」

階段のほの暗さがアントニアの瞳の輝きを隠してくれた。少し顔を赤らめたのも。「わたしは……」彼女はあごを上げ、両手を握りしめた。「あなたのお邪魔はしたくないの。いろいろ予定がおありでしょう」

「差し迫ったものはないよ」フィリップは顔をしかめそうになるのを抑えた。「きみはどう？」

アントニアは無表情のままだ。「特に予定はなかったと思うけれど」

フィリップは手袋を握りしめた。「それなら、玄関ホールに……一時半でどうかな？」

アントニアはどこかよそよそしくうなずいた。「楽しみにしています」

いったいなんなんだ？　フィリップは困惑した。「アントニア……？」

「今夜はわたしたちと一緒に食事をなさるの？」アントニアは勇気を振り絞ってきいた。そして、息を殺して答えを待った。

フィリップはちょっとためらってから首を振った。「友人たちととるんだ」自分の声がなんだか遠く聞こえた。「たいていそうなんだよ」影に隠れてアントニアの表情はわからない。彼の年ごろの男性のほとんどは、既婚か否かにかかわらず、自宅で夕食をとることはあまりない。それが洗練された暮らしぶりというもので、別に彼が特別ではないのだ。

「そうなの」アントニアは無理に笑顔を作った。「わたしはもう行かないと遅れてしまうわ。楽しい夜を」彼女はうなずき、階段を上がっていった。なんてばかなの、と自分を叱ったった。フィリップはいつもどおりの生活を送っているだけなのに、勝手に拒絶されたと感じ、勝手に落胆している。わたしはこれを学ぶためにロンドンに来たのだ。彼との暮らしはこういうものだと知るために。

階段を上りきると、アントニアは自分の部屋へ駆け込んだ。

フィリップは遠ざかるアントニアの足音を聞いていた。それから、ゆっくり階段を下り始めた。玄関ホールに着くころには、顔はこわばっていた。彼女は別に的はずれなことは言っていない。わたしに一緒にいてほしいと、ほのめかしさえしなかった。わたしに後ろめたい思いをさせるような態度は一度もとったことがない。彼女は何も要求していない。

それなのに、どうしてこんなにやりきれない気分になるんだ？　何かが間違っているとまではいかなくても、正しくないことは確かだった。

8

翌日の午後一時半、フィリップは玄関ホールに立ち、アントニアが階段を下りてくるのを見つめていた。マダム・ラファージの店から届いたばかりのリーフグリーンの綾織り(あや)のドレスはほっそりした体型を際立たせ、アントニアのブロンドによく映えた。身ごろとスカートはフィリップが手に持っているパラソルと同じ、フォレストグリーンのリボンで縁取られていた。

これもラファージの店から届いたのだが、フィリップの指示で特別に選んで、マダムの従僕が一時きっかりに持ってきたものだ。

フィリップはパラソルを背中に隠して進み出て、階段を下りてくるアントニアに手を貸した。「いちだんときれいだね」

初めてのロンドン製のドレスに自信を得て、アントニアは微笑(ほほえ)んだ。フィリップがさっとドレスに目を走らせるのを見て、スカートを翻してみせる。「マダムの腕に間違いはないわ」

「本当だね」フィリップはまた彼女の手を取った。「ただ、きっと彼女も言っただろうが、類いまれな素材と結びついて初めて完璧になるんだ」

ふたりの視線が重なった。アントニアの鼓動が速くなって警告を発する。彼女は目を伏せ、お辞儀をした。「お世辞でしょう、男爵」

フィリップはちらりと顔をしかめた。「フィリップだ」そしてうやうやしくパラソルを差し出した。

アントニアは驚いた顔だ。「わたしに?」彼女はパラソルを受け取り、壊れ物のようにそっと手に持った。そしてうっとりと見つめると、フィリップにためらいがちな笑顔を向けた。「ありがとう」声はかすれていた。「ごめんなさい。ばかみたいでしょう」彼女は激しくまばたきした。「こんなふうに、特別な理由もなく人からプレゼントをもらうなんて、ずいぶん久しぶりだから」

フィリップは不覚にも無表情の仮面を取り落としそうになった。「喜んでもっといろいろプレゼントするよ、アントニア。ただ、わたしたちの婚約を公にするまでは、たいしたものはあげられないが」

アントニアは声を震わせて笑い、ドレスとパラソルを見比べた。「ぴったり同じだわ」

フィリップは微笑んだ。「霊感の賜物だな」

アントニアが即座に疑わしげな顔をしたので、彼は笑った。そして彼女の腕を取り、ドアへと導いた。

フィリップの二頭立て二輪馬車に乗り込むと、アントニアがしょっちゅう感じる気まずさも消えてしまった。彼女は日差しを避けようとパラソルを広げ、どんなふうに持つのがエレガントか尋ねた。フィリップは半分真剣に、半分冗談で答えを返した。馬車の遠出も、彼と一緒なのも楽しくて、アントニアは心からくつろぎ、素直に喜びを顔に出すことができた。

外出は滞りなく終わった。フィリップは大いに満足して館へ帰ってきた。


それからはフィリップは毎日何時間かはアントニアのそばにいて、彼女の笑顔の背後にあるわだかまりを解こうと全力を尽くした。彼女とジェフリーを〈アストリー円形劇場〉へ連れていき、ほとんどの演目のあいだ彼女の表情ばかり見ていた。翌日の午後は姉弟の懇願に負け、ふたりをセントポール大聖堂と市内観光へ案内し、町の歴史をよく覚えているのにわれながら感心した。

アントニアはいつも満足しているように見えたが、どこか尻込みしている感じがフィリップには気がかりだった。何より、何度注意しても彼女が〝男爵〟と呼ぶのが引っかかる。彼女がそう呼ぶのは彼と距離を取りたいときなのだ。

そうこうしているうちに、初めて気取らないパーティに出ることになった。

フィリップが着替えをすませて、図書室の机で山積みの招待状をぼんやり眺めていると、玄関ホールに声がした。ジェフリーがからかうように何か言って、アントニアが笑っている。彼女のこんな明るい声を聞くのは久しぶりだ。

興味を引かれ、フィリップはドアに歩み寄った。そして、戸口で目にした光景に息をのんだ。アントニアは頭上のシャンデリアにブロンドの髪を輝かせ、玄関ホールの中央に立っていた。頭のてっぺんに集めたカールの幾筋かが耳やうなじに落ちて、ほっそりした首に視線を引きつける。驚くほどエレガントな淡いグリーンのドレスは、肩がすっかりむき出しになるデザインだ。すっきりとしたドレスのラインが、美しい体型を上品に際立たせている。小さなパフスリーブがアクセントになって、長く優美な腕の曲線もいちだんと魅力的だ。

アントニアは階段の上にいて姿の見えないジェフリーに答えて笑っている。頬は少し染まり、目は輝いている。微笑んで薔薇(ばら)色の唇を少し開き、まだお決まりの長手袋をはめていない両手を上げた。

「わたしはあなたの姉なんだから。下りてきたら、あなたを引っぱたく独自の技がまだまだ衰えていないところを見せつけてあげるわ」

ジェフリーが何か答えたが、フィリップには聞き取れなかった。彼は引き寄せられるように、それまで身を隠していた陰から進み出た。

足音に気づいたアントニアが振り返った。フィリップは一心に彼女を見つめた。アントニアは鋭く息を吸い、目を見開いた。そして、本能的に彼の視線から身を守るように、ゆっくりと両手を下ろして体に回した。フィリップはその手を取って広げ、片手をそっと唇に押し当てた。

彼の胸が切なく痛んだ。「きみは美の化身だね、アントニア」

フィリップの低い声がアントニアの体に響き、誘惑の甘美さが体の芯(しん)にしみ渡った。フィリップは夢見心地で彼女の腕を高く差し上げた。アントニアは促されるままに、くるりと回ってみせた。彼の灰色の瞳が情熱の予兆をはらんだ嵐(あらし)の雲の色になっている。アントニアはその瞳から目を離せなかった。

フィリップもアントニアとともに動いて、つかの間ふたりはまるでダンスのように、じっと見つめ合いながらくるくると回った。ついにフィリップが止まると、アントニアもシルクのスカートをふわりと翻し、彼の前に立った。

ふたりが見つめ合ったまま一時代が過ぎ去ったように思えた。互いに緊張に震えながら、目に見えぬ絶壁の縁でバランスを取っているようだ。アントニアは息もできず、あえてまばたきもしなかった。

そこへジェフリーが足音を響かせて階段を下りてきて、魔法を解いた。

「もうぼくを引っぱたこうなんて思わないほうがいいよ」彼はにやにやしながらふたりの

ほうへやってきた。

フィリップはさりげなくアントニアの手を放し、黒い上着に幅広のネクタイ(クラバット)をきちんと結んだジェフリーを振り返った。「そのエレガントないでたちからして、きみも今夜パーティに出るんだね」

ジェフリーは渋い顔になった。「叔母さまがぼくも家にこもってばかりじゃなく、もっと視野を広げないとおっしゃって」

「ブルック・ストリートのマウントフォード家の気取らない集まりよ」まだ胸がどきどきしているアントニアは、なんとか平静な口調で言った。「叔母さまの話だと、上品な会話とカントリーダンスで、あまり経験のない人が社交界になじむのにちょうどいいんですって」

フィリップもそういう集まりのことは聞いている。「初めての社交シーズンはそういうところから始めるのが普通のようだね」アントニアをちらりと見ると、期待で瞳を輝かせている。「夕食はブルック・ストリートで？　それともここで？」

「ここでとっていきます。客間へ行こうとしていたところなの」

「ぼくも練習をさせられるんです」ジェフリーは顔をしかめて首を振った。「コティヨンでもカドリールでも、ぼくにはみんな同じなんだけどな」

「ばか言わないで」アントニアは弟と腕を組んだ。「そんな調子だと、一から叩(たた)き直さないとだめね」フィリップを見て微笑む。「出かけるところだったんでしょう？　お引き留めしてしまったわ」

「いや」フィリップは嘘をついた。「今夜はうちで食事をとるんだ」

「そうなの？」アントニアは驚いてまばたきした。

「そうなんだ。まずは弟のダンスの腕前を確かめてみたら？　わたしもすぐに合流して、判定を下そう」

アントニアが彼に向けた笑顔は太陽のように明るかった。ジェフリーはぶつぶつ文句を言いながら姉に引っ張られていった。

おかしそうにそれを見ていたフィリップは、客間のドアが閉まると図書室へ向かった。そのとき初めて、執事が階段の陰に立っているのに気づいた。「カーリング」いつから見ていたのだろう？「ちょうどいい」

図書室でフィリップはヒューゴーに、ちょっと用ができたがあとで合流すると手紙を書き、封をして宛名を書いてカーリングに手渡した。

「〈ブルックス〉に届けてくれ」

「ただちにお届けします。それから、ご予定が変わったことを料理番に伝えておきましょうか？」

しばし沈黙があった。

「ああ。従僕にもテーブルにもうひとつ席を作るよう言っておいてくれ」フィリップは厳しい顔で執事を見た。「ほかに何か?」

「いいえ」カーリングはすました顔で言った。「わたしの知るかぎり、万事順調でございます」思わせぶりな言葉とともに、手紙を手に出ていった。

フィリップはカーリングの黒い上着の背中をにらむと、すぐ客間へ向かった。

十五分後、ヘンリエッタが客間に入ったとき、義理の息子と姪がコティヨンを踊っていた。ジェフリーも近くの椅子に座り、うれしそうに笑っていた。

マウントフォード家の集まりはほぼアントニアが想像していたとおりだった。

「またお会いできてうれしいわ」レディ・マウントフォードはヘンリエッタに愛想よく挨拶し、アントニアとジェフリーのお辞儀に会釈した。「今夜は堅苦しいことは抜きよ。うちの娘たちにはもうお会いになったわね。ほかの方々にもどんどん自己紹介なさって、おしゃべりなさいな。今夜はお友だちを作るのがいちばんの目的なんですから。楽団の到着は遅くなってからだし」女主人は広々とした大広間を手で示した。すでにたくさんの貴婦人や紳士が集っている。男女とも若者が多い。

「あちらへ連れていってちょうだい」ヘンリエッタは座り心地のよさそうな椅子が並ぶ一角を杖で示した。「あなたたちが社交のこつを学んでいるあいだ、わたしは昔なじみとおしゃべりしているわ」

ジェフリーがグループの真ん中の椅子へと叔母をエスコートした。アントニアがショールを直してあげると、ヘンリエッタはふたりに部屋の中央へ戻るように手を振った。

「さて！」アントニアは期待に弾む声で言った。「どこから始めましょう？」

「本当にどこにしよう？」ジェフリーもすでに部屋を見渡している。「さあ、ぼくの腕を取って」姉の驚いた顔に彼はにっこりした。「そうしたほうがぼくが浮かないから」

アントニアはいとおしげに微笑んだ。「あなたは全然浮いていないわよ」マナリング家の男らしい長身のがっしりした体格と比較的地味な服装のせいで、ジェフリーはここにいる何人かの若者よりは少し年上に見える。実際、流行の先端を行く服装をしているせいで、自分が望んでいるよりずっと若く見えてしまっている者もいた。

「ほら」ジェフリーは左手の紳士をじっと見つめた。「あそこの不格好な男を見てよ。襟が高すぎて首が回らなくなっているよ」

アントニアは眉を上げた。「あなたはそんなにファッションに詳しかったかしら？」

「ぼくは違うけど」ジェフリーはほかにも笑える人物はいないかと周囲を見回した。「フィリップが言ってたんだ。真の紳士たるもの極端に走りはしない、控えめなエレガンスこそ達人のあかしだって」

「達人？」

「頂点に達した人だよ。粋人ともいうのかな」

アントニアは微笑みそうになるのをこらえた。「想像はつくわね。あなたはそうなりたいと思っているわけ？」

ジェフリーはちょっと考えてから肩をすくめた。「いつかはそうなってもいいけど、今はこの社交界ってところから自分のためになるものを吸収するだけでいいね。どのみち二、三週間でぼくはロンドンを離れるんだし」

アントニアはうなずいた。「賢明な考えだわ」

「フィリップもそう言っていたよ」ジェフリーは部屋を見渡した。「言われたとおり、誰か同じような新参者に自己紹介をしに行こうか？」

「あなたが毒舌を慎むならね」ジェフリーが期待顔で見ているので、アントニアは眉を上げた。「わたしに腕を貸しているのだから、あなたがリードするのよ」

「それはいいや！」ジェフリーはにんまりした。「つまり、ぼくが選んでいいんだね」

当然のごとく、ジェフリーはいちばんかわいい女の子のいるグループを選んだ。幸い、そのグループにはセシリー・マウントフォードがいて、すぐにふたりを暖炉のまわりに集っていた女性三人、男性四人のグループに紹介してくれた。全員が二十歳そこそこで、ジェフリーはすぐに打ち解けたが、アントニアは生来の落ち着きに加えて、着ているラファージの優美なドレスからも年上なのが歴然としていたので、どこか場違いな感じだった。

誰かが彼女を仲間はずれにしたわけではない。むしろ、みんながやけにうやうやしく接するので、すっかり年寄りになった気がした。若き紳士たちは赤くなり、口ごもってお辞儀をし、娘たちは握手のときに彼女のドレスにあこがれの視線を注いだ。

淡いブルーのドレスに黒い巻き毛のかわいい娘は、カトリオナ・ダーリングという東ヨークシャーから来た孤児だった。彼女は叔母のタイスハースト伯爵夫人の保護の下、ロンドンに滞在していた。

「叔母は厳しいお目付役よ」ミス・ダーリングは大きな目を見開いて言った。「いえ！嘘。もっとひどいわ。怪物ゴルゴンよ！」

「求婚者の中でいちばんのお金持ちにあなたを嫁がせると決めているっていうのは本当なの？」セシリー・マウントフォードが遠慮なく尋ねた。

ミス・ダーリングはかわいい唇をきつく結び、うなずいた。「こちらの気の毒なアンブローズに狙いを定めているの」彼女は右手の若い紳士のグリーンのシルクの上着の袖をぎゅっと握った。「わたしたちふたりとも困っているのよ！」

ハマースレイ侯爵の称号を誇るアンブローズは顔色の悪いいかにも神経質そうな若者で、背が低く少しずんぐりしている。彼は赤くなって何かぶつぶつ言いながら、ミス・ダーリングが袖に作った皺を伸ばした。

ジェフリーは顔をしかめた。「ふたりとも、はっきりいやだって言えないの？」

みんながわかっていないなという目で彼を見た。

「そんな簡単な話じゃないの」ミス・ダーリングが言った。「叔母がわたしをアンブローズと結婚させたがっているのは、彼が侯爵だからよ。うちの一族にはまだ侯爵がいなくて、侯爵は伯爵より上だから、この結婚は一族のためになるというわけなの。アンブローズのお母さまがこの縁談を進めたがるのは、わたしが相続した遺産のせい。彼の領地からは姉妹全員分の持参金は出ないのよ。それに」彼女はさらに暗い目になった。「わたしがまだ若いから、言いなりにできると思っているのね」

アントニアは侯爵の母親の目は節穴かと思わずにいられなかった。

「すべては地位とお金のためなのよ」ミス・ダーリングは軽蔑もあらわに言った。「でも、そうはさせないわ！　わたしは愛のためでなかったら結婚なんてしないと決めているの」

芝居がかった宣言に、周囲の誰もが、ことに侯爵が大きくうなずいた。アントニアは内心、これは若さのせいか、それとも単なるわがままだろうかといぶかった。

愛を擁護するミス・ダーリングの言葉に、周囲の大半は全面的に彼女を支持し、公然と彼女の叔母を非難した。

カトリオナ・ダーリングは自信に満ちた魅力的な微笑みをアントニアに向けた。「あなたもわたしたち同様、ロンドンにいらしたのは初めてだけれど、間違いなくわたしたちよりいろいろ経験を積んでいらっしゃるのに、好き勝手なことを言ってごめんなさい。でも、こんなことになってしまった以上、アンブローズとわたしは断固抵抗しなくてはいけないと思うんです」

そこでまた、いかにレディ・タイスハーストの野望を挫(くじ)くかで話が盛り上がった。ジェフリーもしかるべき実務家に相談すべきだなどと言った。ミス・ダーリングの無邪気な瞳を見ていると、アントニアは自分の年齢の重みを感じた。

「わたしも結婚の無理強いはよしとしないけれど、わたしたちの階級では、結婚の大半は多かれ少なかれ計算ずくのものでしょう。愛情や長年の友情に支えられている場合もあるけれど、たいていは互いの感情とは別の理由で話が進んでいくわ。でも、愛情の不在という問題がどこかの時点で片づくのなら、叔母さまが勧める結婚もいつか実を結ぶ可能性もあるんじゃないかしら」アントニアはそう言いつつもちらりと侯爵を見て、たちまち不安になった。

「確かに」ミス・ダーリングはうなずいた。「でも、わたしはもう至上の愛を見つけたから、ほかの方が入り込む余地はないんです」

「もう見つけた？」アントニアは思わずカトリオナを見た。ジェフリーと年齢はさして変わらぬはずだ。「失礼だけれど、それは確かなの？」

「はい。間違いありません」カトリオナは巻き毛を揺らしてきっぱりうなずいた。「ヘンリーとわたしは幼なじみで、必ず結婚すると誓っているんです。ヘンリーがお父さまの農場をきちんと経営していけるのを証明するまで、あと何年かは待たなくてはいけないけれど……。でも、そこにタイスハースト叔母さまが割り込んできて」

「そうなの」カトリオナの率直な説明はどんな熱烈な宣言よりも説得力があった。アントニアは顔をしかめた。「あなたの思いを叔母さまに伝えた？」

「叔母は愛なんて信じていないんです」挑戦的な光がカトリオナの目に戻ってきた。「ヘンリーが侯爵だったら叔母の態度も違ったでしょうけど、運悪く彼はただの地主の息子でしかなくて。だから叔母は彼に会う気もないんです」

「そうだったの。さぞかしつらいでしょうね」

「わたしの中に少しでも説得に負けそうな部分があったらつらいでしょうね。でも、わたしの気持ちは揺らぎません。アンブローズと結婚することはわたしとヘンリーの人生を台なしにするだけでなく、アンブローズの人生も踏みにじることになりかねないんですから」

カトリオナの決然とした表情と、ジェフリーと何か話している侯爵のおずおずした態度を見比べて、アントニアも同意せざるを得なかった。

「絶対に負けませんわ。最近では愛で結ばれる人も増えてきていますし。昔だってそういうことはあったでしょう。わたし自身の叔母が――もちろんタイスハーストではなくて、その妹のレディ・コプリーですけど、家族の反対を押し切って、サー・エドマンドという格別裕福ではない紳士と結婚したんです。そして、ふたりはとても幸福に暮らしています。あんな居心地のいい家はありません。愛のある結婚ができたら、わたしはそれで満足なんです。それに、コプリー叔母の長女のアミーリアも去年、恋人だったジェラード・モッグズと結婚したんです」カトリオナは部屋の向こうにいる若いカップルを手で示した。「ふたりがどんなに幸せか、その目でごらんになれますわ」

アントニアはさっそくそちらを見た。夫婦で社交の場に出たときの妻の立ち居振る舞いを学ぶというのが、ロンドンに来た目的なのだから。

二十五、六歳の若い紳士が長椅子のそばに立ち、椅子に座った若く美しい妻が彼を見上げている。ミスター・モッグズが何か言い、妻が笑って夫の袖に手を置き、軽くいとおしげに握った。夫も愛情のこもった目で妻を見つめ返している。彼は妻の頬に軽く触れ、耳元で何かささやくと、うなずいて彼女のそばを離れた。

そして軽食のテーブルへ向かい、グラスをふたつ持ってすぐに戻ってきた。

「ミス・マナリングですね？」

アントニアが驚いて振り返ると、彼女と同じ年ごろの紳士がお辞儀をしていた。彼は若い世代が陥りがちな過剰に走らず、しゃれた身なりをしていた。

「ヘミングです」穏やかな茶色の瞳とウエーブした茶色の髪が印象的だ。「ぶしつけながら、レディ・マウントフォードがもうすぐ音楽が始まるとウインクされたので、最初のコティヨンを踊っていただけませんか？」彼は魅力的に微笑んだ。

アントニアは上品に片手を差し出した。「喜んで、ミスター・ヘミング」

実際に踊ってみると、彼女のほうがヘミングよりずっとコティヨンに慣れていた。彼はターンするだけで精いっぱいだ。アントニアはその分余裕を持って周囲を観察できた。既婚カップルのお手本を探していたのだ。しかし、モッグズ夫妻以外にはそれらしきカップルは見当たらなかった。

モッグズ夫妻がフィリップと一緒のときのお手本にならないのは確実だ。そもそも、フィリップはモッグズよりずっと年上だし。手を差し上げ、爪先旋回をしながら、アントニアはまた部屋を見回した。やはりフィリップがこういう場にいるところは想像できない。実際、彼のような紳士はいなかった。

それに、年齢だけの問題ではない。人前であれどこであれ、彼がいとおしげに妻を見つめる姿なんて想像もつかなかった。愛情をこめて袖を握ったりしたら、服が皺になると叱られるだろう。

母もヨークシャーの婦人たちも口をそろえて言っていたが、紳士は人前で好意を示されると居心地が悪いのだ。アントニアは、女性は決して感情を露骨に表してはいけないと教え込まれた。ミス・ダーリングや彼女の一族の一部、社交界の若者たちはおおっぴらにやさしい感情を表に出すが、フィリップの年齢と気性からして、彼がそんな風潮を認めるとは思えない。

ダンスが終わり、アントニアが作法どおりお辞儀をすると、ヘミングは顔を輝かせた。

「おみごとでしたね、ミス・マナリング」彼はうやうやしく腕を差し出した。「今後もいろいろな舞踏会やパーティに出られるんでしょう？」

「そのつもりでいます」アントニアは彼の腕を取った。ヘミングは彼女をきちんと暖炉のそばまでエスコートしてくれた。

「博物館でエルギン卿の大理石彫刻はごらんになりましたか？　訪ねる価値がありますよ」

アントニアが答えようとしたときに、ミスター・ヘミングの知人のミスター・カラザーズが現れた。紹介がすむと、彼は大仰にお辞儀をした。そして間もなくさらにふたり、サー・フレデリック・スモールウッドとミスター・ライリーが輪に加わった。またたく間にアントニアは紳士たちの輪の中心にいた。心地よく会話も弾み、サー・フレデリックとカドリールを、そして最後のコティヨンをミスター・カラザーズと踊った。ミスター・ライリーは、次の機会にはぜひわたしとも、と懇願した。

それからは徐々に客が帰り始め、ジェフリーがやってきて、叔母も帰ると言っていると告げた。アントニアは礼儀正しく挨拶して紳士たちと別れた。

馬車に乗り込み、叔母の肩にもう一枚ショールを巻いてあげると、アントニアは席について今夜のことをいろいろと考えた。「叔母さま」馬車が動きだすと尋ねた。「既婚の男性がこういう催しに妻をエスコートしてくるのは普通ですか？」

ヘンリエッタは鼻を鳴らした。「モッグズ夫妻に気づいたのね。あのおしどり夫婦は人目を引くから」叔母の口調から、彼らが既婚婦人たちには好ましく思われていないのがわかった。「まずあなたの質問に答えると、普通はしないことよ。ただ、ジェラード・モッグズは明らかに妻に夢中だし、彼女は妊娠中ということで、みんな大目に見ているの」

アントニアはうなずいた。

「場合にもよりけりだけれど、紳士はたいてい最上の舞踏会やパーティにしか顔を出さないものなの。そんなときに通りすがりに妻に会釈するぐらいはいいけれど、少なくともロンドンにいるあいだは、夫婦は基本的に別々の社交生活を送るというのが慣例なの。だから、今夜あなたが目にしたような光景は珍しいのよ」

「紳士はよくいろいろな催しに女性をエスコートしていくものだと思っていましたけれど」

「それはそうよ」ヘンリエッタはあくびをした。「でも、そういうエスコート役を務めるのは、たいてい独身主義者か、まだ相手の決まっていない男性ね。たまに既婚の女性が夫にエスコートしてもらうこともあるけれども、それは夫も同じ催しに出たいと思ったときだけよ」

馬車の中の暗さがアントニアのしかめっ面を隠した。フィリップと外出する楽しさを味わえなくなるなんて。結婚したら夫と一緒に過ごせなくなるのなら、結婚にどんな利点があるのだろう？

馬車が角を曲がり、グローブナー・スクエアへ入った。そしてルースヴェン・ハウスの前でとまると、ジェフリーが先に飛び降り、アントニアと彼とで叔母が馬車を降りるのを手伝った。カーリングが玄関の階段の上に立ち、ドアを大きく開けて待っていた。

その背後のシャンデリアの明かりの下にフィリップがいた。執事のカーリングがドアを閉めると、彼は進み出た。「楽しい夜だった？」

アントニアに向けられた質問だったのに、ジェフリーが答えた。「退屈だったな」彼はあくびをした。「感心したのは、ある人のドラゴンみたいな叔母さんだけ。ドラゴンというより怪物ゴルゴンで」

「本当に？」フィリップはおもしろがって眉を上げた。

「ええ。じゃあ、今夜はもう寝ます」

「それなら」ヘンリエッタがジェフリーを肘でつついた。「二階に上がるのに腕を貸してちょうだい」彼女は振り返って言った。「トラントにすぐに来るよう言ってね、カーリング」

執事は深々と礼をした。「はい、奥さま」

アントニアはフィリップのかたわらに立ち、叔母と弟が階段を上っていくのを見送った。

「図書室へ行こう」フィリップは彼女の肘に手を当てて促した。「ダンスはどうだった?」

みんなが出発すると、フィリップは自分も一緒に行けたらというばかな思いを抑えて外出した。ヒューゴーや友人たちと〈ブルックス〉で会い、〈ブードルズ〉へ移り、さらにペルメルの一流店へ出向いたが、ずっとそわそわして遊びに身が入らなかった。結局途中で抜け出して館へ帰り、図書室をうろうろと歩き回っていたのだ。

「コティヨンが二度にカドリールが一度」

図書室に入るとフィリップはドアを閉めた。

「全部踊ったのかい?」

「ええ」

フィリップは暖炉をはさんで並ぶ肘掛け椅子のひとつの前で止まった。アントニアが椅子に腰を下ろすと、彼はじっと彼女を見つめた。「寝酒(ナイトキャップ)でもどう?」

アントニアは彼を見上げ、ちょっと考えてから微笑んで首を振った。

フィリップはごまかされなかった。「何?」

彼女の微笑みは屈託のなかった少女時代を思い出させた。「本当は温かいミルクを一杯飲みたいんだけれど、そんなことを言ったらカーリングがどんな顔をするか想像もつかなくて」

「そう?」フィリップはゆっくりと眉を上げた。そして振り返り、呼び鈴のほうへ向かった。

「フィリップ!」

「どうなるか突き止めないと。しいっ!」彼は戻ってきて、アントニアの向かいの椅子に座った。

カーリングがまじめくさった顔で入ってきた。「お呼びでしょうか?」

「ああ」フィリップはまったくの無表情で言った。「ミス・マナリングがナイトキャップをご所望だ。温かいミルクを一杯ね」

カーリングは一瞬目を泳がせてからお辞儀をした。「それぞれに一杯ずつお持ちすればよろしいのでしょうか?」

フィリップはちょっと間を置いて平静を装った。「いや、わたしにはブランデーを」

「かしこまりました」

ドアが閉まったとたん、アントニアはたまらず吹き出した。「あなたが温かいミルクだなんて」自分の体を抱きしめ、やっとのことで言った。

フィリップも思わず口元をほころばせた。「いつかひと泡吹かせてやろうと思っていたんだ」

しかし、その夜も成功には至らなかった。カーリングは銀のトレーに完璧な温め具合のミルクを持って現れ、アントニアのかたわらのテーブルに年代物のポートワインでも置くようにそのグラスを置いた。それからキャビネットに向かってブランデーを注ぎ、大きなグラスを主人のそばに置いた。

「ありがとう、カーリング。もうやすんでいい」

「はい、旦那さま」執事はいつもどおりうやうやしく下がっていった。

フィリップはブランデーを手にして、いつもの半分しか注がれていないのに気づいた。たぶん、今夜はこれぐらいにしておけというカーリングの警告なのだろう。彼は酒をすすり、アントニアに微笑みかけた。「誰と踊ったんだい？」

彼女はグラスを片手に椅子の背にもたれた。「ジェフリーの年代の人が多かったけれど、何人かはもう少し年長の紳士もいらしたわ。ミスター・ライリーにミスター・ヘミング、サー・フレデリック・スモールウッド、そしてミスター・カラザーズよ」

「そう」

フィリップの知らない名前ばかりだ。それでおのずと彼らの身分がわかる。

「きみもジェフリーと同じで退屈だった？」

アントニアは微笑んだ。「〈アストリー円形劇場〉とは比べ物にならないけれど、おもしろくないこともなかったわ」

「というと？」

アントニアはゆっくりミルクをすすりながら、彼女が今夜目にしたことの感想を語っていった。

暖炉の明かりが彼女の髪や顔を輝かせ、ミルクに光る唇がフィリップを虜(とりこ)にした。彼はブランデーをすすりながら、これまで何度も目にしてきてすっかり見飽きてしまった光景が彼女の視点から新鮮に語られるのに耳を傾けた。

「実際のところ、ミス・ダーリングのロマンティックな性格からして、彼女と侯爵がどこまで追いつめられているのかはわからないけれど、たとえゴルゴンのような叔母さまにだって彼女を止められないと思うわ」アントニアはフィリップに微笑みかけた。

しかし、意外にもフィリップは無表情だった。ふいに立ち上がり、グラスをかたわらのテーブルに置いた。「さあ。きみはもう部屋に下がったほうがいい」

アントニアは困惑しつつもフィリップに手を引かれて立ち上がった。彼の正面に立って初めて、その瞳に嵐のようにうごめくものがあるのに気づいた。彼女は息をのんだ。そして少しためらってから、軽く微笑んでうなずいた。「おやすみなさい」今夜の彼女は取り乱して部屋へ逃げ込むのではない。

フィリップもぎこちなくうなずいた。一歩下がって彼女の手を放すつもりが、逆に握りしめてしまった。アントニアを見つめたまましばしためらい、それからゆっくりとやさしく引き寄せた。彼女の手を放し、両手で顔を包んだ。

ていた。アントニアはフィリップを見つめたまま、息もできなかった。心臓がどくどくと脈打っている。彼のまぶたが下がり、顔がゆっくりと近づいてくる。アントニアは片手をフィリップの肩にかけ、背伸びをしてかすかに唇を開いた。

無理強いではない、歓迎されると確信したキスだった。しっかりと唇を重ねると、フィリップは舌で巧みに彼女のふっくらした唇をなぞってじらした。アントニアは、わたしを味わって、と言わんばかりに大きく唇を開いた。フィリップは技巧の限りを尽くして、差し出された甘美な果実を堪能した。

暖炉の炎がぱちぱちとはじける。長いあいだふたりは魔法に包まれていた。

やがて、フィリップが少しずつゆっくりと体を引いた。アントニアからほんの少し唇を離しただけで、彼女がまぶたを上げるのを待った。そして、緑色がかった金色の瞳を見つめた。ぐっと自分を抑えて彼女を放す。「おやすみ、アントニア」彼女はわたしの微笑みのほろ苦さに気づいただろうか？

アントニアはまばたきし、脅えでも困惑でもない、何か強い思いのこもる目で彼を見た。そして微笑んだ。

「おやすみなさい」

アントニアは戸口で一度フィリップを振り返ってから、そっとドアを閉めて去っていった。

フィリップは大きく息を吸って暖炉のほうに向き直った。マントルピースに片手をかけ、炎を見つめる。唇を舌先でなめ、体の震えを抑えようとした。

ミルクがエロティックな味がするなんて、思ってもみなかった。

9

翌日の正午、フィリップはジャーミン・ストリートのコーヒーハウスで友人たちと朝食をすませ、館へ帰ってきた。

カーリングが外套とステッキを受け取った。フィリップは上着の袖を直した。「ミス・マナリングはもう起きておいでかな？」

「はい、旦那さま」カーリングはフィリップの右肩の後ろの壁に視線を向けている。「ミス・マナリングは今、舞踏室でマエストロ・ヴィンセントからダンスのレッスンを受けていらっしゃいます」

フィリップは執事の一見無表情だが、その実、表情豊かな顔をじっと見た。「舞踏室だね？」

カーリングはうなずいた。

舞踏室は客間の奥にある。ドアのそばまで行くと、聞き覚えのあるワルツが流れてきた。この館のドアはみなそうだが、ここも音もなく開いた。フィリップは敷居をまたぐとさっと部屋を見渡した。

カーテンは開け放たれ、床一面に日差しが注いでいる。ジェフリーが部屋の奥のピアノに向かい、一心に音楽を奏でていた。磨き上げられた寄せ木張りの床の中央では、アントニアが中年男の腕に抱かれてぎこちなく踊っている。フィリップは躊躇(ちゅうちょ)なくその男を放蕩(ほうとう)者崩れと見定めた。

マエストロ・ヴィンセントにはイタリアの血を感じさせるものはほとんどなかった。背が低く丸々と太り、イギリス人らしい赤ら顔だ。後頭部をリボンで結んだ茶色のかつらをかぶり、やはり時代がかった暗緑色の上着を着ている。貧相なすねはタイツに包まれていた。何よりも不快なのはヴィンセントが明らかに好色な目をしていることだ。

フィリップはブーツの足音も高く進み出た。音楽がふいに止まり、アントニアが目を上げた。その目には安堵(あんど)の色があった。フィリップは顔をこわばらせた。「何か誤解があったようだな」

ヴィンセントは慌ててアントニアを放した。「誤解ですと？」甲高い声は悲鳴のようだ。「わたしはちゃんと雇われたのですよ」

フィリップはアントニアのかたわらに立ち、不運なダンス教師を見下ろした。「それなら残念ながら、もうけっこうと言うしかない」ドアのほうを見もせず声をあげる。「カーリング？」

「なんでございましょう?」

「マエストロ・ヴィンセントがお帰りだ」

「だが……本当なんですよ!」ヴィンセントは両手を広げ、フィリップに訴えた。

フィリップはそれを無視してアントニアの肘をつかみ、部屋の奥へと促した。

「こちらへどうぞ」執事が有無を言わさぬ口調で言って、意気消沈した男を部屋の外へ追い出した。

ドアが閉まると、アントニアはフィリップを見つめた。「なぜこんなことを?」

フィリップはピアノのそばに立ち止まり、横柄に眉を上げた。「彼はきみにものを教えるような人間ではないからだ」

「ぼくが言ったとおりだ」ジェフリーが口をはさんだ。

アントニアは弟を無視し、憤慨した顔でフィリップをにらんだ。「でも、それではわたしはどうやってワルツを覚えればいいの? あなたはお忘れかもしれないけれど、最近では若い娘はみんなワルツを踊れるのが当たり前なのよ。あなたの——」アントニアはふいに言葉を切り、ちらりと弟を見てから続けた。「いえ、わたしの身分なら」

フィリップはうなずいた。「じゃあ、教師を解雇した責任を取って、わたしが代わりを務めよう」

アントニアは目を丸くした。「でも……」

リズミカルなワルツの調べが彼女の抗議をのみ込んだ。はっとしたときにはもうフィリップに抱き寄せられていた。

「あんなやつになど負けない腕だと保証するよ」

アントニアは物言いたげな目で彼をにらんだ。

「わたしが舞踏会でワルツを踊って回って、そうだな……」フィリップは顔をしかめた。「思い出せないほど長い年月が流れているんだ」

アントニアは鼻を鳴らして背筋を伸ばした。いつもながら何か息苦しい。フィリップは楽々と彼女をリードしているというのに、ステップを踏むうちに頭がくらくらしてきた。こんなレッスンを受けていいのかと思ったけれど、彼の挑戦的なまなざしを見れば、断るわけにはいかない。アントニアはあごをつんと上げ、とにかく彼についていくことに集中した。

「体の力を抜いて。考えるのをやめれば、楽にわたしのリードについてこられるから」アントニアの不安げな表情を見て、フィリップは眉を上げた。「わたしのブーツに傷をつけても許してあげるよ」

アントニアは目を見開いた。「あなたは横暴にも、立派な推薦状を持ったわたしのダンス教師を解雇したのだから、その結果はどんなことでも引き受けていただかないと」

フィリップは顔をしかめた。「誰がヴィンセントを推薦したんだ?」

「レディ・キャスルトンとミス・キャスルトンよ。ふたりが絶賛していたと叔母さまがおっしゃって」

フィリップは皮肉な表情になった。「キャスルトン母娘は明らかにひきがえるがお好みらしい。サー・マイルズに同情するよ」

アントニアも鼻に皺を寄せた。「実はわたしも、ふたりはどうしてこんな人に我慢できたんだろうって思ったわ」彼女は身震いしてみせた。「ひどく気味が悪くて」

フィリップはちらっと微笑んで、またすぐしかめっ面になった。彼は一心にピアノを弾いているジェフリーに目をやってから、アントニアに視線を戻した。「今後きみがあの手の両生類だか爬虫類だかの類いにかかわる理由はいっさいないからね」

「でも、もし――」

「そんな必要が出てくる状況などあり得ないよ」フィリップはアントニアをじっと見つめながらターンした。「今後ああいう男が近づいてきたときには、わたしに任せてほしいな」

彼は言葉を切り、さらに考えた。「いや、言い直そう。そういうときには必ずわたしに任せるように」

「本気で言っているの？」

「もちろん本気だとも」フィリップはアントニアが頑固な自信家なのを思い出し、続けた。「もしそういうときにきみが知らせてくれなかったら、わたしだってどういう行動に出るかわからないからね」

「フィリップ、彼は単なるダンス教師よ」

アントニアの目はやさしく笑っていた。フィリップの中の攻撃したいという衝動をそのまなざしが和らげてくれる。「ダンス教師のことを言っているんじゃないんだ」彼は苦い口調で言った。「ところで、きみは十分上手にワルツを踊れているよ」

アントニアは目を見開いた。「そうかしら」声が震え、彼の肩へ視線を落とした。話に夢中になって、体の動きを全然気にしていなかった。思わずステップを間違えそうになったが、フィリップがしっかり支えてくれたのだ。音楽に乗って体が自然に動く。アントニアはダンスに心を委(ゆだ)ね、脚にさらさらと触れるドレスのスカートの感触、ターンのときに触れるフィリップの太腿のたくましさに酔った。

甘い調べにふたりの動きが重なる。緩急自在のリズムは官能的な喜びをもたらす。フィリップは片手でアントニアの腰をしっかりと支え、自信を持って彼女を意のままにリードした。アントニアが右手を少しずらすと、彼がしっかりと握り返してきた。

体の震えを抑えようとするアントニアの胸に一瞬、彼と踊る自分の姿が社交界の嘲笑(ちょうしょう)の視線にさらされる場面が浮かんだ。全身の神経に火がついているような状態で、どうしてうまく踊れるだろう。アントニアは慌ててその光景をかき消した。今から取り越し苦労をしてもしかたない。きょうはここで誰にも見られずにフィリップとワルツを踊れるのだ。ジェフリーでさえピアノを弾くのに夢中で見ていないのだから。きょうはとにかく楽しもう。

ふいに高揚感がアントニアを包んだ。口元に笑みを浮かべて顔を上げ、フィリップと視線を合わせた。「あなたのほうがマエストロよりずっと上手だわ」

フィリップはふんと鼻を鳴らした。

「それはさておき、プレゼントのお礼を言わないと」正確にはきょうのプレゼントだ。例のパラソルをもらって以来、部屋にちょっとした贈り物の届かない日はなかった。パラソルとおそろいの手袋、やはり同色のサテンのリボンの大きな束、しゃれたボンネット、凝ったデザインのハーフブーツ。けさはボンド・ストリートのウインドーで見とれた、小さなビーズのバッグが鏡台の上にのっていた。「新しいゴールドのシルクのドレスにぴったりよ。今夜クォーターマイン家のパーティへ持っていくわ」

アントニアの笑顔を見て、フィリップはうれしくもあり、いらだたしくもあった。「つまらないものだが、気に入ってもらえたなら、わたしも満足しないとね」今のところは。しかし、彼女がふたりの関係を秘密にしておくのを望んでいる以上、ちょっとした贈り物で我慢しなくてはならない。その制約は思った以上に苦痛だった。宝石だの毛皮だの高価な贈り物をどんどんして愛を伝えたいという思いは強かった。

ワルツの曲が終わった。「ここまで！」ジェフリーが宣言した。「ふたりはいいだろうけど、ぼくの指はもう動かないよ」

フィリップはしぶしぶアントニアを放し、彼女の手を取ってピアノに近づいた。「何時に始めたんだい？　十一時半？」

ジェフリーが指を曲げ伸ばししながらうなずいた。

「よし。じゃあ、あすも同じ時間に」

ジェフリーはうなずいたが、アントニアはきき返した。「あすも？」

フィリップは振り返り、彼女の手にすばやくキスをした。「まさか、もう十分うまくなったと思っているわけではないだろう？」

「え、ええ」アントニアは考えた。ここならフィリップとふたりきりも同然だ。最近はふたりのときならきちんと振る舞える自信が増している。彼とまばゆいシャンデリアの下、こみ合った舞踏会場でワルツを踊る日のために、確かに練習が必要だ。アントニアは大きく息を吸ってうなずいた。「確かにあなたの言うとおりだわ。では、あす十一時半に」

その日の午後、ジェフリーを従えたアントニアは、またカトリオナ・ダーリングとハマースレイ侯爵にでくわした。

アントニアたちはヘンリエッタともども秋めいた日差しに誘われて、馬車でハイドパークへ出かけた。叔母を馬車に残し、姉弟（きょうだい）は通りかかったレディ・オズバルドストーンと少しおしゃべりしてから、おしゃれなカップルが行き交う芝生へと向かった。そして小道を半分ほど下ったところで、ミス・ダーリングと侯爵に出会ったのだ。

　頭を寄せ合い、低い声で何か必死に策を練っているようすのふたりは、アントニアたちに気づいて挨拶（あいさつ）した。握手がすむと、ミス・ダーリングは言った。「これはまさに運命だわ。わたしたち、ぜひとも助けが必要なんです」

「というと？」ジェフリーの瞳が輝いた。

「なぜ助けが必要なの、ミス・ダーリング？」アントニアは彼女の話に飛びつこうとはしなかった。

「どうぞカトリオナと呼んでください」ミス・ダーリングはにっこり微笑んだ。「わたしたち、きっとお友だちになれると思うので」

　アントニアも笑顔を返さずにはいられなかった。「いいわ。では、わたしのこともアントニアと呼んで。それで、どうして助けが必要なの？」

「ぼくの母が」すでにジェフリーと名前で呼び合う仲のアンブローズの表情は暗かった。

「ロンドンにやってきたんです。ぜひともこの縁談を成立させようと」

「もう是が非でもっていう感じなんです」カトリオナが腹立たしげに言った。「わたしたち、タイスハースト叔母さまと侯爵夫人の両方に責め立てられて、無理やり結婚させられそうで！　それで、どうしようかって相談していたんです」

「あまり思いきったことはしないでね。スキャンダルにでもなったらたいへんだから」

「それは絶対ありません」カトリオナは黒い巻き毛を揺らして激しく首を振った。「スキャンダルなど起こしたら、叔母と侯爵夫人はそれを利用して無理やりにでもわたしたちを結婚させようとするでしょうから」

「じゃあ、どうするんだい？」ジェフリーが尋ねた。

カトリオナは眉をひそめた。「わかりません」一瞬、唇を震わせたが、すぐにまばたきしてあごを上げた。「だから、ヘンリーに助けを求めようと決心したんです」

「ヘンリー？」

「ヘンリー・フォーテスキュー。わたしが将来を誓った人です。彼ならきっと、どうすればいいか考えてくれるでしょう」

「いいアイデアだろう？」アンブローズは期待した顔でジェフリーを見た。

「ただひとつ問題があって」カトリオナは顔をしかめた。「ずっと叔母に見張られているので、ヘンリーに手紙を書くことができないんです。今だって叔母は馬車にいて、車道からわたしたちを見張っているんですよ。それで、アンブローズに代わりに手紙を書いてほしいって言っていたところなんです」

アンブローズはもじもじした。「この縁談から解放されたいのはやまやまだけれど」彼は困った顔でカトリオナを見た。「無理だよ、ぼくがきみの恋人に、きみに会いに来てほしいって書くなんて」

カトリオナが強情な表情になった。「わたしは無理だとは――」

「とんでもないよ！」ジェフリーはぞっとした顔つきだ。「そんなのは変だよ」

「そうだよ」アンブローズが即座にうなずいた。「向こうは事情もわからないんだし」

アントニアは吹き出しそうになるのをこらえた。「本当よ、カトリオナ。どんな走り書きでもいいから、あなたから出すべきよ」

カトリオナはため息をついた。「でも、どこでどうやって手紙を書けばいいのか」

誰にも答えはなかった。アントニアが促し、みんな解決策に頭を絞りながら小道をそぞろ歩くことにした。

「博物館だ！」ジェフリーが立ち止まり、全員が彼を振り返った。「どこかで読んだんだけど、博物館には学者用に机があるんだって。紙とペンを持っていけば、机とインク壺（つぼ）はわずかな料金で使わせてもらえるんだよ」

カトリオナの顔が輝いた。「じゃあ、さっそくあす――」彼女は言葉を切った。微笑みも消えた。「だめだわ。叔母さまも来るって言うにきまっているもの」

ジェフリーはアントニアを見た。「ねえ？」

アントニアは弟の表情を見て内心ため息をついた。「あすはだめ。急すぎて変よ。あさって、みんなで博物館を訪ねるということにしたらどう？　エルギン卿の大理石像は必見だっていうし」

カトリオナがまた輝くような笑顔になった。そんな彼女は本当に美しかった。「ああ、ミス・マナリング、いえ、アントニア！」彼女はアントニアの手を握りしめた。「わたし、一生あなたの親友でいます！　本当にすばらしいアイデアだわ」

ジェフリーがふんと鼻を鳴らした。

「うまく切り出せば」アンブローズが考えながら言った。「きっと許可してもらえるよ」彼はカトリオナのほうを向いた。「まずぼくがきみを誘って、それから、ミス・マナリングとジェフリーにも声をかけてみんなで行くことになったと言えば、疑われることもないだろう」

「そのとおりだわ！　最高の作戦ね」カトリオナはまたうれしそうにアントニアとジェフリーに微笑みかけた。「やっぱりわたしたちが出会ったのは運命だったのね。こんな幸運はないわ！」

二日後、フィリップは午後の日差しを浴びてグローブナー・スクエアをそぞろ歩いていた。まだ木についている葉はすっかり金色と茶色に変わっていた。その変化が、ロンドンに着いて以来の時の流れを感じさせる。意外にも充実した日々だった。

最初のうちはアントニアとのあいだに多少緊張感もあったが、彼女が新しい環境に慣れると、それも解消した。あすの夜から秋の社交シーズンが始まる。この先数週間は連日の舞踏会やパーティだ。アントニアがヘンリエッタの姪として紹介される以上、フィリップが彼女のそばにいてもとやかく言う者はいない。彼女とワルツを踊っても、誰も眉をひそめることはないのだ。彼の口元にかすかな笑みが浮かんだ。さらに楽しみなのは毎晩ルースヴェン・ハウスに戻ってからだ。彼は苦労してこの毎夜の習慣を確立した。毎日、一日の終わりに図書室で、アントニアはミルクを飲みながら一日の出来事を語り、彼はブランデーをすすりながら暖炉の明かりに輝く彼女の顔を眺めるのだ。

館の玄関への急な階段を上りつつ、フィリップは自分がいつの間にかにやにやしていたのに気づいた。ふいに真顔になり、いつもの無表情を装う。カーリングがドアを開け、深深とお辞儀をして手袋とステッキを受け取った。

フィリップは玄関の鏡を見て顔をしかめ、幅広のネクタイを直した。そして満足して口を開きかけた。

「ミス・マナリングとジェフリーさまは博物館へお出かけになりました」

フィリップは口を閉じ、目を細めてカーリングをにらむと図書室へ向かった。

博物館？　彼は図書室を歩き回り、最後に机の前に止まって所在なげに郵便物に目を通した。机に積まれている招待状に目を向けたが、開いてみる気にならない。きょうの午後はどうしよう。〈マントン射撃練習場〉へ行って、仲間の誰かと合流するか……。彼は顔をしかめ、その場に立ちつくした。そしてしばらくずっと、つややかなマホガニーの机を指で叩きながらぼんやり窓のほうを眺めていた。それからふいに玄関ホールへ引き返した。

カーリングはすでに主人の手袋とステッキを用意し、ドアのそばで待っていた。

フィリップは険しい目で執事をにらみつけ、手袋とステッキを受け取って館を出た。

博物館は意外とこんでいて、アントニアを見つけるのに時間がかかった。最初に見つけたのは、石器時代の遺物を熱心に見ているジェフリーだった。ジェフリーは展示に夢中で、肩を叩かれて初めてフィリップに気づいた。

「奇遇ですね。アントニアは向こうにいますよ」ジェフリーは隣の部屋を指さして、すぐまた展示品に視線を戻した。

もどかしい思いを募らせつつ、フィリップは人をかき分けて隣の部屋へ向かった。

五人ほどの紳士に囲まれていたアントニアは、フィリップが近づいてくるのに気づいて温かく微笑んだ。「こんにちは、男爵」

「こんにちは、ミス・マナリング」

フィリップがいつもの物憂げな態度とは異なり、ぶっきらぼうに強く手を握ったので、アントニアは驚いたが、すぐに気を取り直してかたわらの紳士を紹介した。「サー・フレデリック・スモールウッドのことはお話ししたわね」

サー・フレデリックのお辞儀に、フィリップはぎごちなくうなずいた。「どうも」

彼の威圧的な口調を無視して、アントニアは忍耐強く周囲の紳士をひとりひとり紹介していった。「ミスター・カラザーズがあちらに展示してある石器の発見の経緯を話してくださるところだったの」彼女はカラザーズに愛想よく微笑みかけた。

考古学を学ぶカラザーズは、さっそく自らの論文の内容の披露にかかった。彼の話はあちこちへ脱線するうえ、やたらと説明が細かい。アントニアはフィリップがじれったげに体を動かしているのに気づいた。ミスター・ダッシュウッドが質問し、紳士たちのあいだで議論が盛り上がると、フィリップはアントニアの耳元でささやいた。「こんな話、退屈だろう?」

アントニアは彼に警告のまなざしを向けた。「ぼんやり遺物を眺めているよりはましでしょう」

「こつは歩き続けることだ」フィリップは彼女の手を取り、自分の袖に置いた。「そうすれば、うるさいやつに引っかからないですむ」

彼はアントニアの手に手を重ねた。その意図は明らかだ。「だめ!」アントニアは声を落として言った。「わたしはここを動けないの。人を待っているのよ」

フィリップはアントニアを見つめた。その切ない視線に彼女の心臓がどきりとした。彼はゆっくりと眉を上げた。「誰を?」

アントニアはさっと周囲を見回した。議論も終わろうとしている。「あとで説明するわ。とにかくここにいないと」彼女はサー・フレデリックに目を向けた。

「ミス・マナリング」サー・フレデリックはにっこり微笑んだ。「あの黄金のカップの年代について、どう思います？」彼は部屋の中央の大きな展示品を手で示した。「あれほどみごとなものが紀元前の作品だなんて、信じられますか？」

フィリップは天井を見上げた。アントニアを連れ去ってしまいたい衝動を抑え、それからたっぷり十五分もくだらない会話に耐えた。若い紳士とのつき合いがほとんどない彼は、今までこんな経験をしたことがなかった。社交界の若い女性たちがこんな苦行に耐えているのを初めて知った。

部屋を見回して、はっとするほどかわいい少女が青白い顔の若者と歩いている姿が目に入った。そのときアントニアが言った。「あら、ミス・ダーリングだわ」

ほかの紳士はミス・ダーリングとその連れをよく知っていた。フィリップは紹介を受け、挨拶を交わした。アントニアが投げかけた視線を見るまでもなく、彼女が待っていたのがミス・ダーリングとハマースレイ侯爵だと悟った。ただ、その理由は依然謎だ。

ミス・ダーリングは大きなラベンダー色の瞳を一同に向けた。「こういう古いものって本当にすてきですわね」

カトリオナが生き生きとおしゃべりをしているあいだ、アントニアはうわの空で事のなりゆきに思いをはせていた。この計画を立てたとき、カトリオナがアンブローズに付き添われて手紙を書くあいだ、自分は弟と静かに展示を見て回っていればいいのだと思っていた。しかし博物館に足を踏み入れるやいなや、どこからともなく紳士たちが現れ、みんなそばについて離れない。運よくミスター・ブロードサイドとサー・エリック・マレイはほかに約束があって帰ったが、それでもまだ五人も振り払わなくてはならない騎士がいるのだ。

どうすればいいのか見当もつかなかった。

「じゃあ」アントニアは目配せするようにカトリオナを見た。「ほかの部屋も見て回りましょうか」

「ええ！　ぜひ見ておきたいものが何点かあるんです」カトリオナは瞳を輝かせてアンブローズの腕を取った。どうやらヘンリー・フォーテスキューへの手紙を無事書き終えて、侯爵に渡したらしい。

アントニアはフィリップの袖に腕をかけ、取り巻きに微笑みかけた。「楽しいお話をどうも。また今夜お目にかかれますわね」

「ええ、もちろん。でも、まだご一緒していいでしょう？」サー・フレデリックが大仰な身振りで言った。

「そうとも」ダッシュウッドがうなずく。「しっかり展示を見て回る機会もあまりないからね」

「わたしも同行しますよ。遺品について説明が必要かもしれないし」カラザーズもしきりにうなずいた。

アントニアは力なく微笑んだ。彼女とフィリップのあとを五人の紳士がぞろぞろとついてくる。フィリップは例によって皮肉たっぷりの表情だ。彼が傲慢(ごうまん)に眉を上げたので、アントニアは目を細めて彼をにらみつけ、背筋を伸ばして正面に視線を向けた。

フィリップは笑ってしまいそうになるのをこらえた。ジェフリーを見つけると、鋭い視線でついてくるよう促した。そして大展示室の中央まで来ると立ち止まって懐中時計を取り出し、顔をしかめた。「時間がないな。例のところへ行くなら、もうここを出ないと」

アントニアは物問いたげに彼を見つめた。

「例のところって?」ジェフリーが問い返した。

「みんなを連れていくと約束しただろう」フィリップはさらりと答えた。「忘れたのかい?」

「ああ!　あそこか」ジェフリーが言った。

「そうだよ」フィリップはアントニアの取り巻きを振り返った。「そういうことなので、失礼」

「あ、ええ、もちろん」

「またお会いしましょう、ミス・マナリング、ミス・ダーリング」

アントニアが内心あきれたことに、五人の邪魔者はみんな似たようなせりふを吐いて、すごすごと去っていった。

「すぐにここを出るんだ」誰かがその意図を尋ねる前に、フィリップはカトリオナとアンブローズも含めた全員を博物館の外へ追い立てた。それから舗道のわきで待っていた辻馬車を呼び止め、カトリオナとアンブローズとジェフリーを乗り込ませた。そしてドアを閉めて言った。「〈ガンターズ〉へ」

御者がうなずき、手綱を振るった。古い馬車はがたごとと進みだした。

困惑顔のアントニアがフィリップを見た。「わたしたちはどうするの？」

フィリップは切ない目で彼女を見下ろした。「あとを追わないといけないか？」

「もちろん！」

フィリップは目を細めたが、アントニアはひるまなかった。フィリップは長いため息をついて、もう一台辻馬車を止めた。

「さて」馬車のドアを閉めるとすぐ、フィリップは言った。「ミス・ダーリングと侯爵の件を説明してもらおうか」

アントニアに異論はない。馬車が〈ガンターズ〉の前まで来るころには、話を聞いたフィリップは、自分はこのまま帰ろうかと考えていた。しかし窓の外の光景を見て、そうはいかなくなった。

「あきれたな！」彼はドアの取っ手に手を伸ばした。「ばかみたいに外に突っ立って」

案の定、カトリオナは通行人の注目を集めだしていた。フィリップはアントニアを馬車から降ろすとすぐ、羊を追い立てる牧羊犬さながら、一行を店の中へと促した。

行きつけの店ではなかったが、ウエートレスはフィリップを見るとすぐ、全員が座れる奥まった席を用意してくれた。アントニアの隣に腰を下ろしたころには、フィリップも本気でこの店の名物のアイスクリームが食べたくなっていた。

ウエートレスが注文を取りに来て、たちまちアイスクリームがテーブルに並んだ。カトリオナとアンブローズとジェフリーはさっそく夢中で食べている。フィリップとアントニアもゆっくりとスプーンを口に運んだ。

カトリオナがいちばんに食べ終えて、ナプキンで唇を叩いた。「アンブローズがあす手紙を出してくれます」彼女はテーブルのみんなに言った。「ヘンリーはすぐに助けに来てくれるでしょう。彼は真の騎士だから」ナプキンを胸に握りしめて、ロマンティックなまなざしになり、ため息をついた。「彼が到着すれば、すべてうまくいくわ」

彼女とアンブローズが、それぞれの保護者がどういう態度に出るかを予想し始めると、フィリップはアントニアにささやいた。「その真の騎士とやらがうまくミス・ダーリングをあしらえるといいが。きみに芝居がかったところがないのを、わたしはどれだけ感謝していることか」

アントニアはまばたきし、微笑んでアイスクリームを見下ろした。アイスクリームを口に運んで、さらに微笑みが広がる。カトリオナのまぎれもない美しさにフィリップが心を動かされるのではないかと不安だったのだが、そんな心配は無用のようだ。彼女はついうれしくなった。

アントニアは何を笑っているのだろうと、フィリップは険しい目つきで見つめた。彼はアイスクリームを食べつつ、自分の趣味を見くびられたことに内心舌打ちしていた。彼のような女性経験の豊富な男の目から見れば、ただかわいいだけのミス・ダーリングなど、アントニアの成熟した美しさとは比べ物にならない。ミス・ダーリングはミス・ダーリングなりに類いまれな美女かもしれないが、わたしの未来の花嫁とは格が違うのだ。彼はちらりとアントニアを見てから、反射的に店内を見渡した。

四人の紳士が慌てて目をそらし、フィリップの表情がこわばった。博物館であの五人全員がアントニアに狙(ねら)いを定めていたことも頭から離れなかった。彼はじっとアントニアを見つめた。

アントニアはフィリップの視線を感じて眉を上げた。「そろそろ行きましょう。今夜はレディ・グリスウォールドのお宅で音楽会があるの」

店を出ると、フィリップは今夜の音楽会には誰が出席するのだろうと考えた。アントニアが彼の腕をつついた。

「カトリオナとアンブローズがお帰りよ」

タイスハースト・ハウスへ戻る前に〈ハチャーズ書店〉へ寄るというふたりに、フィリップは別れの挨拶をした。アントニアと並び、ジェフリーを後ろに従えて、フィリップはふたりとは反対の方向へ向かった。いやな考えばかりが浮かんでくる中、彼はぼんやり前を見ていた。

物思いにふけるフィリップにどうしたのかと問いかけようとしたアントニアは、彼の視線を追って思わず言葉をのみ込んだ。

十メートルほど先に美しく着飾った女性がふたり立ち、恥じらいもなくフィリップに色目を使っていた。ヨークシャー育ちのアントニアにも、彼女たちがどういう類いの女性かは即座にわかった。

フィリップもふたりの娼婦(しょうふ)に気づいた。そしてうわの空でぼんやり眺めていると、アントニアの視線を感じた。振り返ると、アントニアはさっと目をそらした。その全身から、汚らわしいと彼を非難する空気を発して。

フィリップは口を開きかけて言葉をのみ込んだ。別に彼女に言い訳などする必要はない。彼は立ち止まった。「辻馬車を拾おう」

辻馬車の中でもアントニアはかたくなな態度を崩さなかった。フィリップは唇を引き結び、窓の外を眺めた。午後のあいだずっと、彼女が色目を送られるのに耐えてきて、今夜もまたそういうことになるのがわかっている。娼婦がふたり、こちらに目配せしてきたからといって、彼女が腹を立てる筋合いなどないではないか。

馬車がグローブナー・スクエアへ入るころには、フィリップもしぶしぶながら少し冷静になっていた。あの勘のよさは癪に障るが、彼にとって知性がアントニアの魅力のひとつであることは否定できない。彼の過去だとか嗜好だとか、特定のことにだけ鈍感になれと言っても、それは無理だろう。

馬車がとまった。ジェフリーがまず馬車から飛び降り、フィリップもゆっくり馬車から降りて、アントニアに手を貸した。彼女が目を合わせようとしないのにも平気なふりをした。御者に銀貨を投げてから、洗練された物腰で彼女をエスコートして館へ入り、カーリングにステッキを手渡した。

「じゃあ」ボンネットを脱いでいるアントニアのそばへ来て、フィリップは言った。「今夜はレディ・グリスウォールドのところへ行くんだね？」

彼の視線を避けたまま、アントニアはうなずいた。「さっきも言ったように音楽会なの。うぶで控えめな娘たちが大勢、無理やり音楽の才能を披露させられるのよ」彼女は目を伏せ、手袋のボタンをはずした。「あなたのお好みじゃないでしょう」

彼女の言葉は胸に刺さったが、フィリップは懸命に平静を装い、かたわらでじっと待った。

　ついにアントニアは顔を上げ、高慢な警戒のまなざしを彼に向けた。

　フィリップは魅力的に微笑んだ。「楽しい夜になるといいね」

　アントニアはぎごちなくうなずいた。「あなたのほうも」

　そして彼女はしずしずと階段を上っていった。

　フィリップは渋い顔で図書室へ向かった。わたしももう年だ。彼女の心の氷を溶かす元気はない。雪解けのときを待とう。

10

三日後の夜になっても、依然ふたりの関係は険悪だった。ヘンリエッタとジェフリーに続き、フィリップはアントニアに腕を貸してレディ・コールデコットの館の階段を上っていった。前のふた晩はあっさりしたパーティで、客たちも新たな興味に向かって乗り出すというよりは、互いの夏の思い出話に浸った。今夜の大舞踏会からいよいよ本格的な秋の社交シーズンの催しが始まるのだ。

一行はまだ舞踏会場のドアにもたどり着いていなかったが、すでにフィリップの仲間の三人が当然のようにアントニアに目をつけていた。彼女は彼のかたわらでやや緊張しているものの、落ち着いた美しさを放っている。今夜もラファージの光沢のある淡いゴールドの細身のドレスで、胸元や袖口は小さなパールのついた繊細なレースで飾られていた。フィリップの目はついつい、母親の形見のパールのネックレスをしたのど元に引き寄せられた。象牙のような肌に映えてパールの輝きがまぶしい。

アントニアはフィリップを見上げた。「ひどいこみようだわ。叔母さまは大丈夫かしら」

フィリップはジェフリーの腕にすがって忍耐強く階段を上るヘンリエッタを見た。「ああ見えて実は強い人なんだ。これくらいのことではへたばらないよ」

そうだといいけれど、とアントニアは思った。階段を上るのにも押し合いへし合いで、びっくりしてしまう。こんな熱狂を経験するのは生まれて初めてだ。「これがいわゆる招待客が〝殺到する〟という状態？」

「そのとおり。パーティを主催する女主人たちの野心の縮図のような言葉だ。だけど、レディ・コールデコットはやりすぎだと思うな。彼女の舞踏会場はこんなに」彼は周囲の人ごみを手で示した。「大きくないから」

さらに十五分ほど窮屈な思いをさせられ、やっと舞踏会場に入ると、フィリップの言葉どおりなのがわかった。

小柄で周囲の肩しか見えないヘンリエッタがジェフリーの腕をつついた。「どこかに三つ四つ長椅子が並んでいるところがあるはずよ。どっち？」

ジェフリーが伸びをした。

「左手だ」フィリップは言った。

「よかった。そこにお友だちが集まるのよ。さあ」ヘンリエッタはまたジェフリーをつついた。「そこまでわたしをエスコートしてくれたら自由の身にしてあげるわ。あなたたちふたりは」彼女はフィリップとアントニアを見た。「自分たちでなんとかなさい。この混雑ではぐれてしまいそうだから、帰る時間になったら連れに来て」

フィリップは眉を上げたものの、逆らいはしなかった。彼は優雅にお辞儀をした。「もちろんです、継母上」

アントニアも軽く膝を曲げてお辞儀をした。ヘンリエッタの姿はすぐに見えなくなった。シルクとサテン、リボンとレースの波がアントニアの前を行進していった。百人もの声が熱心におしゃべりする。宝石に飾られた貴婦人たちがうなずき、お辞儀をするたびに放たれる香水の香りがまじり合い、濃厚な香りのもやとなって漂った。高級な夜会服に身を包んだエレガントな紳士たちがこちらに会釈してくる。フィリップのたくましい腕の感触に支えられ、アントニアも落ち着いて微笑みを返した。

「まず初めに」フィリップが言った。「きみのダンス・カードの最初のワルツの欄にわたしの名前を書き込んでもらえると、大いにうれしいんだが」

アントニアは彼を見上げた。「最初のワルツ?」

「そう、きみの最初のワルツだ」これまでのふた晩はコティヨンとカドリールとカントリーダンスだけだった。アントニアの首都での最初のワルツの相手は自分だと、フィリップは心に決めていたのだ。

アントニアは断るわけにもいかず、さっきレディ・コールデコットから手渡されたダンス・カードを開いた。これはダンスの曲目が書かれていて、余白にパートナーの名前を書き込むようになっている。最初のワルツは三曲目だ。フィリップがじっと見つめる中、アントニアは彼の名前をきちんとその欄に書き入れ、カードを見せた。

フィリップがカードを見てうなずいたところへ、人ごみを抜けてヒューゴー・サタリーが現れた。

「ロンドンで再会できて何よりです、ミス・マナリング」彼はさわやかな笑みを浮かべて優雅にお辞儀をした。

ヒューゴーは口火を切ったにすぎなかった。アントニアが驚いたことに、彼女はたちまちとびきりエレガントな紳士たちに囲まれた。誰もみなこの何週間か彼女を取り巻いていた、比較的無害で扱いやすい騎士たちとは大違いだ。全員がフィリップと同年代で、多くは彼の友人で、さらりと紹介をせがむ。最初のうちアントニアはみんなフィリップと話をしに来たのかと思ったが、誰もが彼女のカードの空白を埋めたがった。うれしいことに最初のコティヨンが始まるずっと前にカードはいっぱいになっていた。

アントニアが広い肩に囲まれて音楽が始まるのを待っていると、周囲の紳士たちは明らかに彼女のご機嫌を取り始めた。しかし、フィリップは当たり前のような顔をして、口数も少なくかたわらに立っているだけだ。アントニアは彼女の騎士志望の紳士たちに愛想よく微笑みかけた。

会話の合間にヒューゴーの声が彼女の耳に届いた。彼が話しかけている相手はフィリップだった。

「このあいだの夜の件は礼を言うよ。危ないところだったが、なんとか命は助かった」

フィリップは目を細めた。「単にホイストのメンバーが足りないだけだとわかっていたら行かなかったのに。きみの手紙を読んで、命にかかわることかと思ったんだぞ」

ヒューゴーは目を丸くした。「ウスター主教の接待を任されて、カードゲームのメンバーがひとり足りなかったら命にかかわるさ。きみは主教のことがまるでわかっていないんだな。おかげで破門を免れて、どれだけきみに感謝していることか」

フィリップが鼻を鳴らしたのはバイオリンの音にかき消された。

「始まるな」ヒューゴーは目を輝かせてアントニアを振り返った。「わたしとのダンスですよ、ミス・マナリング」

アントニアは微笑んで彼に手を差し出した。ヒューゴーは巧みに人をよけて彼女をダンスフロアに導いた。ほかのカップルが位置につくのを待つあいだに、アントニアは言った。

「さっき耳にしたんですけど、最近ウスター主教の接待をなさったの？」

「このあいだね」ヒューゴーは顔をしかめた。「主教はわたしの名付け親なんです。姉上のレディ・グリスウォールドに音楽会か何かに呼び出されたんだが、主教は音痴なので、わたしに救いを求めてきたんですよ」

アントニアは目を丸くした。「そうでしたの」彼女はかすかに微笑んだ。彼女がレデイ・グリスウォールドの館から戻ったとき、フィリップはいなかった。この習慣が始まって以来初めて、彼女はカーリングに寝酒を断ったのだ。

「やっとだ！」コティヨンの音楽が始まって、ヒューゴーが片手を差し出した。

アントニアはここ数週間、数えきれないほどコティヨンを踊ってきたので体が自然と動いたが、しだいにこの先のことが不安になった。コティヨンが終わり、ヒューゴーに連れられてフィリップのもとへ戻ったときにはほっとした。しかし運悪く、すぐにデューハースト卿とのガボットが始まった。ダンスが終わると、デューハースト卿は彼女を引き連れて会場を一周した。しばしとりとめのない会話が続いて、やっとふたりはフィリップのところへ戻ったが、フィリップの冷たいまなざしにアントニアの心は沈んだ。

フィリップはアントニアの手を取り袖に置いて、友を見た。「女主人がお捜しだったぞ」

「えっ？」アントニアの微笑みに見とれていたデューハースト卿はフィリップを振り返った。「まいったな。うっかり結婚する気があるともらしたら、これだ」彼はうんざりした顔でアントニアに言った。「彼女の秘蔵っ子に引き合わせようっていうんですよ。カードルームへ避難しないと」

フィリップは無表情のまま人ごみを見渡した。「彼女が本気で捜している以上、わたしなら時間をむだにしないね」

デューハースト卿はため息をつき、アントニアにお辞儀をした。「やれやれ。次の舞踏会でまたお会いできますね、ミス・マナリング」彼は期待の笑みを浮かべた。「ぜひもっとお近づきになりたい」

アントニアは愛想よく微笑んだ。デューハースト卿は最後にもう一度彼女を見つめてから去っていった。するとすかさずマーベリー卿が熱心に話しかけてきた。

フィリップは歯ぎしりした。今夜は邪魔者を振り払うのに、部屋を歩き回るという得意の作戦も使えない。立っているのがやっとの混雑ぶりだ。こんだ会場でアントニアとワルツを踊るのは悪くない。ただ彼女の取り巻きを減らす方策がほとんどないのだ。

フィリップが新しい手立てを考えていると、楽師たちが戻ってきて席についた。彼は期待を抑え、アントニアを振り返った。「最初のワルツだ。わたしとのダンスだよ」

「ええ、男爵」アントニアは心のざわめきに困惑しつつも背筋を伸ばした。無理に明るい笑顔を作り、フィリップに手を差し出した。「この人ごみだから、しっかりリードしてね」

フィリップは軽くうなずいて、カップルがひしめき合うフロアへ彼女を導いた。緊張しているうえにこの混雑で、アントニアは全神経を張りつめていなくてはならなかった。限られた範囲ながら、自由に動けるようになって初めて、考える余裕ができた。すると五感のすべてがいっきに目覚めて、激しい動揺に襲われた。

周囲のカップルとぶつかるのを避けるため、フィリップはアントニアをしっかりと抱き寄せた。ダンスの動きの中でふたりの体がこすれ合い、アントニアはもう何も考えられなくなってしまった。ただもう身をこわばらせて、平静を取り繕うのに必死だ。

フィリップの視線を感じて目を上げると、すぐそばに彼の唇があった。彼は口元に苦笑を浮かべた。

「体の力を抜いて。火かき棒みたいにがちがちだ」

ささやくような口調に、体がさらに硬くなってしまう。アントニアはフィリップを見上げた。彼は眉をひそめている。「わたし……」

胸に広がる動揺をどう説明すればいいのかわからない。これは秋の社交シーズンで初めてのワルツ、フィリップと人前で踊る初めてのワルツだというのに、今にも転んでしまいそうだ。

本能的にフィリップはさらに彼女を抱き寄せ、励ますように背中を撫でながらターンした。

彼に触れられるのに慣れていないアントニアの肌には、彼の手はまるで焼き印だった。同時に、ターンのはずみで彼の太腿が脚のあいだに入り、たくましい筋肉が柔らかな脚に押しつけられた。アントニアは思わず息をのみ、ステップを間違えた。

フィリップは彼女がよろめかないように、すかさず支えた。そして顔をしかめながら、カップルたちのあいだを抜けて部屋の隅へ向かった。さりげなくアントニアの体を放し、手を取って先に立たせると、自分の体で好奇の視線を遮りつつ、テラスに出ようと開いているドアへ促す。アントニアは青ざめ大きく目を見開いて彼を見上げた。フィリップは笑顔を作った。「ひどい混雑だからね。少し新鮮な空気を吸えば頭もすっきりするよ」

そうだといいけれどとアントニアは思った。頭がずきずきして、ひどい気分だ。フィリップが外へ連れて出てくれたときには、心から感謝した。

しかし、ひんやりした夜の空気が平手打ちのように彼女を目覚めさせた。アントニアは立ち止まった。「待って！　わたしたち、こんな――」

「ふたりでテラスに出たからって、何も不都合はない。ふたりきりというわけでもないし」

見回せば、確かに彼の言うとおりだ。テラスは舞踏会場の延長のように広々としていて、ふたりと同様、人ごみを避けてきたカップルが何組もいた。それぞれにそぞろ歩いたり、集まっておしゃべりしたりしているが、こちらの話が聞こえてしまうほど近くにいる者はなかった。

「さて」フィリップは指でアントニアのあごを押して自分のほうへ向かせると、眉を上げた。「いったいどうしたんだい？」

アントニアはあごを上げて彼の指をはずした。胃がぎゅっと縮まる思いがした。「ただ……ワルツがうまくいかなくて」

「妙だな。きみはかなり自信をつけていたようだったのに。なにしろ、もうレッスンは必要ないと思ったわけだし」レディ・グリスウォールドの音楽会の翌日、彼女は舞踏室に現れなかった。ジェフリーもだ。フィリップがさりげなく彼に尋ねると、姉はなんだか怒った顔で、もう十分学んだからいいと言ったのだと答えた。

アントニアは視線を庭にそらした。「あまり時間を取らせては悪いと思って。親切はうれしいけれど、あなたの重荷になりたくなかったの」

「きみにワルツを教えるのを重荷だなんて思ったことはないよ」むしろ楽しい気晴らしで、なくなったのが残念だった。「それに、まだレッスンが必要なのは明らかだ」アントニアのびっくりした顔に、フィリップは少し気がすんだ。「あすから再開しよう。ただ、それは別にして、もっと大きな問題がある」

フィリップの口調の変化に驚いて、アントニアは目を上げた。

フィリップはじっと彼女を見つめた。「わたしはきみに必要なことは十分教えたし、きみもスポンジのようによく吸収した。きみをだめにしたのはワルツのステップじゃない。何があったんだ？　誰かがきみを動揺させるようなことをしたのか？」

フィリップの緊張した口調に、アントニアは下手な言い逃れは賢明ではないと悟った。彼女は大きく深呼吸すると、目をそらしたまま言った。「きちんとした距離を保つのがとても難しいの」

フィリップは顔をしかめた。「わたしたちのあいだの距離は完璧だ。わたしもこの年になって、シーズンの最初のワルツで妙なことはしないよ」

アントニアはいらだった目で彼を見た。「そういう意味じゃないわ」

フィリップは彼女を見下ろした。「じゃあ、どういう意味なんだ?」

アントニアは彼をにらみつけた。「よくわかっているくせに。これ以上わたしをからかわないで」くるりと背を向け、足早に手すりに歩み寄った。

フィリップはゆっくりと彼女に近づいた。

アントニアは両手を握りしめ、暗闇を見つめた。「前にもこんな話をしたことがあったわね。わたしがなんでもわかっているようにあなたが思ってくれるのはうれしいけれど、正直言って、あなたが明らかに当然だと思っていることが、わたしには当然でもなんでもないのがしょっちゅうなの」

彼女は少しためらってから、ゆっくりとフィリップを振り返った。

そして、まっすぐ彼を見つめた。「わたし……」言葉を切って、庭に目をそらした。「あなたとワルツを踊っていると、気もそぞろになってしまって……。なんだかばかなことをしでかしそうで」

フィリップは首をかしげ、じっとアントニアを見つめた。「ワルツの最中に?」

闇を見つめたまま、アントニアはうなずいた。

フィリップの顔にゆっくりと微笑みが広がった。自分がいつも彼女の気持ちを正しく読み取っているわけではないことを思い出す。「つまり」彼は微笑みを隠して言った。「ほかの人とワルツを踊っても……そうはならないんだね？」

アントニアは顔をしかめた。「当たり前でしょう」フィリップを見つめる。「なんとかなると思っていたけれど……」彼女はじれったそうな身振りをした。

フィリップはその手を取り、アントニアが目を合わせるのを待って、唇に押し当てた。そして大きな瞳をじっと見つめた。「ジェフリーが、わたしの忠告なら無条件で信じていいときみに言われたと言っていたよ」彼は眉を上げた。「きみもわたしを信頼してくれる？」

アントニアの瞳を不安がよぎる。

フィリップはもどかしげに言った。「きみも知っているはずだが、わたしは長年社交界でワルツを踊ってきたんだ」

「わかっているわ」アントニアは息苦しくなってきた。ふたりはもう単にワルツの話をしているのではない。「でも……」

フィリップは彼女を見つめたまま、もう一度その手を引き寄せて指先にキスしていった。彼女が隠そうとしている反応を十分意識しながら。「わたしを信じて」彼の声が低くなる。「わたしはきみをつまずかせたりはしない」しばし間を置いて、眉を上げた。「信頼してくれるね？」

ふたりのあいだに広がった沈黙は永遠に続くかに思われた。アントニアは自分の鼓動のひとつひとつを感じた。「わかっているでしょう」

「じゃあ、目を閉じて。次のレッスンに移ろう」

アントニアは少しためらったものの従った。

「ふたりでルースヴェン・ハウスの舞踏室にいると想像するんだ」

アントニアは彼が体に腕を回してくるのを感じた。

「ジェフリーがピアノを弾いてくれる」

アントニアは顔をしかめた。「聞こえるのはバイオリンの音よ」

「彼が友だちを連れてきたのさ」

フィリップは彼女を抱き寄せた。

アントニアは尻込みした。「フィリップ!」

「わたしを信頼して」

ほどなく彼女はワルツを踊っていた。

「目を閉じたままで。わたしたちがルースヴェン・ハウスにいるのを忘れないで。ほかには誰もいないんだ」

自分たちがどこにいるのか、アントニアにははっきりわかっていた。冷たい夜の空気がむき出しの肩を撫で、そよ風がスカートを揺らす。フィリップの腕はしっかりと彼女を支えていた。目を閉じた彼女は体を楽にして、彼の力強いリードに従うしかなかった。低い話し声や笑い声がして、音楽もまだ続いている。フィリップに抱かれてターンすると、さっきの感覚がまたわき上がった。しかし、今は人の目もなく心配する必要もない。アントニアはむしろその感覚に浸り、この時間を楽しんだ。

アントニアの口元に微笑みが浮かんだのを見て、フィリップもしたり顔の笑みを浮かべた。そして言った。「目を開いて」

アントニアはまばたきした。最初にフィリップの尊大かつ満足げな表情が目に飛び込み、次に彼の背後を見て息をのんだ。

テラスでワルツを踊っているのは、もはやふたりだけではなかった。ターンしながら周囲を見回すと、何組ものカップルが星空の下で踊っていた。

「わたしたちが新しい流行の口火を切ったようだ」

「本当ね」

ほどなく音楽がやんだ。フィリップはゆっくりと動きを止め、アントニアの手に軽くキスをした。「大丈夫。きみの振る舞いには頬を赤らめるようなところは何もないから」

アントニアはゆっくりと眉をひそめた。「確かにあなたはいろいろと経験豊富でしょうけれど、そういうことを判断するのに適切な人かどうか」

フィリップは目を細めた。「アントニア、この八年、北の荒野に埋もれていたのは誰なのかな？」

アントニアの瞳が光った。「でも、こういう関係が初めてだという点ではお互いさまでしょう？」

フィリップはじっと彼女を見つめた。「安心して。きみが無分別なことをしでかしたときには、わたしがいちばんに注意してあげるから」

アントニアは横柄に眉を上げた。「残念ながら、あなたの無分別の定義がわたしには疑問だわ」

「本当に？　じゃあ、これを知ればきっと安心してもらえるだろう。大学でわたしが所属していた社交クラブの正式会員になるには、あらゆる形の無分別に精通していることが必須条件だったんだ」フィリップは彼女の手を袖に置き、眉を上げた。

アントニアは強情に彼をにらみ返した。

フィリップは辛辣な笑みを浮かべ、彼女を舞踏会場のほうへ促した。「わたしに任せておけば、無事社交界の魚群をすり抜けられるよ」

会場のそばまで来ると、アントニアは堂々とうなずいた。「わかりました。任せましょう、男爵」

フィリップはいつもの無表情の仮面の下に満足を隠し、彼女を人ごみの中へと導いていった。

翌朝十一時、フィリップは上機嫌で階段を下りていった。口笛を吹かずにいるのがひと苦労だ。昨夜の図書室でのことを考えないようにしないと、ついにやにやしてしまう。

どこからともなくカーリングが姿を現した。フィリップはしばしば、この執事には主人が玄関ホールへ来たことを察知する特殊な能力でもあるのだろうかと、不思議になる。

「〈リマーズ〉で昼食をとって、それから〈ブルックス〉へ行く予定だ」

「その後、ハイドパークへ？」

フィリップは執事をにらんだ。「たぶんね」そして玄関の鏡で幅広のネクタイ(クラバット)の具合を確かめた。ゆうべ、アントニアが糊(のり)のきいたクラバットに指をからませた姿が胸をよぎる。

「そういえば、図書室の椅子とそろいの長椅子はどこへ行ったんだ？」

「お忘れですか？　ここにあっても邪魔なだけだとおっしゃったので、裏の居間へ移しました」

「そうだったな」フィリップはクラバットの結び具合に満足して襟を下ろした。「また図書室へ戻していいよ」

「座り心地のよい椅子が必要ですか？」

フィリップは目を上げ、鏡の中のカーリングの顔を見た。見間違いでないかぎり、執事は笑いをこらえているようだ。フィリップは目を細めた。「とにかくあの長椅子を戻すんいるのはわかっていたからだ。
フィリップは振り返らず、そのまま玄関を出た。カーリングが心得顔でにやにや笑って
「はい、さっそく、旦那さま」
だ、カーリング」

アントニアが弟とカトリオナとアンブローズとハイドパークを散歩しているとき、車道からジェフリーを呼ぶ声がした。振り返ると、アントニアが今まで見たこともないほどエレガントな二頭立て四輪馬車の御者台からフィリップが手を振っている。ジェフリーとアンブローズはすぐさま車道へ向かった。

「なんてすばらしい血統の馬だろう!」アンブローズはフィリップの葦毛を絶賛した。

ジェフリーは目を見開いて馬車の師を見た。「ぼくにこの馬車を操らせてはくれないんでしょうね。馬はこの葦毛じゃなくてもいいんだけどな」

フィリップは、小枝模様のふんわりしたモスリンのドレスに、彼が買ってあげたボンネットをかぶったアントニアに見とれていて、やっとジェフリーを見た。「だめだね」

ジェフリーは顔をしかめた。「だと思った」

「ジェフリーに何かご用?」アントニアはフィリップの馬車をちらりと見ただけだった。

馬のほうはよく知っている。

「実は」フィリップは彼女に視線を戻した。「用があるのはきみなんだ。パークを一周してみないかと思って」

アントニアはどきりとした。フィリップのどこか挑発的な視線にとまどってしまう。こういう御者台の高い馬車は不安定なことで悪名高く、手慣れた者でなければ操れない。彼の腕に不安はないけれど、車道から二メートルもある御者台にどうやって上るのかがまず問題だ。

「わくわくするお誘いね」カトリオナが目を輝かせてフィリップを見上げた。そのまなざしは無邪気だが、彼の心を見透かしているようでもあった。「公園にいる女性全員がうらやましがるわ」

アントニアもフィリップを見上げた。「喜んでお供したいところだけれど……」彼女は高い位置にある踏み段を手で示した。

「その問題なら簡単さ」フィリップは手綱を放した。「ジェフリー、馬の頭を押さえていてくれ」

ジェフリーが足早に馬に向かい、アンブローズもあとに続いた。フィリップは馬車から飛び降りると、いきなりアントニアを引き寄せ、抱き上げた。

アントニアは悲鳴をのみ込み、必死で御者台の横にしがみついた。フィリップは何食わぬ顔だが、目は笑っている。彼も御者台に乗ってきた。ほっとしたことに、彼が座ると、その体重のせいでいくらか馬車が安定したようだった。

「体の力を抜いて」フィリップは手綱を手にちらりとアントニアを見た。「最近はきみにこんな忠告ばかりしている気がするな」彼はもう一度、からかうようにアントニアを見た。

「なぜだろう？」

「それは」アントニアはぴしゃりと言った。「あなたがいつもわたしをうろたえさせるからだわ」

フィリップは笑いながら馬を促した。「心配しないで。パークの真ん中できみを引っくり返すような真似（まね）はしないと約束するから。そんなことになったら、何よりもわたしの評判に傷がつくからね」

「わたしが思うに」アントニアは席を囲む手すりにしっかりとつかまった。「そのあなたの評判って、実はあなた自身が考えた便利ないいわけじゃないかしら」

鋭い言葉にさすがのフィリップもひるんだ。

彼が反論を思いつく前に、アントニアは尋ねた。「こんな危険な馬車に乗っても、本当にわたしは慣習を破ることにならないの？」

「大丈夫だとも」フィリップはさらりと言ってのけた。「ここで誰かが何かの慣習を破るとすれば、それはわたしだから」

アントニアは目を丸くした。「あなたが？」

「そうとも。わたしが神聖なルールを破ってパークできみを馬車に乗せるんだから、きみも馬車を操るわたしの巧みな技術の数々を堪能（たんのう）してほしいね」

アントニアは微笑みを隠し、あごを上げた。「どこかの育ちの悪い娘みたいに、馬車で走り回ったりして本当にいいのかしら」

「何をばかな！」フィリップはすっかりいつもの物憂げなしゃべり方を捨てていた。「それより、四人で何を企（たくら）んでいたのか教えてほしいね」

アントニアが喜びを隠すのをやめてとびきりの微笑みを浮かべると、向かいから馬車を操ってきた若い紳士がびっくりした顔になった。

「下手くそめ！」フィリップは巧みにその馬車をよけた。「さあ、話して。きみの弟の行動に関してはぼくにも責任があるんだし」

「わかったわ」アントニアは少し体をずらして、フィリップの体を風よけにした。「ミスター・フォーテスキューはまだ現れないけれど、サマセットからこちらへ向かっているはずよ」

フィリップは首を振った。「彼は真の騎士かもしれないが、あまりいい馬は持っていないようだな」

「ミスター・フォーテスキューは品行方正の見本のような人らしいわ」

「おやおや！」フィリップは信じられないといった目でアントニアを見た。「それでミス・ダーリングは彼と結婚したいと?」

「もちろんよ」アントニアはちょっと間を置き、自信なさげにつけ加えた。「実は、ミス・ダーリングの話には誇張も多いんじゃないかと思っていたんだけれど、最近の件にはアンブローズもかかわっていて、彼は空想に走るようなタイプではないし」

「つまり鈍いってことか」フィリップはアントニアを見た。「それで彼らの最近の功績は?」

「功績じゃないけれど。タイスハースト伯爵夫人とハマースレイ侯爵夫人はカトリオナとアンブローズをふたりきりにして、間違いを起こすように仕向けているらしいの」

フィリップは眉を上げた。「なるほど」

「若いふたりは結婚を無理強いされるのにつながるような弱みはいっさい作らないようにしているんだけれど、状況は日々難しくなっているらしいわ」

フィリップはしばし黙り込んでいたが、やがて言った。「ミスター・フォーテスキューが助けに現れないことには、ふたりが持ちこたえるのは難しいな。ミス・ダーリングがあの若さだけに、来たら来たで厄介なことになりそうだし」

「そうね。わたしもそう言ったんだけれど、カトリオナは恋人さえ来ればすべてうまくいくと信じ込んでいて」

「そうだといいがね」フィリップは考え込んでいるアントニアをちらりと見た。「それはさておき、もっとおもしろい話題に移らないか？」

アントニアは目を見開いた。「それはあなたが何をおもしろいと思うかによるわ」

フィリップは一瞬、じっとアントニアを見つめた。そして彼女が赤くなると、微笑んで前に向き直った。「社交界の日々と秋の社交シーズンをきみはどう思う？　わたしはなかなか楽しいんだが」

「本当に？」アントニアは顔を手であおぎたいのをこらえた。「それはよかったわ」気を取り直そうと、あたりを見渡す。華やかに着飾った伊達男がふたり、もったいぶって歩いていた。「社交界についてのいちばん強い印象は、物事が一見したところとは違っているということ。わたしにはごまかしや婉曲な表現や真実の隠蔽がたくさんあるように思えるわ」

フィリップはアントニアにうれしい驚きのまなざしを向けた。しかしカーブに来たので、馬に注意を向けなくてはならなかった。彼は苦笑を浮かべた。「二度ときみにこんな質問はしないよ」

「どうして？」アントニアは首をかしげて彼を見つめた。「どこがいけないのかわからないわ」

「いけなくはないが、きみの知性を忘れていた。きみの答えは深すぎるんだ。誘惑の言葉の応酬はあくまでも軽いトーンでないとね」

アントニアはまばたきした。「誘惑の応酬？」

「そのとおり。きまっているだろう。ところで今夜のレディ・ギズボーンの舞踏会には出るのかい？」

「さて、ミス・マナリング！　このコティヨンを踊っていただけるかな？」

アントニアは振り返り、笑いながらヒューゴーに片手を差し出した。「もちろんですわ。あなたはもうわたしを忘れてしまったのかと思っていました」

「まさか」お辞儀から体を起こすと、ヒューゴーは胸に手を当てた。「やっとの思いできみのカードに名前を書いてもらったというのに。わたしはそんなにまぬけな男ではありませんよ」

「能天気だがな」アントニアの背後からフィリップが口をはさんだ。「早くしないと踊りそこねるぞ」

「彼の言うことは気にしないで」ヒューゴーはアントニアの手を自分の腕にかけ、フロアへ進み出た。「嫉妬（しっと）しているだけだから」

アントニアは微笑んだ。ヒューゴーとは気楽に接することができる。彼はいつも魅力的で、少々のことで機嫌をそこねたりはしない。そして、フィリップの友人は全員そうだが、とびきりダンスがうまく、しかも社交界の事情通だ。

フロアのダンスの列に加わると、ヒューゴーはアントニアにウインクした。「わたしがルースヴェンをからかっても、きみが平気だといいんだが。おもしろがっているだけだから」

アントニアは微笑んで、最初のお辞儀をした。「平気です」ヒューゴーに片手を差し出す。「むしろ、少しからかわれたほうがいいと思っています」

ヒューゴーはにっこりして、ダンスの流れで離れていった。

アントニアは踊りながらヒューゴーの言葉について考えた。彼はフィリップの最も親しい友人のひとりだ。これまでのところ、自分の知るかぎりフィリップの彼女に対する興味を正しく理解しているのはヒューゴーだけだった。フィリップの態度からそれに気づいた者はいない。フィリップはいつも彼女のそばにいるが、舞踏会場でも夜食室でも彼女を独占しようとはしなかった。

表面的にはよそよそしいが、そこはかとなく所有権をにおわせる、そんな彼の態度には教育的な意味もあるのだとアントニアは思った。結婚したら、わたしもああいう態度をとるべきなのだろう。夫とともに何かを楽しんだり、付き添ってもらったりはできない。そうしたことは彼が認める紳士たちからなる、わたしの取り巻きに頼らなくてはならないのだ。

いつの間にかフィリップの茶色の頭を捜していたのに気づいて、アントニアは今はちょうど向かいにいるヒューゴーに視線を戻した。表向きはフィリップによそよそしい態度をとらなくてはいけないのなら、もうその練習を始めないと。

「どうしたんだい？　わたしのクラバットが曲がっているとか？」

アントニアは周囲の踊り手のことも忘れてまばたきした。「どういう意味？　クラバットはいつもどおり完璧よ。その結び方はオリエンタル？」

「マセマティカルだよ。話題を変えないで」

アントニアは驚いてフィリップを見た。「変えていないわ。そもそもなんの話題かわからないし」

理由がわからないだけになおさらいらだって、フィリップは彼女をくるくるターンさせた。「話題は」彼は歯を食いしばって言った。「なぜ急にきみにはわたしが見えなくなったのか、ということだ。きみはひと晩じゅう、ほとんどわたしを見ようともしないじゃないか。幽霊になった気がしてきたよ」

アントニアは頭がくらくらして、これはワルツのせいだろうかと思った。フィリップは確かにいつもより勢いよく彼女をターンさせている。「あなたがそれを望んでいると思ったの。そうすべきなのだと……」困ったことに頬が赤くなってしまった。

アントニアの困惑ぶりを見て、フィリップもさらに困惑した。「わたしを見ないように？」

アントニアは怒った目で彼をにらむと、その右肩へ視線を移した。「わたしがあなたの存在を意識しているように見せないこと。本心を人目にさらすような態度は控えないと。あなたに恥をかかせたくないの」彼女はつけ加えた。「あなたの態度は申し分ないわ。だから、自然とそこから学んだのよ」

フィリップは顔をしかめて彼女を見た。「つまり、わたしの腕につかまって、わたしに秋波を送りつつ、わたしなど存在しないように振る舞うわけかい？」

「あなたがそばにいることをわたしが常に忘れないのは、十分わかっているでしょう？」

ひと晩じゅう心に垂れこめていた暗雲が晴れていくようだった。フィリップは苦笑を浮かべた。「少し微笑んだり見つめたりするくらいは大丈夫だよ」

アントニアはフィリップを見つめ、微笑んだ。「あなたがお望みなら」

フィリップは彼女をしっかり抱きしめてターンした。「お望みだとも」


二日後、フィリップはハイドパークを散歩していて、ルースヴェン家の馬車とでくわした。ゆっくり馬車に近づいていくと、ヘンリエッタがふたりの貴婦人と熱心に話し込んでいた。

「まあ、ルースヴェン！　ちょうどいいところへ来たわ」ヘンリエッタが顔を輝かせた。

「こちらの伯爵夫人に、若い人の監視役には色恋の秘訣を心得た紳士が必要だってお話ししていたところなのよ」

「そうなんですか」フィリップは眉を上げ、自分がそういう人物に見られた不快感を伝えようとした。

「タイスハースト伯爵夫人とは初対面よね」ヘンリエッタはかたわらの夫人を示した。「それから、こちらはハマースレイ侯爵未亡人」

フィリップは何食わぬ顔でお辞儀をした。角張った顔に縮れた赤毛の伯爵夫人も、太った三重あごの侯爵未亡人もなるほど話に聞いたとおりだ。

「本当にあなたがここへ現れて運がよかったわ。伯爵夫人と会うのは何年ぶりかで、おしゃべりに花を咲かせたいところなんだけれど、夫人は姪ごさんの件で心配事があって」ヘンリエッタは芝生のほうを見た。「姪ごさんはアントニアとジェフリーと一緒に散歩しているのよ。もちろん、侯爵もご一緒に」最後のひとりについては説明が必要だと思ったらしく、ふたりの婦人と目配せした。そして声を落とし、訳知り顔で言った。「ハマースレイ侯爵と伯爵夫人の姪のミス・ダーリングの縁談は決まったも同然なんだけど、ちょっとした問題があるのよ。たいしたことではないけれど、わかるでしょう?」これですべてはっきりしたと、彼女は手を振った。「きっとあなたもみんなと合流したいわね」

フィリップは少しためらってからお辞儀をした。「確かに。それでは」婦人たちはかすかに微笑み、横柄にうなずいた。芝生を横切りながら、フィリップはいつの間にかミス・ダーリングとハマースレイ侯爵に同情していた。

　アントニアはカトリオナと腕を組んで歩いていた。少女の瞳は輝き、頬は紅潮している。まるでアントニアが引き留めているみたいだが、何から引き留めているのかはわからない。フィリップが近づいていくのに気づいて、アントニアは温かく微笑んで片手を差し出した。

「こんにちは、男爵」

　フィリップはその手を取り、唇に当てずにいられなかった。「こんにちは」アントニアがうれしそうに赤くなる。カトリオナもお辞儀して魅力的な微笑みを浮かべた。フィリップも微笑みを返した。「警告しておくが、わたしはきみたちのお目付役としてここへ送り込まれたんだよ」

　カトリオナが目を丸くした。「でも……誰が？」

「実は」フィリップはさりげなくアントニアの腕を取り、カトリオナから引き離した。「わたしの継母ときみの叔母上は長年の友人らしくてね。今、ふたりは継母の馬車で近況を報告し合っている。アンブローズの愛情豊かな母上も一緒だ」

「本当に？　それで叔母たちがあなたを監視役に送り込んだと？」

「そのとおり」

「ああ、運命だわ！」カトリオナは胸で両手を握りしめた。そして輝く瞳でフィリップを見つめた。「これ以上の幸運はありません」

フィリップは歯を食いしばった。「それはわたしに判断させてほしいな。どうしてそんなに有頂天になるのかな？」

アントニアが慌てて説明した。「ミスター・フォーテスキューが到着したの。ここで会うことになっているんだけれど、伯爵夫人に邪魔されないか心配で」

フィリップは振り返って遠くの馬車を確認した。「その心配はないだろう」向き直ってカトリオナを見た。「だが、きみの恋人はどこに？」

フィリップはどんな色恋沙汰にも首を突っ込むつもりは毛頭なかった。

しかし、ジェフリーとアンブローズにはさまれてやってきたヘンリー・フォーテスキューを見たとたん、安堵した。アントニアが手短に説明したところによると、ヘンリーをジェフリーかアンブローズの知り合いに見せかけて怪しまれないようにするため、ふたりに迎えに行かせたのだという。

紹介があって、握手が交わされた。

ヘンリー・フォーテスキューは二十代前半で、中背でがっしりした体格だ。

カトリオナが彼の腕にしがみついて言った。「用心していないと、タイスハースト叔母さまがドラゴンみたいに襲ってきて、わたしたちを八つ裂きにしてしまうわ」

ヘンリーは恋人を見て顔をしかめ、やさしく彼女の手を叩いた。「きみはいつだって大げさなんだよ、カトリオナ。叔母さまが何をするって言うんだ？　ぼくだって財産も将来もない貧しい商人というわけじゃない。亡くなったきみの父上から求婚してもいいと許しをもらっているのだから、叔母さまだって口出しはできないよ」

「でも、叔母さまはするわ」カトリオナは脅えた顔だ。「アンブローズにきいてみて」

アンブローズは従順にうなずいた。「是が非でもぼくたちを結婚させるつもりなんだ。それできみに来てもらったんだよ」

「あなたは叔母さまに話はできないわ。あなたを追い払うにきまっているもの」

ヘンリーは決然とした表情だ。「叔母さまと話すつもりはないよ。正式に伯爵とお話しする」

フィリップはアントニアを引っ張って後ろに下がった。若い四人に聞こえないところまでくると、つぶやいた。「ミスター・フォーテスキューと実際に会って、どれほどほっとしたことか」

「とてもしっかりしているようね。カトリオナの思い込みをあしらう術も心得ているし」

「彼こそ彼女に必要な相手だ。錨だな」若い四人の後ろをぶらぶらと歩きながら、フィリップはぼんやり芝生を見渡した。そしてふいに立ち止まった。「驚いたな！」

アントニアが彼の視線を追うと、ひと組のカップルがこちらへ歩いてくる。紳士はフィリップの友人のフレデリック・アンバリーだ。彼はパーティなどではアントニアたちのそばにはあまりおらず、挨拶がすむとたいてい人ごみの中に姿を消してしまう。彼の腕に手をかけているのはピンクの水玉模様のドレスを着た若いかわいい女性で、アントニアとは面識がなかった。アンバリーの温かな称賛のまなざしからして、彼がさっさと姿を消してしまう原因が彼女なのだろう。

「こんにちは、アンバリー」

フィリップの声にアンバリーがはっとした。「ルースヴェン、こんなところで会うとは奇遇だな」

「まったくだ」フィリップはアンバリーの腕にしがみついて目を見開いている若い女性に魅力的に微笑みかけた。

「わたしの友人を紹介するよ」アンバリーは心配ないというように彼女の手を軽く叩いた。「こちらはミス・マナリングとルースヴェン卿。こちらはミス・ヒッチンだ」

ミス・ヒッチンはにっこり微笑んでアントニアに片手を差し出した。アントニアも微笑みを返し、その手を取った。フィリップはお辞儀をし、アンバリーを見た。「散歩かい？」

「お花がとてもきれいなので」ミス・ヒッチンが少し息を弾ませて言った。「ミスター・アンバリーが親切にエスコートしてくださいましたの」

「本当にきれいですわ」アントニアがうなずいた。

「この先に石楠花の小道があるんですって」ミス・ヒッチンはせがむようにアンバリー

を見た。

アンバリーは彼女に微笑んだ。「今から行けば遅くならないうちに母上の馬車まで戻れるだろう」彼はアントニアに会釈した。「では、失礼、ミス・マナリング、ルースヴェン」

フィリップは足早に去っていくふたりを見送った。「あきれたな。学校を出たての、やっと髪を結う年になったばかりの娘じゃないか」彼は首を振った。「アンバリーもかわいそうに」

「なぜかわいそうなの？」再び歩きだすと、アントニアは尋ねた。

「表向きは花を見るなんて理由で、若い娘に腕を貸してハイドパークを散歩しているところなど人に見られたら、それはもうその相手に夢中だと宣言したのも同じなんだ」

アントニアは努めてさりげない口調で言った。「あなたもわたしと花壇のそばを散歩しているわ」

「確かにね。だが、男がきみに夢中になるのは不思議はないが、彼の相手は学校を出たばかりの小娘だよ」フィリップはまた首を振った。「アンバリーもかわいそうに」

11

「きみはヒューゴーの派手な踊りに感心したわけか?」レディ・ダーシードリールの舞踏会場でフィリップは、頬を染め瞳を輝かせてフロアから戻ってきたアントニアに腕を差し出した。

「そのとおりよ」アントニアはフィリップの袖に手をかけ、いたずらっぽいまなざしでヒューゴーを見た。「この何週間かでこんな熱狂的なガボットはなかったわ」

「しいっ!」ヒューゴーは大げさに周囲を見回した。「人聞きの悪いことを言わないでくれ。ロンドンの放蕩者に熱狂的なんて言葉は禁物だよ」

アントニアは声をあげて笑った。

フィリップはその澄んだ声を楽しんだ。この一週間でアントニアは確実に自信をつけている。彼は何食わぬ顔をして彼女の手に手を重ねた。「さあ、舞踏会は終わった」アントニアが彼を見た。「帰ろう」

館へ、図書室へ、そしてふたりのいつもの寝酒へ。

うれしいことにアントニアは少し赤くなり、部屋を見渡した。「レディ・タイスハーストのところから叔母さまをさらってこなくてはいけないみたい」

「本当だ」フィリップが彼女の視線を追うと、継母は伯爵夫人と熱心に話し込んでいた。「どうも気に入らないな」

アントニアは彼にとまどいの視線を向けた。

フィリップはヒューゴーが立ち去るのを待ってから言った。「わたしの経験豊富な目から言うと、ヘンリエッタはきみの若い友人の件で、警告の合図を発しているようだ」

彼の推測は正しかった。

ふたりが近づいていったとき、伯爵夫人は若い娘が年長者に結婚相手選びを委ねることの賢明さを熱く語っていた。「大切なのは実質よ。うちの姪もきっとそれを認める日が来るわ」夫人は重々しくうなずいて、反対する者を探すように舞踏会場をものすごい目でにらみ回した。

ヘンリエッタは一応うなずいたが、その表情を見ると、そこまで偏った意見ではないようだ。

フィリップが持ち前の魅力を発揮して、うまくヘンリエッタを伯爵夫人から引き離した。会場のドアのところでジェフリーが三人を待っていた。一行は女主人に挨拶をし、馬車へ向かった。

アントニアに手を貸して馬車に乗り込ませたところで、フィリップは誰かに名前を呼ばれた。

振り返ると、サリー・ジャージーがいつもの高慢な表情で自分の馬車に向かうところだった。彼は軽く会釈を返した。彼に好奇の視線を投げかけてきたのは彼女ひとりではない。フィリップは馬車に乗り込み、内心肩をすくめた。二、三週間後にはみんなでルースヴェン・マナーへ帰る。それからはもう、社交界の好奇の目などどうでもよくなる。アントニアに微笑(ほほえ)みかけるたびに人の目を気にする必要はなくなるのだ。その日が来るのが日増しに待ち遠しくなっていた。

暗い馬車の中でフィリップは席についた。

向かいに座るアントニアも同じようにふたりのことを考え、満足していた。今や、社交の場で彼の妻としてどう振る舞えばいいのかわかっている。女主人たちが目を光らせている前を、つまずかずに歩いていくことができる。何かぶざまなことをして恥をかくのではないか、洗練と知識が欠けているせいでフィリップに恥をかかせはしないかと恐れる必要もなくなった。

彼の指導の下、アントニアの知識と理解はどんどん深まっていった。

アントニアは向かいに座る大きく威圧的だがエレガントな姿を見つめた。幅広のネクタイ(クラバット)のダイヤモンドのピンが暗闇(くらやみ)の中で淡く輝いていた。

今や、アントニアには彼の妻になれる自信があった。彼が望む妻、彼に必要な妻、彼にふさわしい妻に。彼の支えは揺るぎない。彼の言葉も行動もさりげなく好意をにじませているが、決して節度を失うことはない。

少なくとも人前では。

ふたりきりのときの彼の態度は、アントニアの考えるふたりの関係にふさわしいものではなかった。しかしそれも、彼女が欲望の存在を認めるまでのことだった。これまで経験したことのない何かが確かに存在していて、彼とふたりきりになるたびに、彼の瞳を見つめるたびに、心の奥から自分を見つめ返した。彼女はついにそれを自分にとって不可欠な要素と受け入れた。彼はもはやわたしを少女ではなく大人の女と見ているのだ。

アントニアの体をおののきが走った。彼女はふいに体を起こし、通り過ぎていく町の景色を眺めた。

急に息が苦しくなり、鼓動が乱れても、彼女は欲望を愛と混同するほど愚かではなかった。三日前にハイドパークでフィリップがさりげなくもらした言葉で、むしろそれを再確認した。カトリオナのような情熱的な娘でなくても、きみに夢中だという遠回しの告白を愛の宣言のように誤解しただろう。しかし、それは単なる好意の言い換え、彼女と一緒にいることが楽しいという意味にすぎないのだ。

確かにあのときはアントニアも驚いた。フィリップの評判からして、たぶんほかにたくさんもっと重要な女性がいると思っていたのだ。

彼は心を入れ替えたのだろうか？

もしその変身がわたしのせいだとしたら……。

強く深い渇望が彼女の中にわき上がった。アントニアは肩を怒らせ、冷酷にそれを押しつぶした。彼とのあいだにそういうことはない。計算ずくの結婚にそういうことは含まれないのだ。

心のどこかが嘲笑うのをアントニアは無視した。わたしはいい妻になるのだと自分に言い聞かせる。自分の権限の及ばないことに関して、騒ぎ立てたりしないのだ、と。

その覚悟をしっかり胸に刻んで、アントニアはルースヴェン・ハウスの玄関に入った。ヘンリエッタとジェフリーはすでに階段に立っていて、しきりにおしゃべりしている。アントニアはカーリングに微笑んで、滑るように図書室へ入っていった。

いつもの椅子に座ると、暖炉の前に置かれた長椅子に目が止まった。その椅子は一週間ほど前に出現し、それ以来毎晩、フィリップは何かと口実を作ってはアントニアをそこに座らせ、抱き寄せる。彼女は、婚約したカップルがキスを交わすことなど別に驚くに当たらないわと自分に言い聞かせた。

欲望にくすぶった灰色の瞳が心に浮かんだ。それだけでもう、体が震えそうになってしまう。

フィリップが部屋に入ってきて、アントニアと目を合わせた。「最近は社交の場でもくつろいでいられるようだね。昔からきみは覚えが早いと思っていたが」フィリップは体をかがめて暖炉の火をおこした。炎が茶色の髪を明るく照らした。アントニアは穏やかに微笑んだ。「先生がすばらしいからでしょう。口うるさいご婦人方とひとりで闘っていたら、今の何倍もたいへんだったわ」

フィリップは体を起こし、眉を上げた。「お世辞かい？」

ドアにノックの音がして、カーリングがミルクを持ってきた。執事はフィリップにもブランデーを注いで立ち去った。沈黙が部屋を包んだ。アントニアはくつろいで、温かなミルクが肩の肌寒さを追い払っていくのを感じていた。しだいにまぶたが重くなってくる。

フィリップはグラスを両手で包み、アントニアを見つめていた。視線が彼女のむき出しの肩からイブニングドレスへとさまよっていく。アントニアの淡いグリーンのシルクのドレスはどれだけの数の女性の嫉妬心をかき立てたことだろう。アントニアは今夜はパールはつけず、ただ、大きくあいた胸元から美しい肌をのぞかせているだけだ。なんの飾りもないその胸元がレディ・ダーシードリールのダイヤモンドより注目を集めた。柔らかな胸のふくらみには無垢の輝きがあって、何人もの男たちの会話を中断させた。フィリップは思わずもじもじした。

アントニアはまばたきした。「どうかしたの？」

フィリップはゆっくり眉を上げた。「ふと思ったんだが、きみのような美貌に恵まれた人が宝石の目くらましなしで人前に出るのは禁止すべきだね」

胸元に彼の視線を感じて、アントニアはその言葉の意味を悟った。肌のほてりは暖炉の火のせいではなかった。「本当に?」ここでうろたえてはいけないと、彼女はミルクをすすった。

「間違いない」フィリップはふいにグラスを置いて立ち上がり、机へ向かった。そしてほどなく平べったいベルベットの箱を手に戻ってきた。

アントニアはグラスをサイドテーブルに置き、箱と彼の顔を見比べた。「なんなの?」

「さあ、鏡の前に立って」フィリップは彼女の手を取って立ち上がらせ、鏡の前へ導いた。そして箱を長椅子に落とし、両手を彼女の頭上に掲げた。その手には一連の宝石が輝いている。

アントニアは目を上げ、息をのんだ。「〈アスプレー〉のエメラルドね!」ささやくような声になる。「誰が買ったのかと思っていたの」

「わたしさ」フィリップはアントニアの首にネックレスを回し、留め金をとめた。「きみのために作られたようなアクセサリーだから。きみのものにしないと」

アントニアはまばゆい宝石にそっと触れた。「なんて言ったらいいのか」鏡の中のフィリップと目を合わせると、微笑みは消えた。「これをつけるわけにはいかないわ。今はまだ」

「わかっているよ」フィリップは彼女の肩に両手を置き、やさしく握った。「マナーに帰るまでとっておいて、わたしたちの婚約発表のときにつけるといい。そのときのためのプレゼントだよ」

アントニアはしばらくじっと鏡の中のフィリップと見つめ合ってから振り返った。「ありがとう」彼の首に腕を回し、爪先立ちになって、その唇に唇を重ねた。

フィリップは一瞬のためらいののち、両手を彼女の体に回して抱き寄せた。つかの間、彼女の不慣れな愛撫(あいぶ)の新鮮さを味わってから、彼を求めている唇を開き、彼女の柔らかさの中へ入っていった。

アントニアはフィリップのキスに身を委ね、いつものとおり熱い波にさらわれた。理性など忘れ、もっとぴったり彼と体を重ねたい衝動に屈する。彼の両手が背中を滑り、やさしくお尻を包み込んだ。アントニアは体が求めるものを拒みきれず、彼の硬さの中に自らの柔らかさを沈めていった。今まで知らなかった興奮がわき上がり、新たな欲望が全身に広がった。

胸に伸びてきたフィリップの手が救いに思えた。彼の愛撫が胸の奇妙なうずきを静めてくれる。その指がさらに熱烈な愛撫を繰り出すと、膝から力が抜けていった。アントニアは彼の肩にしがみつき、彼の腕がしっかり腰を支えてくれるとほっとした。

フィリップはキスを続けたままアントニアを長椅子に横たえた。アントニアは愛撫をやめないでと彼の首に腕をからませた。彼女の無垢な渇望をやさしいキスでなだめながら、フィリップはドレスの小さなボタンをはずしていった。自分の欲望の手綱をしっかりと引いて、一歩一歩ゆっくりと、誘惑の道へアントニアを導いていく。いちばん遠回りの道を選んで。今夜どこまで彼女を連れていくかは心に決めていた。それ以上は進まないと。しかし最後のボタンがはずれた瞬間、われを忘れて薄いグリーンのシルクの下に片手を滑り込ませた。

アントニアは愛撫に応(こた)えて胸をそらした。サテンのように柔らかく、シルクよりも滑らかな肌が彼を焦がす。硬くなった頂を指でそっとつまむと、アントニアははっと息をのんだ。彼女の唇が熱く彼を求めてきた。彼の下で身もだえる彼女は、まぎれもなくみだらで神々しい。

フィリップは求められるまま、アントニアの唇を存分にむさぼった。やっと体を引き、顔を上げて息をついたのは彼のほうだった。

アントニアは肌をほてらせ、ぐったりと横になっていた。重くなったまぶたを閉じ、唇は今もまだキスに飢えてうずいている。彼女は情熱の繭に包まれて夢の海を漂った。

このうえなく満たされて、アントニアはため息をついた。

フィリップの長い指が胸のふくらみを撫(な)でた。

アントニアははっと目を開いた。「まあ！」いきなり現実に引き戻されると、彼の片手がむき出しの胸を包んでいた。「わたし……」頭がまだぼんやりしている。わたしは何をしたの？「どうしましょう！」彼女は困惑のあまり目を閉じた。屈辱感が全身を包む。

「ごめんなさい、フィリップ」

フィリップもまだぼんやりしたままアントニアの耳に鼻をこすりつけた。「何を謝っているんだい？」彼女ののど元の激しい鼓動にキスをする。「謝るのはわたしのほうだ」彼は胸を包む自分の手を見下ろした。「こんなつもりじゃなかったのに」

アントニアは鋭く息を吸い込んだ。フィリップは彼女の胸に唇を近づけていく。

「フィリップ！」

アントニアは再び目を見開いた。今度はショックはさらに大きかった。めくるめく愛撫を続けるフィリップの髪に指をからませる。アントニアはふいに長椅子があってよかったと思った。立ったままこんなことをされたら、きっと卒倒していただろう。彼の唇と舌にもてあそばれて、頭がくらくらしてきた。

「ああ、助けて」

アントニアのやるせない声に、フィリップは体を引いてくすくす笑った。「そんなにショックを受けることはないよ」彼は興奮もあらわに激しく上下する裸の胸を眺めて、男としての満足感を味わった。そしてアントニアのうつろな目を見た。「わたしたちはどのみちもうすぐ結婚するんだ。そうなれば、しょっちゅうこういうことをするんだよ」

アントニアは声にならない吐息をもらした。

彼女の体がおののいて、フィリップは困惑した。その瞳は奇妙な表情を浮かべている。苦悶だろうか？　彼は顔をしかめた。「どうしたんだい？」

アントニアは答えない。フィリップがまたしても胸の薔薇色の頂を愛撫すると、彼女のまなざしがうつろになった。

彼はなんとか指の動きを止めたが、柔らかなふくらみから手を引き離せなかった。体をかがめ、彼女のこめかみにキスをする。「わたしを信頼しているなら話して」

アントニアはまばたきして彼を見上げた。唇を開きかけたが、話す前に湿らせなくてはならなかった。ぜひここで説明しておかないと。もうどうにもできなくなってしまう前に。「わたし……」彼女は深呼吸した。「あなたに情熱的にキスをされると……」真っ赤になって言葉を切った。

フィリップの手の下で彼女の肌がほてっていく。彼はまた愛撫しそうになるのをなんとか止めた。

アントニアは息をのみ、声を振り絞った。「あなたに触れられると」目を伏せ、震える息を吸い込む。「自分ではどうすることもできずに反応してしまうの。わたし……」じっとフィリップを見つめ、舌先でちらりと唇を湿した。「とてもみだらな気持ちになって」

フィリップは押し寄せてくる欲望に必死で耐えた。

アントニアは彼を見つめたまま続けた。「そんなはしたない振る舞いに、あなたはうんざりするでしょうね」彼女は目を伏せた。「淑女にあるまじきことですもの」

アントニアの苦悩に満ちた誠実なまなざしを見れば、軽々しいことは言えない。彼女がこれまで教え込まれてきたことは察しがつく。フィリップはずっと前に悟ったのだが、既婚女性の多くが簡単に放蕩者の――彼女たちの情熱を解放しようとする男の餌食になるいちばんの原因は、この種の抑圧なのだ。彼女まで自分の仲間の毒牙にかかっては困る。

「またショックを与えるかもしれないが、告白しなくてはならないことがある」

アントニアは茫然とした目で彼を見た。

フィリップはしぶしぶ手を引き、彼女のはだけたドレスを合わせた。「こんなことを口にするのもなんだが、女性の情熱に、あるいは情熱的な女性にわたしがうんざりするなどという評判を立てられたら心外だからね」アントニアをじっと見つめてつけ加えた。「むしろ、その反対だ」

彼女はまだ不安げだ。

「わたしのような男が晩婚なのはよく知られている。経験から学んだ男は、自分の情熱に正直で率直で、喜びを偽らずに自然に表す女性が現れるのを待つからだ」フィリップはちょっとためらってから、いちだんと低い声で続けた。「さんざん遍歴を重ねてきたわたしだ。

手練手管にだまされはしない。そんなわたしが妻の上品な反応などで満足できると思うかい？　きみの血に流れる炎を知っているのに？」

フィリップの瞳が怪しくすぶった。アントニアはフィリップの言葉に震えそうになるのを懸命にこらえた。憤慨すればいいのか有頂天になればいいのかわからず、ただ首を振った。

フィリップは自分の中で高まる緊張を無視して続けた。「わたしはきみに奔放でみだらになってほしい。少なくともふたりきりのときにはね」彼は挑発的に微笑んだ。「実はそんなきみが好きなんだ」アントニアの体がこわばると、彼は慌ててつけ加えた。「妻が夫に対して奔放でみだらになるのは決して悪いことじゃないんだよ」

アントニアは彼に疑わしげな目を向けた。

フィリップは指で彼女の鼻先をぽんぽんと叩いた。「社交界では、うまくいった結婚はすべて、社交の面と私的な面の両方を持っている。エヴァースリー公爵夫妻やジャック・レスターとソフィア、ハリー・レスターとルシンダがいい例だ。きみはまだ彼らに会ったことがないが、わたしは彼らをうらやましく思っている」彼はいつの間にか雄弁になっている自分に驚き、ちょっと間を置いた。「互いに深く惹かれる思いが結婚を魅力的なものにすることには疑問の余地がないから」

フィリップはアントニアと視線を合わせた。

「あなたは楽な妻がいいのだと思っていたわ」また赤くなってしまい、アントニアはいらだたしげにあごを上げた。「あなたをてこずらせないような」

フィリップは無理に微笑んだ。「いつも心を乱されるような相手はいやだと？」彼はさっとアントニアの髪のリボンを解いた。豊かな髪が広がって、クッションにピンがちらばった。彼は金色の波に片手を浸した。「裸にしてこの手で愛撫することなど想像する気も起きない相手がいいと？」金色のカールを手に取り、彼女の肩にのせた。「わたしが求めるのはそんな相手だと思っていたのかい？」

アントニアは目を大きく見開き、ほとんど息もできないままうなずいた。

フィリップはじっと彼女の唇を見つめた。「それならきみは間違っているよ」

フィリップは頭を下げ、彼女と唇を重ねた。めくるめくキスで彼女を欲望と喜びの世界へ引き戻し、熱い反応を求め、彼女がよけいなことを考えそうになると、かすれた声で甘くささやいた。

彼がやっと頭を上げたときには、さっきくべた薪は残り火となっていた。アントニアの切ないため息に満足して、フィリップは体を引いた。

まだぼんやりとしたアントニアの耳に彼のささやきが聞こえた。「きみはわたしのものだ」

「きょうはこんなに人出が多いとは思わなかったわ」アントニアは風で飛ばされないように片手でボンネットを押さえ、ハイドパークの中央の並木道のいつもながらの馬車の混雑ぶりに目を向けた。

二頭立て四輪馬車の隣の席に座るフィリップは不機嫌な面持ちだ。「追い払うには洪水でも起きないと無理だな。単なる脅しぐらいでは」彼は鉛色の空に立ちこめる雲を見上げた。「年配のご婦人方はびくともしないから」

「そのとおりね」アントニアは新しいマフの裏地の白鳥の綿毛に指を沈め、すれ違った年配の婦人に穏やかに微笑んで会釈を返した。内心では自分の落ち着きぶりに驚きながら。

昨夜あんなことがあっただけに、次にフィリップに会ったときにはうろたえてしまうだろうと思っていた。しかし、思いがけず朝食の席で一緒になってもいつもどおりで、ぴりぴりするようなことは何もなかった。ときおり彼の瞳が輝いて、その背後に暗黙の了解があるのがわかっても、アントニアを包む深い幸福感は乱されはしなかった。

アントニアは指をそっと曲げ、マフを見下ろした。フィリップからの最新のプレゼントだ。ちらっとフィリップを見る。「わたしがすてきだと言ったものは、みんなわたしのものになるみたい。パラソルもボンネットもエメラルドさえ」

葦毛（あしげ）を操るのに集中しているフィリップは眉を上げただけだった。

「わたしが御者台の高い二頭立て四輪馬車がすてきだと言ったら、それも手に入るのかしら？」

アントニアは軽い馬車への恐怖をたちまち克服し、今やそのパワーとスピードを大いに楽しんでいた。

「だめだ」フィリップはきっぱり答えると一瞬馬から目を離し、彼女に向かって顔をしかめた。「首でも折ったらどうするんだ。とんでもないよ」

アントニアは目を丸くした。

フィリップはふんと鼻を鳴らし、馬に視線を戻した。そして、ほんの少しだけ口調を和らげてつけ加えた。「きみがいい子にしていれば、きみの馬車に脚を高く上げて進む馬を二頭つけてあげよう。今度ハリーに会ったときに話しておくよ」

「ハリー？」前にも聞いたことのある名だ。

フィリップはうなずいた。「ハリー・レスター。ジャックの弟だ。ふたりともわたしの親しい友人なんだ」

「そのハリーという人が馬を売ってくれるの？」

「たぶんね」フィリップは微笑みをたたえた目でアントニアを見た。「ハリーはわが国屈指の馬の飼育家でね。きみがマナーで乗っているレイカーも彼のところの馬の子なんだ。いい馬を手に入れたいときには、ハリーに相談するにかぎる」

馬車が速度を落とし、角を曲がって引き返す馬車の列に並ぶと、アントニアは尋ねた。

「その人がルシンダと結婚したハリー？」

フィリップはうなずいた。「ふたりは二、三カ月前に結婚したんだ。夏の社交シーズンの終わりごろだった」

「今ロンドンにいないのには何かわけがあるの？」

「ハリーのことだから」フィリップは馬車の向きを変えながら答えた。「田舎の館で楽しむのに忙しいんだろう」

「楽しむって？」

馬を速足にすると、フィリップはアントニアと目を合わせた。「華やかな社交界よりもっと強烈に放蕩者を引きつけるものがひとつある」

アントニアは目を見開いた。「それは何？」

「美しい妻さ」

彼女は真っ赤になってフィリップをにらむと、近づいてくる馬車のほうへ目をそらした。にやりとしたいのを抑えて、フィリップは馬に目を向けた。彼はアントニアが赤くなるのを見るのが大好きだ。昔の彼女はこんなふうにすぐ赤くなったりはしなかった。彼はアントニアを赤くさせるのがうまくなってきている。これもまた練習で進歩する技のひとつだ。

とまっている馬車のそばを通り過ぎてから、フィリップはもう一度アントニアのほうを見た。「寒くなってくれば、すぐに放蕩者たちは姿を消し始める。秋の社交シーズンもあと一週間ほどだよ」

アントニアはまっすぐフィリップを見つめた。「それからは？」

フィリップは緊張が高まるのを感じた。彼は表情もまなざしも押しつけがましくならないように気をつけた。「きみさえよければマナーへ帰ろう。そして……」言葉を切り、馬のほうを見た。アントニアに視線を戻したとき、彼の表情は穏やかになっていた。「予定どおり事を進めよう」

アントニアはフィリップをじっと見つめ、穏やかに微笑んでうなずいた。「ふたりで決めたとおりに」


二日後の夜、フィリップはレディ・カーステアズの舞踏会場の端に立ち、秋の社交シーズンを早く終わらせる方法はないものかと考えていた。これからまだ五日間も舞踏会やパーティに出なくてはならない。その間、自分で引いた一線を踏み越えずにいられるだろうか。もうすぐ結婚するのだから、アントニアを誘惑すること自体は別に悪いとは思わない。ただ、彼女が彼の館に滞在し、基本的に彼の庇護の下にあるとなると、事情は変わってくる。そこで彼女を誘惑することは、彼の道徳観に反するだけでなく、名誉にかけてできなかった。

フィリップは腕組みしてうなりたい気持ちを抑え、軽快にカントリーダンスを踊るアントニアの美しい姿を眺めた。彼の仲間のアシュビー卿が彼女のパートナーだが、別に心配にはならない。彼はそこではたと考えた。

わたしは今や完全にアントニアを信頼している。彼女の愛情を、誠意を、わたしと結婚したいという思いを確信している。それならどうしてこんなところに立って彼女を眺め、じりじりしているんだ?

今やもうアントニアは十分自信をつけたし、何か助けが必要なときには、親友たちと噂話に興じているヘンリエッタがいる。ジェフリーだって会場のどこかに、たぶんハマースレイ侯爵とミス・ダーリングとミスター・フォーテスキューと一緒にいるはずだ。

音楽がやむと、フィリップは最後にもう一度周囲を見回した。わたしがほかの夫たちのように舞踏会場から出ていけないことはない。今のアントニアにはわたしは必要ないのだから、この時間を差し迫った問題の解決に使おう。彼女を誘惑する道をよりよいものにするために、どんな階段や脇道を加えることができるかという問題の。

彼の中に突然激しい欲望がわき上がり、アントニアも情熱的に応える以上、ぜひとも新たな工夫が必要だった。

アントニアはお辞儀をすると、明るくアシュビー卿に笑いかけ、それから反射的に部屋を見渡した。ドアを出ていくフィリップの後ろ姿が目に入った。風にあたりに行くのだろう。彼女は微笑んだ。

アントニアは満ち足りた気分で、アシュビー卿や周囲に集まってきたほかの紳士とおしゃべりした。しかし、十分もたわいのない話が続くと、だんだん気もそぞろになってきた。ぼんやりとあたりを見回し、自分も風にあたりに出てもいいだろうと思った。天気が悪いのでテラスへ続くドアはぴったり閉ざされている。会場の気温は確実に上がっていた。

アントニアは愛想よく微笑んでアシュビー卿を見た。「失礼します。叔母と少し話があるので」

ヘンリエッタがハマースレイ侯爵未亡人のグループの中心に収まっているだけに、アントニアについてくる紳士はいなかった。アントニアは人ごみを抜けて最初は叔母のほうへ向かったが、途中で方向を変えて舞踏会場のドアへと向かった。

人けのない図書室で、フィリップはひとり暖炉の前を行ったり来たりしながら、アントニアとのことを考えていた。ドアが開き、静かに閉まったのにも気づかなかった。シルクのスカートがかさこそと床を撫でる音で初めてはっとした。

彼はもしやと期待して振り返ったが、長椅子のそばに立っていたのはアントニアではなかった。

「こんばんは、男爵」レディ・アーデイルは偶然ここへやってきたのかもしれないという考えは、彼女の声を聞いたとたんに消えた。彼女は目をみはるほどの美貌の持ち主で、肉感的な肢体をぴったりしたシルクのドレスに包んでいる。布地はあくまでも薄く、ドレスの下にほとんど下着をつけていないのがはっきりとわかる。彼女はじっとフィリップを見つめ、ゆっくりと近づいてきた。

フィリップは心ならずもどこか魅せられていた。話に聞いていたものをついに目の当りにした、そんな感覚だ。レディ・アーデイルの噂は知っている。彼女は彼がためらいもなくピラニアと名づけるタイプの女性だ。放蕩者を食べて骨を吐き出す。彼女を満足させることは不可能だと言われていた。それを試みて、文字どおり屈服の憂き目に遭った放蕩者もいる。アーデイル卿がまだしっかりしていて妻に分別を求めるため、彼女が餌食にするのは既婚者に限っていた。今までのところ、フィリップは自分は安全だと思っていたのだ。

しかし、彼女の次の言葉が幻想を打ち砕いた。「あなたってとっても頭がいいわね、ルースヴェン」レディ・アーデイルはフィリップの真正面に立ち、訳知り顔で微笑んだ。爪を長く伸ばした指で彼のクラバットをなぞる。「家族ぐるみのつき合いの若い娘で、育ちはいいけれど社交界を知らない、無垢なかわいいお嬢さんを花嫁にするのね」彼女は眉を上げた。「本当に頭がいいわ」

フィリップはわずかに体をこわばらせた。

「それだけ賢い人にはご褒美をあげなくては」レディ・アーデイルはしなだれかかってき

た。フィリップは反射的に腕を伸ばして彼女を支えた。彼の手が彼女の豊かな腰をつかんだ。彼女はさらに体をすり寄せてきた。「どうやら」彼女の言葉は吐息のようだが明快だった。「あの娘と結婚する計画は順調に進んでいるようじゃない。これからの三週間を領地でむだに過ごすより、アーデイル・プレイスへいらっしゃらない？　陽気な集まりなのよ」真っ赤な口紅の口元をほころばせると、黒い瞳でフィリップを見つめ、彼の手を取り恥ずかしげもなく自らの熟した胸のふくらみに押し当てた。「あなた好みのデザートをたっぷり食べさせてあげるわ。あなただって自分の本性を忘れてはいないでしょう」

激しい嫌悪感とレディ・アーデイルを突き飛ばしたいという強烈な衝動のせいで、彼女のみだらな誘いを礼儀正しく断る前に、フィリップは息を整えなくてはならなかった。彼がアントニアよりも淫乱な夫人のほうを選ぶと思われたのは、彼の知性に対する侮辱に感じられた。夫人がアントニアのことを口にするだけで悪寒が走った。

フィリップが動かないのをレディ・アーデイルは誤解した。妖婦の笑みを浮かべ、彼の頭を引き寄せようとした。

フィリップの表情がこわばった。彼は夫人の腰に当てた手に力をこめ、もう一方の手で肩をつかんだ。

そのときなぜかはわからないが、フィリップは目を上げた。するとドアを入ったところの影の中に、アントニアが幽霊のように立っているではないか。彼は凍りついた。

レディ・アーデイルは彼に体を密着させてくる。アントニアのすすり泣きが沈黙を引き裂いた。彼女は片手を口に当てて泣き声を押し殺し、部屋を飛び出していった。

次の瞬間、レディ・アーデイルは突き飛ばされ、長椅子に横たわっていた。それはある意味、彼女の狙いどおりだったが、ひとつ明らかに違っていたのは、横にいるはずのフィリップがさっさとドアへ向かっていくことだ。

「ルースヴェン！」

甲高い怒りの声にフィリップは立ち止まった。そして、冷たい軽蔑をこめた目で夫人を見据えた。「マダム、今後愛人を選ぶときには、もう少し分別を働かせることですね。わたしがそんなものに成り下がるとお思いなら、見当違いもいいところだ」

それだけ言うと、くるりと背を向けてアントニアのあとを追った。

舞踏会場に入ると、フィリップは壁際に立って会場を見回した。やっと見つけた未来の花嫁はどこかの青年とコティヨンを踊っていた。周囲の目には彼女はごく普通に見えただろう。しかし、彼女の微笑みのひとつひとつ、さりげないしぐさのひとつひとつが必死の努力の賜物だと、フィリップには見て取れた。今すぐ彼女のところへ行って抱きしめ、彼女が目にし耳にしたことの真実はこうなのだと伝えたい。しかし、そんなことをすれば周囲がどう反応するかわかっているだけに、彼は思いとどまった。

じりじりしながらコティヨンが終わるのを待ち、会場を横切っていつものアントニアの隣の位置についた。彼女は目も上げず、うなずいただけだった。

フィリップは深呼吸してじっと待った。取り巻きのあいだで狩りの話が盛り上がると、彼はアントニアの耳元で言った。「きちんと話し合おう、アントニア。一緒に来てくれ」

アントニアは冷たい笑い声をあげ、周囲の注意を引き戻した。「残念だけれど、ダンス・カードはもういっぱいなの」カードを差し出すついでに、右の手首をつかむフィリップの手を振り払った。「ほらね」彼女は周囲に笑顔を向けた。「たくさんの方が熱心に誘ってくださるんですもの」

次のダンスのパートナーがすかさず現れて、彼女をさらっていった。フィリップは歯ぎしりしつつも平静を装うしかなかった。彼はすでにアントニアとワルツを踊っている。いつもながら、ほかのダンスはすべて予約でいっぱいなのだ。

しかたなくただアントニアのかたわらに立っているうちに、フィリップは彼女の陽気さの仮面がいかにもろいものかをひしひしと感じた。それでもう、彼女とふたりきりになろうとするのはやめた。アントニアが動揺を抑え、これだけ必死でがんばっているのに、これ以上無理に追いつめて、この舞踏会場でヒステリーを起こさせでもしたらたいへんだ。同じ理由で彼は彼女のそばについていた。アントニアがつまずいて転びそうになったときにはいつでも支えてやれるように。

どのみち、もうすぐ館へ帰るのだ。図書室の暖炉にはすでに火が入っているだろう。

そんな思いを胸に、舞踏会が終わるとフィリップはアントニアを敏感な人の目から守るようにエスコートしていった。幸いヘンリエッタはミス・ダーリングの将来が気がかりでならないようで、ジェフリーが叔母の話し相手を務め、姉の沈黙を埋めた。

アントニアはヘンリエッタに続いて馬車を降り、フィリップはあとに続くしかなかった。しかし、ヘンリエッタが玄関の階段を上るのに手間取るうちに、彼はアントニアに追いついた。彼女の手を取り袖に置くと、彼女はその手を見つめ、不本意ながら彼に導かれてドアへ向かった。

もっとミス・ダーリングのことが知りたいヘンリエッタはジェフリーの腕にすがってどすどすと階段を上っていった。アントニアをかたわらに従えたフィリップはふたりが踊り場に着くまでその姿を見守っていた。

「旦那(だんな)さま?」カーリングが外套(がいとう)を受け取ろうと待っている。フィリップが外套を脱いで振り返ったときには、アントニアはすでに階段へ向かっていた。

彼女は額に手を当てて言った。「ひどい頭痛がするので失礼します」そしてお辞儀をすると、フィリップと目を合わさぬまま、階段を上り始めた。

フィリップは目を細め、アントニアの後ろ姿を見守った。彼女が階段を一段上るたびに彼の表情が険しくなっていく。彼女の姿が見えなくなると、カーリングが咳払(せきばら)いしてつぶやいた。「今夜のナイトキャップはいかがなさいますか、旦那さま?」

フィリップは凍りついた顔でうなるように言った。「ブランデーを自分で注げることぐらい重々承知だろう。もうやすんでいい」彼は足早に図書室へ入り、ぴたりとドアを閉めた。

二階の自分の部屋へ戻ったアントニアは、呼び鈴を鳴らしてネルを呼ばなくてはならなかった。メイドは女主人がいつもどおり図書室でひとときを過ごすものと思っていたのだ。ネルにドレスを脱がせてもらいながら、アントニアは言い訳をした。「ちょっと気分が悪いの。ぐっすり眠れば治ると思うわ」

せっせとドレスのボタンをはずしながら、ネルは心配そうに女主人を見た。「本当に大丈夫ですか?　何かお薬でもお持ちしましょうか?」

「いいの。着替えだけ手伝って。髪は自分でほどくから」

薬を飲んでおいたほうがいいのにと最後までぶつぶつ言いながら、やっとネルが下がった。

ひとりになるとアントニアは深呼吸して、ブラシを手に鏡台の前のスツールに座った。鏡に映る自分の顔をじっと見つめながら、茫然と髪をとかす。右手に置いた枝つき燭台が顔に光を投げかけていた。彼女は火消し具に手を伸ばした。ベッドのそばの一本だけを残してろうそくの火が消え、部屋が闇に包まれて初めて、もう一度鏡を見つめ返した。自分の目を見て確かめなくても、心がずたずたに引き裂かれているのはわかっているのに。

でも、すべて自業自得だ。

わたしは理性より情熱を優先させ、愛に導かれて奇跡を信じてしまった。母から警告され、自分自身でも警告したのに、耳を貸さなかった。愛に誘惑され、その痛みは味わわずにすむと思い込んだのだ。そして今夜、それが間違っていたことを思い知らされた。

愛がアントニアを打ちのめした。さっきレディ・カーステアズの図書室で影に身をひそめ、フィリップが娼婦(しょうふ)さながらの貴婦人に誘惑されるのを眺めていたときのように。頭がくらくらして、苦悩が広がっていく。胸が万力で締めつけられるようだ。鈍い痛みが全身に広がり、毒気がじわじわと浸透して、すべての希望をのみ込んでしまう。

アントニアは物憂げにまばたきして、ブラシを置いた。わたしは常に強く、どんなことも乗り越えてきた。今度だってそうだ。泣きはしない。父からの最後の贈り物だった雌馬を母が売ってしまったときでさえ、泣かなかったのだから。彼女はゆっくりと背筋を伸ばし、闇に包まれた鏡の中の自分を見た。

すべては自分のせいだ。フィリップはわたしを愛していると言ったことはない。彼を責める筋合いはないのだ。例によって、わたしが勝手な想像をしていただけだ。わたしの思いは、秘めた希望は、見当はずれだったのだ。アントニアは容赦なくそれをひとまとめにして心の奥に葬り、それからの一時間は、フィリップの妻の役割を果たすために必要な制限を心の中で繰り返した。意外にも、明快かつ非情な規則の数々が力を与えてくれた。再び自分の目的をはっきりさせてから初めて、ほかのことも考え始めた。

その後の時間は、心の傷を癒(いや)そうとするむなしい試みに費やされた。

12

「何かお持ちしましょうか、旦那さま？」カーリングが戸口に立っていた。

図書室の机に向かっていたフィリップは目を上げた。

フィリップは顔をしかめた。「いや、今はいい」

執事は一礼し、ドアノブに手をかけた。

「ドアは開けたままにしておいてくれ」

カーリングはまたお辞儀した。「承知いたしました」

うなりそうになるのを抑えて、フィリップは『ロンドン官報』に視線を戻した。ときおり雲間から差す弱い日差しが気まぐれにページの上で躍っていた。

急に不安定になったのは天気だけではない。

アントニアは誤解を解く機会を与えてくれなかった。わたしは絶対的に彼女を信頼しているのに、彼女はわたしを信頼していると言いつつ、明らかに信頼してはいなかったのだ。確かにわたしには芳しくない評判もあるし、それを隠そうともしてこなかったが、ふたりは長年の友人ではないか。どうやらわたしはその点を過信していたらしい。わたしに言わせれば簡単なことだ。彼女はもっとわたしを理解しているべきなのに。目で見て、耳で聞いたことを信じるよりも？

フィリップは顔をしかめた。そしてうつろな目でページを眺めた。

図書室のドアの向こうでかすかな音がした。

フィリップは即座に立ち上がり、机を回った。アントニアが階段を下りてきたときには、フィリップは挨拶しようと待ち構えていた。

「おはよう。朝食のときには会えなかったね」残りの〝よく眠れた？〟などという慎重に考えたせりふも、ちょっと時間を割いてほしいという申し出も、アントニアの顔を見たとたんに頭から吹き飛んでしまった。

アントニアは片手で手すりを握りしめ、彼と視線を合わそうとしなかった。「寝過ごしてしまって」骨の髄までぞっとして震えてしまいそうだったが、よき妻となりたいのなら、こんなときでも平静を装えなくてはいけない。

ぎごちない足取りで階段を下りていく。後ろからメイドのネルの重い足音がついてくる。アントニアは挑戦的に頭を高く上げた。ネルの用意してくれた胡瓜水とデンマーク・ローションで最悪の状態は脱したはずだ。

最後の段に来ると、焦点の定まらない視線を未来の夫のほうへ向けた。「お元気そうね」

「まあね」フィリップはちょっとためらってから言った。「少し時間を割いてもらえないかな？」

彼の言葉だけでなく、やさしい口調にも驚いて、アントニアはまばたきした。そしてつい彼の顔を見てしまった。彼の瞳の苦悩の色にたまらず顔をそむけ、スカートの糸くずを払うふりをした。「実は居間へ手紙を書きに行くところなの。ヨークシャーにお礼状をたくさん出さなくてはいけないのに、ついつい先延ばしにしてしまって」例の件で騒ぎ立てるつもりはないけれど、今フィリップとふたりきりになるのはまだ無理だ。彼の幅広のネクタイを見つめて続けた。「二時までに手紙を書き上げれば、カーリングに投函してもらえるでしょう」

「カーリングに」フィリップは背後をうろついている執事を意識しつつ言った。「その手紙をわたしの机に置いておくように言うといい。無料送達の署名をするから」

アントニアはうなずいた。「ありがとうございます。では失礼します。すぐに手紙を書き始めたいので」彼女は背を向けかけた。

「あとで外の空気を吸いに行かないか？　手紙を書き終えたら、広場に散歩にでも」

アントニアはためらった。さわやかな風の中を歩くのは気持ちがいいだろうけれど、フィリップとふたり、気づまりな沈黙の中で広場を回るのかと思うと……。「叔母さまとわたしはレディ・キャシーとお茶の約束があるの。それからミセス・メルコムのご自宅を訪ねることになっていて」

われながら下手な言い訳にアントニアの顔がこわばった。緊張感が立ちこめる中、フィリップはいつもどおり流れるように優美なお辞儀をした。

「そういうことなら夕方また会おう」


フィリップの口調に不安になり、アントニアは今夜の催しには出ないことにした。夕食さえ、頭痛がするからと言って、自分の部屋へ運ばせた。

フィリップは食堂のテーブルの端の席について、隣の空の席を見つめつつ物思いにふけった。もう一方の側ではヘンリエッタとジェフリーが話し込んでいた。

「わたしは新しい考え方の信奉者というわけではないけれど、メレディス・タイスハーストに賛成する気にもなれないのよ」ヘンリエッタはスープの皿をどけた。「ミスター・フォーテスキューには少しも……問題はないの？」

「問題？」ジェフリーが顔をしかめた。「ぼくが知るかぎりでは別にないな。いい人ですよ。立派な馬をつけたしゃれた二頭立て二輪馬車に乗っているし」

ヘンリエッタも顔をしかめる。「そういうことじゃないのよ」彼女はテーブルの向かい側を見た。「ミスター・フォーテスキューに関して、何か悪い評判を聞いたことがある、ルースヴェン？」

フィリップは名前を呼ばれてわれに返った。「フォーテスキュー？」

ヘンリエッタはうんざりした目で彼を見た。「ヘンリー・フォーテスキューよ。ミス・ダーリングの求婚者の。実はわたしは、メレディス・タイスハーストの姪に対するやり方に納得できないの。ハマースレイ侯爵も気の毒だけれど、彼はまあ男だから、自分でなんとかするでしょう」

ハマースレイ侯爵夫人のことを思い出し、フィリップはそれは怪しいと思った。「ミスター・フォーテスキューに関しては、悪い噂など聞いたことがありませんよ。実際わたしの知るかぎり、彼は彼女にとって願ってもない結婚相手だと思います」

フィリップはワイングラスに手を伸ばした。ワインをすする彼の耳をヘンリエッタの推測や心配、ジェフリーの予想どおりの単純明快な意見が通り抜けていく。ふたりの暗黙の同盟もタイスハースト伯爵夫人の計画を覆すための策略も、フィリップの心には届かなかった。

食事が終わった。フィリップは料理を食べたのかどうかも思い出せなかった。別にいい。食欲もないし。彼はあらゆる面で活力を失っていた。

それでもレディ・アーバスノットのティーパーティへ向かおうと玄関ホールへ集まったとき、彼は何食わぬ顔でヘンリエッタに言った。「出かける前にアントニアのようすを見てくるんでしょう？」

「アントニア？」ヘンリエッタは驚いたようだ。「どうして？　ちょっと気分が悪いだけでしょう」

「でも、ひょっとしてもっと何か重大なことかもしれないから、確かめておいたほうがいいですよ。彼女は継母上の庇護の下にあるんですから」

「がんばりすぎて疲れが出ただけよ。彼女は根は田舎の娘なの。ロンドンの生活にもよく順応しているけれど、ここ数週間、大きな催しが続いたでしょう。回復する時間が必要なのよ」ヘンリエッタは母親らしく義理の息子の腕を軽く叩き、ジェフリーを呼び寄せて玄関ドアへ向かった。フィリップもしぶしぶあとに従った。

三人が帰宅したのは真夜中ごろだった。フィリップがほっとしたことに、ヘンリエッタはさらにほかのパーティに出ようとはしなかった。彼女とジェフリーは仲よく階段を上っていく。フィリップは図書室へ向かった。目の端でカーリングの表情をとらえつつ、彼はぴしゃりとドアを閉めた。

サイドボードに歩み寄り、グラスにたっぷりとブランデーを注いだ。そして、暖炉の左手の椅子に腰を下ろした。向かいの空っぽの椅子を眺めつつ、ゆっくりとブランデーをすする。

昨夜、彼は珍しくやり場のない怒りに駆られ、暖炉の前を歩き回った。今夜もまだ怒りはあるが、しだいに不安のほうが大きくなっている。

アントニアはわたしを避けている。今ではカーリングまで冷たい目でわたしを見る。

フィリップは空の椅子をにらみつけた。わたしは悪くない。アントニアがもっとわたしを信頼してくれるべきなのだ。未来の夫を信頼できずにどうする。彼女がわたしを愛しているなら……。

一瞬、フィリップの世界が揺らいだ。彼はじれったそうに鼻を鳴らした。

間違いなくアントニアはわたしを愛している。それは八年前からわかっていた。輝く緑色がかった金色の瞳の奥に、切なくも温かな表情が、愛が宿っていたのだ。当時はその愛に応えることはしなかったものの、わかってはいた。

フィリップはそこに慰めを見いだし、ブランデーをぐっとあおって、暖炉でくすぶる炎に顔をしかめた。

わたしを愛しているなら、彼女はわたしを信頼すべきだ。信じる勇気を持つべきなのだ。

彼の考えがまた揺らいだ。

アントニアは勇気ならたっぷり持ち合わせている。荒馬を恐れず操る勇気、思いがけず八年も世間からほぼ隔離された生活を送ることを強いられても、平然とそれを受け入れる勇気。彼女の勇気に疑問の余地はない。それならなぜ、彼女は今度の件でわたしと向き合おうとしないんだ？　どうしてわたしから直接説明を聞こうとせず、勝手な判断をして引きこもってしまうのか？

なぜわたしが彼女を信頼しているように、わたしを信頼してくれないのだろう？

フィリップはゆっくりまばたきして顔をしかめ、またブランデーをすすった。

わたしは彼女に夢中だと言い、ふたりは互いに強く惹かれる気持ちを分かち合っているとも言った。わたしが彼女を求めていることは、彼女も知っている。彼女のように知的な女性なら、当然ひとつの結論に達するはずではないか。

フィリップはさらに深く顔をしかめた。

部屋の隅の柱時計が一時を告げると、彼は酒を飲み干し立ち上がった。

このままではいけない。けさのアントニアの苦悩の表情は胸に焼きついていた。彼女の苦しみが鉛の重りのように心にのしかかる。彼女にもっと華々しい宣言が必要なら、宣言しようではないか。とにかくふたりで話し合って、誤解を解かなくては。


フィリップはアントニアの学習能力の高さを忘れていた。最大限の努力を払ったにもかかわらず彼が次にふたりきりで話すことができたのは、翌日の夜、レディ・ハリスの舞踏会の最初のワルツでフロアへ出たときだった。

「アントニア――」

「レディ・ハリスの飾りつけはすばらしいわ。妖精の洞穴と小さな大砲を並べるなんて、誰が考えつくでしょう」

フィリップは唇を噛んだ。「ハリス卿は海軍の軍人でね。だが、そんなことより――」

「大砲は実際に撃てるのかしら?」アントニアは生き生きした表情で眉を上げげた。「それは賢明ではないわね。ジェフリーみたいな若者もいることだし」

「誰もそんなことは気にしていないよ。アントニア――」

「いいえ。ジェフリーは今ごろもう、試しに撃ってみたいなと思っているはずよ」

フィリップはゆっくり深呼吸した。「アントニア、説明したいんだ――」

「説明など無用ですわ、男爵」アントニアは決然としてあごを上げ、フィリップの右肩の背後に視線を定めた。「あなたは何も説明する必要などないわ。謝らなくてはいけないのはこちらのほうよ。もう二度とあいうことは起こらないから。自分の無分別は重々承知しています。あの件についてはもうこれ以上話す必要はないでしょう」

アントニアは気持ちを引きしめ、ちらりとフィリップの顔を見た。彼の表情は険しかった。

「アントニア、それは――」

彼女はどきりとしてつまずいた。

フィリップがさっと彼女を支える。一瞬彼は、アントニアがわざとつまずいたのかと思った。しかしその驚いた目を見れば、そうでないことは明らかだ。「誰も見ていなかったから大丈夫だ」彼は腕の力を少しゆるめた。「それで――」

「よければステップに集中したいんだけれど」

フィリップは内心舌打ちした。アントニアの声の震えは演技ではない。彼はじれったい気持ちを抑え、こみ合ったフロアのカップルのあいだを縫って踊った。そして、できるだけさらりと言った。「ふたりきりで会いたいんだ、アントニア」

アントニアはちらりと目を上げ、すぐにそらした。フィリップは彼女の体が緊張に震えるのを感じた。

アントニアはしっかりと防御を固め、声が震えないと確信してから口を開いた。「今後は慣習に従ったほうがいいんじゃないかしら。わたしたちの関係が公のものでない以上、ふたりきりで会うのはどうかと思うわ」

フィリップは反論の言葉を懸命にのみ込んだ。「アントニア」ひどく冷静な声で言う。「きみは誤解して――」

「レディ・ハッチコックの新しい単眼鏡をごらんになった？　ヒューゴーの話だと、彼女の目が信じられないくらい大きく見えるんですって」

「レディ・ハッチコックの単眼鏡になどまったく興味はないね」

「そう？」アントニアは目を見開いた。「じゃあ、最新の噂で……」彼女は息もつかずに話し続けた。

フィリップは彼女の声にどこかもろいものを感じた。見開いた目と速すぎる呼吸にも気づいた。いらだちつつも今はどうしようもないとあきらめて、彼女を取り巻きのところへ返すまで、たわいない話を聞き続けるしかなかった。

アントニアは息を切らしてフィリップに礼を言った。彼は骨まで突き通るような視線を彼女に向けると、回れ右をしてカードルームへ向かった。

翌日の午後、フィリップはアントニアを追いつめた。彼女がメイドを従えて、館(やかた)の奥の居間に逃げ込んでいるときだった。

フィリップが部屋に入るとアントニアは目を上げた。彼女は部屋の中央の丸テーブルに向かっていた。テーブルの上には厚紙や板、シルクにリボンに組み紐(ひも)、シルクの紐や房飾りが散らばっていた。アントニアは大きな針を使って厚紙に金襴(きんらん)の輪を留めつけているところだった。

「こんにちは、男爵」アントニアは驚きにまばたきし、ついフィリップのエレガントな姿を見つめてしまった。そして彼が手袋を持っているのに気づいた。「馬車でおでかけするの?」

「そうだ」フィリップはいつもの物憂げなようすを作り、テーブルの前に止まった。「きみも一緒にどうかと思って。最近は館にこもりがちだから、新鮮な空気を吸うのもいいんじゃないか?」

アントニアはフィリップのクラバットを見つめ、またまばたきして目を伏せた。「あいにく今はだめなの」テーブルの上のものを手で示す。「ゆうべ、バッグを壊してしまったので、今夜のレディ・ヘミングハーストの舞踏会までに、ドレスに会うバッグを作らなくてはならなくて」

「残念だ」フィリップの微笑(ほほえ)みは揺るがなかった。「きょうは天気も穏やかだし、少しのあいだならきみに手綱を取らせてあげてもいいと思ったのに」

アントニアの手が止まった。彼女はゆっくりと顔を上げ、フィリップと視線を合わせた。彼は勝利の笑みを隠した。アントニアがまっすぐ彼を見つめたのは、レディ・アーデイルの存在がふたりの人生に割り込んできて以来初めてだ。

「あなたの二頭立て四輪馬車で?」

フィリップは少しためらってから、うなずいた。

アントニアはため息をつき、目を伏せた。「実はきょうはあまり気分がよくなくて。少し吐き気がするの。レディ・ハリスのところのサーモンのパテのせいだと思うわ。最近は鮮度の悪いサーモンが多いから」シルクの房飾りを広げ、軽やかに続けた。「ですから、魅力的なお誘いだけれど、お断りするしかないわ。あの馬車に揺られるのは無理みたい」

彼女は明るい表情を作って目を上げたが、フィリップときちんと視線を合わせようとはしなかった。「二頭立て二輪馬車なら大丈夫かもしれないけれど」

フィリップは顔がこわばるのを感じた。それでもなんとか平静な口調で言った。「あいにく、あの馬車はマナーに置いてきたんだ」それはアントニアも承知していることだ。

アントニアは残念そうにため息をついた。「それならお断りするしかないわ」愛想よく微笑んでつけ加えた。「ミスター・サタリーにお会いになったら、わたしからよろしくと」

フィリップがアントニアを見ても、彼女はもう彼と視線を合わせなかった。一瞬の気まずい沈黙ののち、彼はそっけない声で言った。「じゃあ、また」いつもの優雅さのないお辞儀をして、足早に部屋を出た。


二日後の夜、フィリップはひとり図書室でアントニアの頭の回転の速さを呪っていた。彼がどんな手を打っても、彼女ははねつけた。彼女とふたりきりになろうといろいろ努力をしたが、ことごとく阻まれてしまった。

アントニアは家の中では常にメイドを従えていた。外へ出るのは社交の催しに出かけるときだけで、社交の場では常に取り巻きに囲まれているか、ミス・ダーリングのそばにぴったりくっついているかだ。社交界の大物の舞踏会で妙なこともできず、フィリップはどうしようもなかった。彼が人前で騒ぎを起こしたりしないのはアントニアもわかっているので、それを彼女への脅しに使うわけにもいかない。

ブランデーも飲まず、フィリップは暖炉の前を行きつ戻りつした。どうしたらいいんだ？　カーリングと彼女のすました顔のメイドを観客に、玄関ホールでメロドラマを演じるのか？　フィリップは歯ぎしりした。そこまでは落ちたくない。必要ならひざまずいて頼んでもいいが、それ以上はいやだ。

頭上で梁がきしんだ。フィリップは立ち止まって見上げた。怒りの表情がゆっくりと熟考に変わっていく。彼は顔をしかめてまた歩きだした。

アントニアの寝室に押し入ったりしたら、正気の沙汰ではないと見なされるだろう。そんなことをして、彼女がこちらの説明を聞いてくれるとも思えない。

しかし、今のままの状態でルースヴェン・マナーに帰るのはあまりにわびしかった。アントニアはフィリップが考えもしなかった形で彼に扉を閉ざしてしまった。彼女の微笑みに温かさがないだけでこんなに打ちのめされるとは、思ってもみなかった。

立ち止まり、息を大きく吸って、フィリップは胸の痛みに耐えた。目を閉じて、自分の抱える問題に集中する。社交界はずっと以前に彼に快楽主義者のレッテルを貼った。今だって彼は、自分が何を求めているかはわかっている。

アントニアの瞳に明るさを取り戻したい。また以前のように、彼女と思わせぶりな視線を交わしたい。彼女をまた赤くさせたい。そして何よりも、愛に輝く彼女の瞳にまっすぐ見つめられたい。

ふいにフィリップは目を開けた。暖炉の薪が燃えつきて崩れ、彼は顔をしかめた。わたしの愛する人は頭がよすぎるのが難点だが、ひとつわたしがまだ攻撃を試みていない側面がある。彼女の無垢と、自分の体にしみついた騎士道精神を尊重してのことだ。しかし、騎士の時代は終わった。フィリップはいつもの椅子に身を沈めた。そしていつもどおり、向かいの椅子をじっと見つめた。今夜は冷徹な計算のまなざしで。

彼はまだ一度も本気でアントニアに迫ったことがなかったのだ。

翌朝、アントニアは朝食のテーブルでヘンリエッタの隣の席につき、一心に梨の砂糖煮を攻撃していた。社交の場に体に密着しすぎたシルクのドレスで現れる、年増の娼婦まがいの婦人もこんなふうに叩きつぶしてやりたい。実際、レディ・アーデイルが一度でも池のそばに立ってくれれば、そのチャンスを逃さないのに。アントニアは例の一件の翌日の夜、夫人の名前を知った。

夫人を池に突き落としても、アントニアは、あひるを驚かせてすまなかったと思うだけだ。

トーストをかじりながら、彼女はかいば桶に落とすのもいいかもしれないと考えた。

「それはいいわ!」アントニアの隣でヘンリエッタが大きくうなずいた。「ぜひそうしましょう」

「理不尽な話なんですよ」ジェフリーがマーマレードに手を伸ばしながら言った。「カトリオナとアンブローズが言うことを聞かないなら、ふたりを田舎に閉じ込めるっていうんだから」

「まったくね」ヘンリエッタは顔をしかめた。「情けないわよね。タイスハースト伯爵が……ああも無力だと」

「ヘンリーの話では」ジェフリーが言った。「大酒飲みの老伯爵はずっと夫人に首根っこを押さえられてきたものだから、夫人の許可なしには怖くてくしゃみもできないそうですよ」

「そうね。もともと我の強い人ではなかったし」ヘンリエッタはテーブルに片肘をつき、バターナイフを振り回した。「だからこそ、絶対この招待は受けないと。タイスハーストの思惑を挫くチャンスが少しでもあるなら、かわいそうな若いふたりのために最善を尽くしてあげなくてはね」

「そのとおりですよ」ジェフリーもうなずいた。「なんとかして伯爵夫人の計画の裏をかかないと」

「本当にね」ヘンリエッタはアントニアのほうを向いた。「あなたはどう思う？」

「えっ？」アントニアはまばたきし、それからうなずいた。「ええ、もちろんそうですわ」

ヘンリエッタは意を決したようすでジェフリーに向き直った。アントニアはまた皿に視線を戻した。うわべはカトリオナのドラマを追っているふりをしていたが、実は自分のことを考えていた。

彼女がこっそり〝フィリップの残念な傾向〟と名づけたものに対して、どう反応すべきかを決めたとき、彼にとって都合のいい妻になろうと決心したとき、アントニアは、感情はおとなしく知性に支配されているものと思っていた。

けれども現実は修正を必要としている。ひょっとしたら自分の役割を完全に書き換えなくてはいけないかもしれない。

レディ・アーデイルのことを考えるたびに怒りがこみ上げ、図書室に乗り込んでいって、カトリオナでさえ想像もつかないほど大仰な態度でフィリップに釈明を求めたいという激しい衝動に駆られる。それに、彼を自分のものに——自分だけのものにするという揺るぎない決意、彼ほどの放蕩者でも改心させてみせるという確信が合わさって、アントニアにはもはや彼にとって都合のいい妻になる自信はなかった。

アントニアは皿に向かって顔をしかめ、ゆで卵を取った。

ドアが開き、フィリップが入ってきた。アントニアは最近の習慣で、彼のクラバットのダイヤモンドのピンのところまでだけ視線を上げた。顔をしかめそうになるのを我慢する。彼女の作った微笑みは明らかにぎごちなかった。

「おはよう、ルースヴェン。よく眠れた？」

フィリップはアントニアからヘンリエッタへ視線を移した。「まあまあですね」テーブルの上座の席につき、コーヒーポットを差し出すカーリングにうなずいた。「ところで継母上、いつ田舎に戻るおつもりですか？」

「実はそれをあなたと相談したいと思っていたのよ」ヘンリエッタは椅子の背に寄りかかった。「わたしたち全員がハウスパーティに招待されているの。三、四日、サセックスで過ごしてシーズンを締めくくってはどうかしら」

コーヒーカップを持つフィリップの手が宙で止まった。「サセックスですか？」

「ええ。もちろん、あなたも招待されているわ」

「もちろんね」フィリップは継母を見つめた。「それで主催者は？」

ヘンリエッタはちょっと困った顔になり、ショールを羽織り直した。「伯爵夫人には会っているでしょう。パーティはタイスハースト・プレイスで開かれるの」彼女は目を上げ、否定的な答えが返ってくるのを予想して身構えた。

フィリップはゆっくりと眉を上げた。意外にも、どうしようかと考えているようすなので、ヘンリエッタは沈黙を守った。

「タイスハースト・プレイス？」フィリップは椅子の背にもたれてコーヒーをすすり、顔を伏せたままのアントニアにちらりと目を向けた。彼女は軍人さながらの正確さでゆで卵を切り刻んでいる。フィリップの視線が鋭くなった。「三日と言いましたね？」

「三日か四日ね。あすから始まるの」ヘンリエッタは少し警戒した目つきで彼を見た。

「ごく少人数の集まりのようよ」

「何人ぐらいですか？」

「招待されているのはわたしたち四人。それから当然ハマースレイ家の人たちもね」

「当然ですね」

フィリップがそれ以上は何も言わず、明らかにうわの空のようすのアントニアをじっと見つめているので、ヘンリエッタはふんと鼻を鳴らした。「あなたが行きたくないなら、わたしたちだけで行くわ」

「その反対ですよ」フィリップはいきなり身を乗り出し、ハムの皿に手を伸ばした。「このところ、なんだかすることもなくて。継母上についてサセックスへ行けない理由はありません」

ヘンリエッタは驚いてまばたきした。そしてすぐさまフィリップの申し出に飛びついた。「それはうれしいわ。正直言って、ちょっと厄介なことになっているの。あなたがそばにいてくれたら助かるわ」

「じゃあ、決まりですね」フィリップは三枚のハムを食べながら、アントニアが疑いのまなざしを向けてきたのに気づいた。彼はすごみのある微笑みで応えたい気持ちを抑えた。タイスハースト・プレイスに行けば、時間はたっぷりある。少人数のハウスパーティで、館はだだっ広く、敷地も広大だろうから、人に見られる気づかいもいらないはずだ。何もかもおあつらえ向きだ。

しかも自分の館ではない。

フィリップは昨夜からけさにかけてずっと、アントニアは彼の館に、彼の土地に、彼の庇護下にあるのだという良心の警告と闘っていた。

タイスハースト・プレイスはわたしのものでもなんでもない。

解禁のときがやってきたのだ。

フィリップは夢中でハムを切り刻んでいるアントニアに目を向けた。そして自分の皿に視線を戻すと、ひとりほくそ笑んだ。

ついに、ついにやっと、運命がわたしに切り札(エース)を配ってくれた。

13

翌朝、アントニアは階段を下りていった。ヘンリエッタがあとに続いた。彼女も叔母も出発の準備は整っている。ふたりとも朝食は部屋でとった。ヘンリエッタは身繕いに時間がかかるし、アントニアは、ジェフリーしか盾になってくれる者がいない朝食の席でフィリップと顔を合わせるのは懸命ではないと感じたからだ。

昨夜、舞踏会場を一緒に歩いたときの、何かに集中しているような彼の態度が心に引っかかって、アントニアは不安だった。漠然とした感触にすぎないのだが、危険は冒したくなかった。

叔母を気づかいつつ階段を下りていくと、玄関のドアが開き、長身を白い外套に包んだジェフリーが入ってきた。外套にはフィリップのものに劣らずケープが何枚もついている。

アントニアは最後の段で立ち止まった。「どこでそれを手に入れたの?」

「フィリップが仕立て屋を紹介してくれたんだ。名人技だろう」ジェフリーはケープをはためかせて、くるりとターンした。

アントニアはうなずいた。「確かに……」弟のいかにもうれしそうな顔に、つい微笑んでしまう。「そんな感じね」

ジェフリーは誇らしげに顔を輝かせた。「フィリップがこういう外套でオックスフォードに乗り込むのも悪くないんじゃないかって。ハウスパーティに着ていくのにもぴったりだし」

ヘンリエッタもそばへやってきて、ふんと鼻を鳴らした。「太陽がわたしたちのことを思い出したわよ。それを着て馬車に乗り込んだら暑すぎるわね」

「いかにも」

アントニアがさっと振り返ると、フィリップが玄関ホールに入ってきていた。

彼はちらりとアントニアと視線を合わせてから、目を伏せて手袋をはめた。「だから彼は継母上の馬車で行かないほうがいい」

「というと?」ありがたいことにヘンリエッタが尋ねてくれたので、アントニアは口を閉じて何食わぬ顔をしていられた。

「わたしは二頭立て四輪馬車で行くから」フィリップはアントニアを見た。「ジェフリーはわたしの馬車に乗ればいいんです」

アントニアはわざと彼の目を見ないようにして、冷ややかな表情でうなずいた。「とてもいい考えですわ。わたしたちも馬車の中でゆったりできるし」

フィリップは一瞬彼女を見つめ、それから微笑んだ。獲物を前にした獣のような笑みだった。「できるだけ休んでおいたほうがいいからね。ハウスパーティは思ったより疲れるかもしれないから」

アントニアは彼に疑いのまなざしを向けたが、フィリップはまったく無表情のままヘンリエッタが階段を下りるのに手を貸した。

玄関ドアのベルが響いた。地下室のほうからカーリングが現れ、外を見てドアを大きく開けた。「二台とも馬車の用意ができました」

フィリップとジェフリーはヘンリエッタが玄関の階段を下りるのに手を貸した。カーリングは召使いたちに指示を出し、トラントとネルの両方からきつい言葉を浴びせかけられながら、積み込まれた荷物を確認している。クッションに寄りかかったヘンリエッタは、二頭の黒い牛のようなメイドにはさまれていた。残されたアントニアは周囲を見た。ジェフリーはすでに二頭立て四輪馬車の御者席に乗り、手綱を手に、落ち着かない馬を静めている。

アントニアは不機嫌な表情で片手でスカートを持ち上げて馬車の昇降段を上ろうとした。すると目の前にフィリップの手が現れ、一瞬彼女はその長い指の手を見つめた。そして自分の役割を思い出し、彼の手の上に手を置いた。

フィリップはさりげなく彼女の手を唇に押し当て、巧みにその指先を愛撫した。

アントニアは凍りつき、息を殺した。目を上げると、フィリップが彼女を見据えていた。

「馬車の旅を楽しんで。あちらで出迎えるから」

アントニアは目を見開き、彼の顔をじっと見つめた。あごにはどこか攻撃的な気配があり、灰色の瞳ははっきりと何かを企んでいる。アントニアは肌のざわめきを無視して、馬車の昇降段に足をかけた。「あちらではいろいろ気晴らしがあるでしょうね」

フィリップの企みを挫くつもりで言った言葉だった。アントニアはそれでこの会話が終わるものと思っていた。しかし彼女を馬車に押し上げると、フィリップは低い声でささやいた。「期待しているといい」

タイスハースト・プレイスに着くまでのあいだ、アントニアはフィリップの言葉が気になってしかたなかった。ずっと景色に目を向けながらも、ふわふわした雲の合間から差す日差しにも、意外なほど穏やかな風の感触にも気づかなかった。夏の最後の好天に、道沿いの木立では鳩が鳴いていた。

その声にはっとして、アントニアは自分の思考がひとつの疑問のまわりを堂々めぐりしていることに気づいた。未来の夫は何を企んでいるのかしら？

答えが出ないまま、馬車はタイスハースト・プレイスの前にとまった。馬車のドアが開き、昇降段が下ろされるとすぐ、トラントとネルは馬車を降りた。ふたりの従僕が急いでやってきて、メイドたちとともにヘンリエッタを馬車から降ろした。

ころだった。鈍い頭痛もして、アントニアは早く窮屈な馬車の外に出たかった。フィリップの馬車に乗っていたらどんなに快適だったろうと、つい考えてしまうのも悔しい。「やれやれ！」ヘンリエッタが地上に降り立つと言った。「わたしも年ね」彼女は顔をしかめ、従僕の腕に寄りかかってゆっくりと階段を上り始めた。

アントニアは馬車のドアのほうに体をずらした。約束どおりフィリップが手を貸そうと待っている。アントニアが彼の手に自分の手を置き目を上げると、フィリップは顔をしかめていた。

「さすがにわたしもミス・ダーリングに同情せざるを得ないよ。事態は思ったより深刻そうだ」

アントニアは問いかけるように彼を見つめた。

フィリップは馬車を降りた彼女の手を自分の腕にかけ、階段へと導いた。「ジェフリーの言い方を借りれば、怪物ゴルゴンはなりふりかまわぬ攻撃に出てきた。到着早々、われわれはしごく不快な思いをさせられたよ。伯爵夫人は、姪は侯爵しか歓迎しませんっていう態度でね」

ふたりは広々とした階段を上がっていった。

フィリップはポーチに並ぶ出迎えの人々を見上げた。「とにかくミス・ダーリングは必死でわれわれの助けを求めている」

「ひどい話！」アントニアはフィリップにならって、世間話でもしているような表情を装った。「カトリオナは怒り狂っている？」

「もっと悪い。すっかり脅えているよ」

「カトリオナが？」アントニアはフィリップを見上げた。「冗談でしょう」

「とんでもない。自分の目で見てみるといい」フィリップは出迎えの列をあごで示した。

ほどなくふたりはポーチに着き、アントニアはフィリップの言ったとおりだと悟った。叔母のかたわらに無言で立つカトリオナは、ロンドンへ出てきたころの自信に満ちた娘とは別人だった。大きな目には今や絶望しか宿っていない。伯爵夫人のどこかそっけない挨拶がすむと、カトリオナが進み出てアントニアの手を握った。

「来てくださって本当にうれしいわ」彼女は低く熱っぽい声で言った。「さあ、お部屋にご案内しましょう」伯爵夫人がヘンリエッタに気を取られているのを確かめてからつけ加えた。「あなたがこのライオンの巣へ来てくださらなかったら、本当にもうどうしていいかわからなかったわ」

〝ゴルゴンの巣〟でしょうと訂正したい気持ちを抑えて、アントニアは館に入っていった。そしてたちまち、ばかげた考えが現実の形を取るのを見た。玄関ホールは暗く陰気だった。天井が高すぎて洞窟みたいだ。暗い板壁には古い木製の棚と暗色のタペストリーがかかっていた。巨大な石造りの暖炉の火はくすぶり煙を上げている。黒い板石の上に重い木製のテーブルが置いてあった。部屋全体に獰猛(どうもう)な獣の巣のような雰囲気が充満していた。カトリオナに引っ張られて振り向くと、ホールの突き当たりには飾り彫りを施した大きな階段があった。そこを上ったほの暗い場所は中二階らしい。

「楽しいタイスハースト・プレイスへようこそ」

耳の後ろで低くやさしくささやく声がして、アントニアは飛び上がった。顔をしかめて振り返ると、フィリップがすぐ後ろにいた。彼は部屋を見回した。

「重厚感はあるよね」

カトリオナは明らかにこの館に慣れているようすで、アントニアをそっと引っ張ったが、フィリップがアントニアの腰に手をかけて止めた。

「彼女のそばを離れないで」彼はアントニアを見つめてささやいた。「たとえ着替えのときでも」

アントニアは一瞬彼の目を見てうなずき、カトリオナに引っ張られて階段を上っていった。

フィリップは眉間(みけん)に皺(しわ)を寄せ、ふたりの後ろ姿を見送った。

カトリオナはいつもと違っておしゃべりもせず、アントニアを広いのにどこか息苦しい部屋へ案内した。ネルはすでに部屋にいて、荷物を整理していた。カトリオナは警戒のまなざしをメイドに向けつつ、アントニアを窓腰掛けのところへ連れていって座らせた。

「わたしの部屋は廊下を少し行ったところなの」彼女はささやくように言った。そしてアントニアの隣に腰を下ろすと、顔をしかめた。「アンブローズの部屋も」

アントニアはまばたきした。若い男女にそんな部屋の割り当て方をするなんて。「ひどいわね」

「ひどいことはほかにも山ほどあって」カトリオナは例によって芝居がかった調子で打ち明け話を始めた。少々の誇張はあっても、事実は衝撃的だった。昨夜到着したアンブローズは、カトリオナの部屋に通されたのだという。伯爵夫人の弁明では、何かの手違いということなのだが。

「わたしがメイドにもっと石炭を持ってきてほしいと頼んでいなかったら、アンブローズとわたしは……ひとつのベッドで眠ることになっていたかも」

「でも、幸運にも」アントニアは励ますようにカトリオナの手を叩いた。「それは避けられたわ。あなたはまだ眠っていなかったし、メイドもいたから、アンブローズは敷居をまたいでもいないんでしょう?」

カトリオナはうなずいた。「でも、どれだけ絶望的な状況かはわかるでしょう。ヘンリーがなんとかしてわたしを救ってくれないと、わたしは無理やり祭壇へ引っ張っていかれるわ」

「アンブローズと一緒にね」アントニアは顔をしかめた。「彼はどう言っているの？」

カトリオナはため息をついた。「彼ももちろんいやがっているわ。でも、彼のお母さまって本当に強烈で。彼は完全に抑えつけられてしまっているの。どんなにがんばっても、お母さまに立ち向かえないのよ」

「なるほど」フィリップの言葉を思い出し、アントニアは立ち上がってスカートを払った。「さて、わたしが着るものを選ぶのを手伝って。着替えがすんだら、少しでもあなたの気持ちが晴れるようなことを考えましょう」カトリオナが沈んだままなので、アントニアはつけ加えた。「ルースヴェンは女性の衣装にうるさいのよ。わたしがあなたで、自分の評価を落としたくないなら、夕食の席の衣装には気をつかうわ」

カトリオナは顔をしかめた。「でも、あの方は十分好意的に見えるけれど」

「そうね。そして、あなたとヘンリーを助けられる人がいるとしたら彼よ」部屋を横切りながら、アントニアは少々辛辣につけ加えた。「密会の手配の経験なら、誰にも引けをとらないでしょう」

しかしそれ以上、フィリップへのあてこすりなど言っていられなかった。カトリオナに自信を回復させる努力をしながら、伯爵夫人が目的達成のために取りそうなあらゆる手段を考えて、未来の夫の残念な傾向について考える余裕もなくなったのだ。

二時間後、客間でフィリップと会い、彼が手を取りキスをして手を袖にかけても、アントニアは少しも逆らわなかった。客間は冷たく陰気な部屋で、玄関ホール同様、重厚な内装だった。壁紙は暗色の厚い浮き出し模様で、飾り彫りの入った家具の布張りは焦茶色のベルベットだ。巨大な暖炉に燃える小さな火では、部屋の陰鬱さは追い払えなかった。

アントニアは震えを抑え、フィリップの大きな体が放つ安心感にすがるように身を寄せた。彼女と一緒に客間に入ったカトリオナは、横柄に呼びつけられて、しぶしぶ伯爵夫人のかたわらへ行った。そばには青ざめ気まずい顔のアンブローズが母親と並んで立っていた。

アントニアはフィリップにささやいた。「カトリオナからゆうべのことを聞いたの」

彼は顔をしかめた。「ゆうべのこと？」

アントニアはカトリオナの話を手短に伝えた。「そういうことがあったあとだけに、彼女がふさぎ込んでいるのも無理はないわ。自分は無力だと感じているんだと思う」彼女が目を上げると、フィリップは長椅子のそばに集まった伯爵夫人たちを見据えていた。

「ミス・ダーリングを助ける必要さえなかったら、一時間以内にきみとヘンリエッタをここから連れて帰るんだが」

怒りに満ちた口調だった。アントニアはフィリップの険しい横顔を見つめた。「どうすればいいのかしら？」

フィリップは彼女と視線を合わせ、顔をしかめた。「ゴルゴンの行く道に障害を置く」

再び長椅子のまわりのグループを見た。「目下のところ、われわれにできるのはそれだけだ。いい方法が見つかるまで、ミス・ダーリングはなるべく侯爵と一緒に過ごさないほうがいいな」

アントニアはうなずいた。「ミスター・フォーテスキューがロンドンにとどまっているのは、伯爵の支持を取りつけるためでしょう。彼は、カトリオナの法的な後見人は夫人ではなく伯爵だと思っているにちがいないわ」

「たぶんそうだろうな」フィリップはアントニアを見た。「だがわたしの知るかぎり、伯爵が法的な後見人でも、実際にはほとんど意味はないよ」

「あなたは伯爵がカトリオナを助けに来てくれるとは思っていないのね?」

「安全なクラブから一歩も足を踏み出さないだろうね」ブロンズ色のドレスをきらびやかにまとい、縮れ毛の上に金色のターバンを巻いて、鷲のように冷たく計算高い目をした伯爵夫人を見て、フィリップは顔をしかめた。「残念ながら、その気持ちは大いに理解できる」

そのとき執事のスケールウェザーが客間に入ってきた。長身で不格好でひどく血色の悪い執事は、帽子を脱いだ葬儀屋のようだ。「晩餐の準備が整いました」

アンブローズは伯爵夫人に促されて、重い足を引きずるようにして受難のカトリオナに腕を貸し、先頭に立った。フィリップはアントニアをエスコートして優雅にあとに続いた。

食堂は壁が影に沈んで見えないほど巨大で、人の声が反響した。

　最後に食堂に入った伯爵夫人が上座につき、侯爵夫人は当然のような顔をして下座を選んだ。ヘンリエッタは伯爵夫人の隣の席に招かれ、ジェフリーの腕を取って客間からやってきた侯爵夫人はそのまま彼を自分の右手に座らせた。そのせいで、アンブローズとカトリオナはもう一方の側に並んで座るしかなかった。アントニアはフィリップが自分の隣に座ってくれて正直ほっとした。

　料理はほめられるようなものではなく、会話はさらに味気なかった。女主人の退屈な話がだらだらと続くあいだ、アントニアは死人のようなスケールウェザーの指示の下、黙って客の前に皿を置いていく従僕たちを観察した。

　こんなにいやな目つきで静かに歩く従僕たちも珍しい。客の一挙一動をずる賢く用心深い目が追っていた。アントニアはひどく固いプリンにてこずりつつ、考えすぎよと自分に言い聞かせた。みんなただ、女主人の求めるものを先取りしようと気を配っているだけなのだ。

　ふと見ると、スケールウェザーがカトリオナとアンブローズを見つめていた。その冷淡なまなざしには忍耐強さと執拗さが宿っている。アントニアは鳥肌が立つのを感じた。

「新たな責任を背負って、もっと厳格な一線を引かれるんだと思っていましたわ、ルースヴェン」伯爵夫人は容赦のない目つきでフィリップを見た。「大学の新学期はとうの昔に始まっていますでしょう」

フィリップは軽くナプキンを口に当ててから椅子の背に寄りかかり、穏やかな目で伯爵夫人を見た。「学寮長が手紙で、成績がすこぶる優秀なのでマナリング君には特例を認めると言ってくれましてね」ちらりとジェフリーを見てから、伯爵夫人に視線を戻した。「学寮長は大半の生徒よりジェフリーのスタートを遅らせることで、バランスをとろうとしているんでしょう」

ジェフリーがにんまりした。

伯爵夫人は不満げに鼻を鳴らした。「成績がいいのはけっこうなことですけれど、若い人を怠けさせておくのはどうかしら。いろいろ悪影響もありますわ。青年は社交界で経験を積んでおくべきだというあなたのお考えをとやかく言うつもりはないけれど、はっきり言って、わたしは彼がここにいらっしゃるのに驚いていますのよ」夫人は胸を上下させて大仰に息を吸った。「もちろん、彼を歓迎していないわけではありません。ただ、あなたの野放図さには当惑していますわ、ルースヴェン」

アントニアはフィリップを見た。彼は優雅に椅子に座り、礼儀正しく愛想のよい表情を装ってはいるが、目は石のように冷たかった。「そうですか?」

伯爵夫人は急にもじもじして不安げになったが、それでも挑戦的な姿勢は崩さなかった。

フィリップは微笑んだ。「それなら、あなたもあまり野放図なことはなさらないほうがいい」

アントニアは息をのんだ。テーブルの向かいでジェフリーが明らかに好戦的な目になっている。彼女は弟に向かってかすかに首を振った。

食堂は気まずい沈黙に包まれた。伯爵夫人がわざと音をたててスプーンを置き、沈黙を破った。「女性は客間に引き上げる時間ですわ」尊大に立ち上がり、フィリップに悪意の視線を向けた。「紳士方はポートワインをどうぞ」彼女はスカートを翻し、先頭に立った。

続いて立ち上がるときに、アントニアはフィリップと目を合わせた。彼は眉を上げた。アントニアは微笑みそうになるのをこらえて女主人に続いた。

客間では、カトリオナは腕前を披露するようにとピアノへ追い払われた。見るからに疲れた顔のヘンリエッタはしぶしぶトラントを呼んだ。そして礼儀正しく微笑んで会釈をし、最後にまっすぐアントニアを見つめてから部屋へ下がった。今や邪魔者となったアントニアは、黙って座って時のたつのを待った。

紳士たちが現れる前に、アントニアは待ちくたびれ、カトリオナもぐったりしていた。フィリップが自宅にでもいるように先頭に立って入ってきた。そして、これもまた自分のもののようにアントニアを独占した。

わたしがこんな扱いに耐えるのは死ぬほど退屈しているからよと、アントニアは自分に言い聞かせた。「それで？」彼女は小声で尋ねた。

母親に冷ややかな目でにらまれて、アンブローズはいやいやながらピアノのほうへ向かった。

フィリップもそれを見ていた。「トランプでひと勝負だ」

アントニアは驚いた。「冗談でしょう」

しかし彼はみんなの反対を押し切って、スケールウェザーにトランプとチップを持ってこさせた。アンブローズは藁にもすがる思いで、急いで小さなテーブルと椅子を用意した。十分とたたないうちに、夫人ふたりを暖炉のそばに残して、五人でスペキュレーションというゲームを始めた。

伯爵夫人をちらりと見ただけで、アントニアにはもう十分だった。それからは用心して、夫人の恐ろしい視線を避けた。

「わたしに五点」

フィリップの声がアントニアをゲームに引き戻した。「五点?」彼女はテーブルに置かれたカードを見て鼻を鳴らした。

アントニアはいったん三点を取り戻したが、フィリップの非情な駆け引きの餌食となって、徐々にチップを減らしていった。彼は明らかに、この娯楽でも達人の域に達している。カードに手を伸ばしながら、アントニアは彼を見た。「あなたがこんなに強いとは思わなかったわ」

フィリップの微笑みに心臓がどきりとする。

「わたしにできるゲームの数を聞いたら、きみは目を丸くするだろうね」

アントニアはフィリップの視線に釘づけになり、カードに手を伸ばしたまま凍りついた。

「姉上……パスするの？」

ジェフリーの言葉で魔法が解けた。アントニアは周囲を見回し、すばやく息を吸った。

「みんな、しっかりしないと」ジェフリーが続けた。「情け容赦ないルースヴェンにすっかり巻き上げられてしまうよ」

確かに弟の言うとおりだ。「そんなことさせないわ」アントニアは背筋を伸ばし、トランプを手にした。「風向きが変わるわ」札を配り、最初のカードをめくる。エースだ。アントニアは微笑んであごを上げ、フィリップのほうを見た。「敵が自分は無敵だと思っているときには、きっと打ち破ることができるのよ」

まっすぐ挑戦的な視線が返ってきた。

闘いは続いた。アントニアとジェフリーは共闘して、なんとかフィリップに対抗した。フィリップの返り討ちに遭うのはジェフリーのほうが多かった。大いに発奮したアントニアはしっかり守りを固めていたからだ。

十五分後、アンブローズが椅子をずらし、少し悲しげに言った。「これが最後の三つのチップだ」

「わたしはもうひとつしか残っていないわ」カトリオナも言った。

ふたりの言葉にゲームが止まった。残り三人は頭を寄せ合った。アントニアはフィリップに目配せした。彼は顔をしかめ、ジェフリーを見ながら懐中時計を引っ張り出した。

「まだ早いよ」

「じゃあ、続けよう」ジェフリーが札を配った。

その後の十五分は強い三人がそれまで勝った分を負けるように努めたので、大いに盛り上がった。

「あなたはまだチップをため込みすぎだわ、男爵」アントニアは気前よくカトリオナにチップを六点分手渡しながら言った。

アントニアからトランプを受け取るのに、軽くその手を握りながら、フィリップは彼女を見つめた。「まじめに負けてあげようとしていないでしょう」

アントニアは目を見開いた。「生来の性格と闘わなくてはならないのでね」

「そうとも。うちの一族は全員負けず嫌いだ」

アントニアはテーブルに配られたカードに目をそらした。「そうなの」「ならず者ね。改心しなくては」

「このゲームが終わったら、そう努力するよ」

フィリップの言葉にアントニアの体が甘く震えた。それを無視し、息苦しさもこらえて、彼の洞察力の鋭い視線を感じつつも、手札に集中しようとした。

救いは意外なところからやってきた。ドアが開き、スケールウェザーがお茶のワゴンを押して入ってきたのだ。五人はゲームをやめるしかなかった。そして暗黙の内に五人固まってお茶をすすった。

カトリオナが叔母に指図されて、領地内の名所をほめちぎった。「たぶん廃墟がいちばん興味深いいんじゃないかしら。湖のそばにあって、お天気のいい日はすばらしいのよ」

その口調から、ニューゲイト監獄のほうがまだましなのがわかった。

アントニアはフィリップを見た。「わたし、なんだか疲れてしまったわ」彼女はあくびを押し殺した。

「旅のせいだね」フィリップは彼女のカップを取って、自分のカップと一緒にわきに置いた。「かなり体力を消耗するんだよ」彼は気づかうように言った。「馬車で移動するのは」

アントニアはカトリオナを見て、夫人たちに聞こえるようにいちだん声を張りあげた。「部屋に下がらせていただくわ。ミス・ダーリング、一緒に来てくださる？」

「もちろん」カトリオナもカップを置いた。

「あなたはまだ早いでしょう」伯爵夫人が姪をにらみつけた。「侯爵を放っておいては気を悪くなさるわ」

「そのとおり」侯爵夫人も同調した。「あなたが一緒にいてくだされば、若い紳士はみんなそうでしょうけれど、息子も喜びますわ。穏やかな夜だから、若い方は月明かりのテラスに出たらどうかしら」

「いや、それは……」アンブローズは母親に言い返そうとして口ごもった。

侯爵夫人は息子を見据えた。「そうでしょう、ハマースレイ?」息子がおどおどした目つきで見返すだけなので、夫人は急に甘ったるい口調で問いかけた。「伯爵夫人のテラスを散歩するのがいやなの?」

「いや、伯爵夫人のテラスに文句はないけど……」アンブローズは言葉に詰まって、首のあたりを撫でた。

フィリップが物憂げな口調で割って入った。「わたしから説明しましょう、レディ・タイスハースト。ミス・マナリングはヨークシャー出身で慣れていないんですよ、こういう……」優雅な身振りで館全体を示した。「広大な館には。だからミス・マナリングに案内役を務めていただきたい」彼はアントニアに目を向けて続けた。「ミス・ダーリングが迷子になってしまったらたいへんですからね。彼女が方向音痴なのをかわいそうに思って、姪ごさんを付き添わせてあげてくれませんか?」

伯爵夫人は顔をしかめ、長椅子の上でもじもじした。「それは……」

「ハマースレイのことなら心配いりません。彼とわたしはビリヤード室へ移るつもりですから」フィリップは侯爵夫人を見た。「父上を早くに亡くして、ハマースレイには紳士のたしなみであるビリヤードの腕を磨く機会があまりなかったようですね。ここにいるあいだに、わたしが少しでもお役に立てればと思っているんです」

侯爵夫人はぽかんとしている。「ええ、もちろん。ご親切に……」夫人は顔をしかめ、言葉を切った。

「それでは失礼します」フィリップはとびきり優雅にお辞儀した。そして、アントニアと目を合わさぬまま、彼女の手を腕にかけた。「さあ、ハマースレイ、レディふたりを階段まで送ろう。ジェフリーも来るだろう?」

そう言ってフィリップは先頭に立ち、五人は一分とたたないうちに小うるさい夫人ふたりを居間に残して廊下へ出た。階段の下でカトリオナを待っているときに、アントニアが言った。「おみごとでしたわ、男爵」

フィリップは彼女と目を合わせ、にっこりした。「わたしは負けず嫌いなんだと言っただろう」彼女を見つめたまま、その手を差し上げ、指の一本一本にキスをした。「わたしが本気になったときはどれほどの力を出すか、きみはきっと驚くね」

アントニアのおののきと淡く染まった頬は、彼女が階段を上っていったあともずっとフィリップの心に残っていた。

翌朝八時、アントニアは陰気なタイスハースト・プレイスを出て厩(うまや)へ向かった。きょうも空には太陽が輝いている。天井の低い厩の暗がりに目が慣れると、近くの馬房で帽子が上下しているのがわかった。彼女は急いでそちらに行った。

「馬を一頭用意してほしいの。できるだけ早くお願い」アントニアは馬丁が馬具をつけている鹿毛(かげ)を見た。「その馬でいいわ」

年配の馬丁はふくろうのようにまばたきした。「この馬は紳士のために用意したもので」

「紳士？」アントニアはぞくっとした。振り返ると、目の前に宿敵が立っていた。彼女は一歩後ろに下がり、慌てて息を吸った。「あなたがいたのに気づかなかったわ」

「そのようだね」フィリップは彼女の赤く染まった頬を見つめてから、視線を合わせた。「きみはどこへ行くんだい？」

アントニアは内心舌打ちしたが、彼の鋭い視線に答えるしかなかった。「馬を走らせようと思って」

「じゃあ、一緒に行こう」フィリップは彼女の腕を引っ張って、馬丁に道をあけた。「若い女性がひとりで乗馬というのは世間が感心しないからね」

アントニアは反論の言葉をぐっとのみ込んだ。

「さあ、どうぞ」鹿毛を引いてきた馬丁はフィリップに手綱を手渡し、アントニアのほうを見た。「さて、お嬢さまにはおとなしい雌馬がいますよ。跳ね回ったりしないから、怖い思いもせずにすむ」

馬丁はきょとんとしているアントニアを残して厩へ向かった。フィリップは吹き出しそうになるのをこらえて馬丁に呼びかけた。「きみはミス・マナリングの腕前をわかっていないよ。彼女はここのご主人の狩猟馬だって完璧に乗りこなせる。馬たちも運動が必要なようすだし」

馬丁は顔をしかめて振り返った。「そう言われましても。主人の馬はものすごく力がありますから」

「ミス・マナリングなら操れるんだ」フィリップの表情が険しくなった。「暴れ馬を乗りこなす名手なんだから」彼は馬房で落ち着きなく動いている狩猟馬たちを見た。「あの馬だ」そして、自分が選んだ馬に劣らず力強いつややかな黒馬を指さした。「鞍をつけて。責任はわたしが取るから」

馬丁はあきらめたように肩をすくめると、馬具部屋へ向かった。

「おいで。中庭で待とう」フィリップはアントニアの腕を取り、早く走りたそうな鹿毛を引いて厩から離れた。

アントニアは周囲を見回した。「ジェフリーやアンブローズも来るかと思ったのに」

「馬丁の話だと、ふたりはもう出かけたようだよ。それとも、逃げたのかな?」

「アンブローズが逃げたとしても無理はないわね」

フィリップが振り返った。「弟が夫人たちの鼻をあかす役目を立派に果たしていると知ったら、きみも痛快なんじゃないかな」

「ジェフリーが？　どうやって？」

「アンブローズにくっついていることでさ」アントニアがまだぴんと来ないようなので、フィリップは苦笑した。「夫人たちはジェフリーが邪魔でしかたないんだよ。きみは気づいていないかもしれないが、このハウスパーティは綿密に仕組まれた罠なんだ。われわれひとりひとりにそれぞれ特定の役割があるんだよ。ヘンリエッタは夫人たちからは自分たちと同類だと思われている。もちろんそれには異議ありだがね。きみとわたしは互いに夢中で周囲のことなど目に入らないはずだと思われていた。しかし、ジェフリーの存在は計算外だったんだ。一応招待はしたものの、伯爵夫人は、彼は最後のパーティのあとにオックスフォードへ発つと思っていたんだな」

アントニアは目を細めた。「伯爵夫人は周囲を操ろうとする人ね」

「そのとおり。そしてわたしは操られるのが好きではない」

アントニアはあごを上げた。「わたしもよ」

馬丁が馬を引いてきた。アントニアは馬丁に踏み台のそばで馬を押さえてもらった。フィリップは鹿毛の鞍にまたがった。アントニアがスカートを直すとすぐ、彼は馬を野原へ向けた。

フィリップはアントニアの姿勢が安定したのを見て手綱をゆるめ、最初の丘の木立に向かって馬を駆った。そして森の手前で手綱を引いた。アントニアが黒馬を隣につけると、彼はまっすぐ彼女を見つめた。「さて、どこへ行くつもりなんだ?」

アントニアは内心顔をしかめつつ、あごを上げた。「ミスター・フォーテスキューに会いに行くの。森の向こうで待っているはずよ」

「フォーテスキューが?」

「カトリオナが彼と約束したの。伯爵との話し合いがどうなったか、彼が伝えに来るのよ。彼女が毎日そこへ行くことになっていたんだけれど、今はもう伯爵夫人の策謀から逃れる術はないと絶望してしまっていて」アントニアはカトリオナの勇気を奮い立たせるために何時間も語り続けたことを思い出した。「彼女がこんなに簡単にあきらめてしまうなんて、意外だったわ。わたしは、人生に求めるものを手に入れるためならがんばらなくては、と何度も言ったのよ。本当に何かが欲しいなら、戦う覚悟がなくてはと」

鹿毛が首を回し、フィリップは手綱を引いた。彼はじっとアントニアを見つめた。「そのとおりだ」もっと何か言いたかったのかもしれないが、それより先に確かめておきたいことがあったようだ。「きみはひとりで紳士に会いに行こうとしていたのか?」

「相手はミスター・フォーテスキューよ」

「きみより少し年上の見目麗しい紳士だ」

「でも、わたしの親しい友人と将来を誓った人よ」

「はっきり言っておくが、見目麗しい紳士とふたりきりで会うようなことは、レディ・ルースヴェンにはしてほしくないね」

アントニアは目を細めてフィリップをにらみ、手綱を引いて馬を静めた。「わたしはまだ」ぴしゃりと言う。「レディ・ルースヴェンではありませんから」

アントニアは黒馬の脇腹を蹴り、森の中へ入っていった。フィリップは鋭い目で彼女の後ろ姿をにらんでいたが、ふいに自分のほうが彼女よりずっと重い鞍と体で馬に乗っていることを思い出し、慌ててあとを追った。

森を抜け、乗馬道が終わるところは小高い丘になっていた。丘の頂上まで行くと、馬に乗った男がひとり、じっと待っているのが見えた。そのがっしりした体格を見て、アントニアは手を振った。ほどなく彼女はヘンリー・フォーテスキューのかたわらに馬をつけていた。

ヘンリーは几帳面にアントニアに挨拶し、遅れてやってきたフィリップに会釈した。そして、どこか暗い顔でアントニアを振り返った。「あなた方がいらしたということは、すべての希望は断たれたのですね」

アントニアはまばたきした。「とんでもないわ！　カトリオナには厳しい監視の目が光っているので、わたしとルースヴェンが代わりに来たんです」フィリップの視線を無視して彼女がにっこり微笑むと、ヘンリーからも笑顔が返ってきた。

「それはほっとしました」彼の微笑みが消える。「わたしのほうは望みなしなんですが」

フィリップは鹿毛をアントニアの隣につけた。「伯爵はなんと？」

ヘンリーは顔をしかめた。「運悪く、わたしたちが思っていたようなことではなかったんです。法的な後見人というのはいなくて、伯爵はこの件に関してなんの権限も持っていません。伯爵夫人は慣習からカトリオナの後見人を務めているので、夫人に反対しようがないんです。少なくともカトリオナが成人するまでは。それはまだ何年も先のことですし」

「まあ」さっきまでの楽観主義もどこへやら、アントニアの心は沈んだ。

「別に待てないことはありません。それしか道がないのなら。ただ問題は、伯爵夫人に別の思惑があって、簡単にあきらめるような人ではないことなんです」

アントニアは顔をしかめた。「そのとおりね」

ヘンリーはため息をついた。「カトリオナが真相を知ったときになんと言うか……」

アントニアは答えなかった。ヘンリーの憂鬱がすっかり伝染していた。

「じゃあ、彼女に話す前に別の真実を確立してしまおう」

アントニアはフィリップを見た。「どういう意味？」

「わたしたちはまだ真相に達していないという意味だよ」フィリップは眉を上げた。「わたしはゆうべ図書室にこもった。きみも覚えているかもしれないが、ちょっとした習慣でね」

アントニアは目を細めた。「それで?」

「図書室をうろうろしているうちに、隅の聖書台に一族の聖書があるのを見つけたんだ。美しい装丁だった。それで何げなく見返しを見たら、実は伯爵の一族のものではなく、ダーリング家の聖書だった。恐らくはカトリオナのものなんだろう。その前は彼女の父親のものだったのは明らかだから」

ヘンリーは顔をしかめた。「でも、それと伯爵夫人の企みを挫くのと、どういう関係があるんですか?」

「聖書自体にはないよ。ただ、そこに含まれていた情報に価値があるんだ。見返しにはダーリング家の近年の世代の系図が記されていた。系図が、伯爵夫人が双子のひとりであることをはっきりと記していてね。女性の双子の場合は往々にして、どちらが先に生まれたかの記録はない。その系図にも明確にそう記されていた。つまり、カトリオナのもうひとりの叔母さんも、慣習によって彼女の後見人を務める権利を同等に持っているはずなんだ」

「レディ・コプリーだ!」ヘンリーが言った。「カトリオナは昔からその叔母さんが大好きだったんですが、彼女の父親の葬儀のときには、レディ・コプリーは子供が百日咳(ひゃくにちぜき)で来られなかったんです。代わりに伯爵夫人が現れて、当然のようにカトリオナを連れ去っていって。ぼくらは当然伯爵夫人に権利があるんだと思っていました」

フィリップは片手を上げて警告した。「今の時点ではまだ、伯爵夫人がレディ・コプリーの同意を得ているのかいないのかはわからないよ。それから、レディ・コプリーがカトリオナが望みどおりに結婚できるよう協力してくれる人かどうか、きみはわかるかい?」

ヘンリーは顔をしかめた。「わかりません」

「わたしにはわかるわ」アントニアは瞳を輝かせ、フィリップを見た。「わたし、ロンドンでレディ・コプリーのお嬢さんとその夫を見かけたの。ふたりは愛し合って結ばれたんだと、カトリオナが言っていたわ」彼女はほんのり頬を染め、ヘンリーに視線を移した。「実はレディ・コプリーも身分ではなく愛を選んで結婚したんですって。カトリオナの話からすると、その叔母さまこそあなたたちの将来の願ってもない支援者よ」

「それなら、カトリオナはレディ・コプリーに庇護を求めることができるかもしれませんね」

フィリップがうなずいた。「大いに可能性はあるね」

「じゃあ」ヘンリーは元気を取り戻して背筋を伸ばした。「あとはレディ・コプリーのところへ行って頼めばいいんだ」彼は希望に満ちた目でアントニアを見た。

アントニアは首を振った。「カトリオナはレディ・コプリーがどこに住んでいるかは言わなかったわ」

ヘンリーは顔をしかめた。

フィリップが言った。「どんな形でレディ・コプリーに近づくのがいちばんいいか、カトリオナが知っているかもしれないから、レディ・コプリーを捜し出す前にまず、カトリオナに会っておいたほうがいい」

ヘンリーはうなずいた。「できればそうしたいです。でも、厳しい監視の下でどうやって?」

フィリップは優雅に手を振った。「ちょっと頭を働かせればいいことさ。灌木（かんぼく）の生け垣の後ろの古い果樹園の一角に開けた場所がある。森のそちら側に馬を隠しておけば、簡単に行けるよ。そこできょうの午後三時に。うるさ型は昼寝中だ。カトリオナをそこへ行かせるよ」

「でも、伯爵夫人がカトリオナを見張っているんでしょう。召使いたちまで監視しているって、彼女が言っていました。それなのに、どうして抜け出せるんですか?」

「すべてわたしに任せておけばいい」フィリップは微笑んだ。「伯爵夫人自ら彼女をせかして行かせることになるから」

ヘンリーは疑念と感謝の入りまじった顔になった。

フィリップは笑って彼の肩を叩いた。「三時だよ、遅れないで」

「遅れません」ヘンリーはフィリップを見つめた。「ありがとうございます。なぜここまでしていただけるのかわかりませんが、本当に感謝しています」

「どういたしまして」フィリップは馬を回し、アントニアに目配せした。「理由は明らかだよ」

そして彼はうなずき、手綱を振った。アントニアもヘンリーに手を振り、馬を進めた。ふたりは馬を全速力で森へと走らせた。

フィリップは乗馬道の入り口でゆっくりアントニアを振り返った。彼女は顔をしかめている。「なんだい？」

「以前」アントニアは抑えた口調で言った。「カトリオナにあなたは密会の達人だと言ったのを思い出したの」彼女は手綱をひと振りすると、カールを揺らして馬を駆った。

アントニアのあとを追いつつ、フィリップはにやりとした。

14

アントニアは指示されたとおりカトリオナには何も言わないでいた。「彼女の芝居がかった性格は隠し事には向かないよ」フィリップはそっけなく言った。「伯爵夫人が彼女の顔をひと目見ただけで、この計画はおじゃんだ」

だから昼食の席でも、カトリオナは依然としてふさぎ込んでいた。アントニアは非難の目でフィリップを見たが、彼は平然とそれを受け止めて伯爵夫人に話しかけた。

食事は昨夜と同じような感じだったが、ひとつ大きな違いがあった。きのうの夕食のときは伯爵夫人と侯爵夫人が会話を仕切っていたが、きょうはフィリップが大いにしゃべったのだ。アントニアは夫人たちが妙に思わないかと心配した。

「実際」フィリップは椅子の背にもたれ、若い紳士の未熟さを語る侯爵夫人に答えた。「わたしは三十四になるまで、社交界に存在する真の力をほとんど理解していなかったと思いますね。紳士の人生を形成する力を」

アントニアは咳き込みそうになった。ヘンリエッタと目が合ったが、互いにすぐ視線をそらした。

「本当ですわ」伯爵夫人は厳しい顔でうなずいて、アンブローズを見た。「分別のつく年齢になるまでは、年配者の忠告に耳を傾けるのが義務というものですよ」

「確かにね」フィリップはテーブルの向かいのヘンリエッタと目が合うと、洗練された物腰で微笑んだが、さすがに継母はごまかされなかった。「物事の現実を指摘してもらえると大いに助かります」

「もっと多くの紳士があなたのような洞察力を持ってくださったらと思うわ、ルースヴェン」侯爵夫人はそのような眼識がなかったために転落していった若い紳士の逸話を延々と語った。

料理の皿が空になるころにはアンブローズはふくれっ面になり、カトリオナはますます沈んでいた。ジェフリーだけがフィリップの変節を気にしていないようすだった。それは弟が頭がよくて変節をはなから信じていないか、すでにフィリップの計画を知っているかのどちらかだとアントニアは思った。

後者の可能性が高いことが、伯爵夫人が身を乗り出して尋ねたときにわかった。「それで、きょうの午後はどうなさるおつもり？」

「ミスター・マナリングは」フィリップは答えて、ジェフリーに目をやった。「読書だったね？」ジェフリーがうなずいた。「彼が今大学へ行かずにここに滞在していることに関してあなたが指摘された点を、話し合ってみたんです。それで、毎日数時間でも勉強すれば、向こうへ行ってからも楽だろうという結論に達して」

伯爵夫人は顔を輝かせた。「忠告に耳を貸していただけて、とてもうれしいわ」

フィリップはうなずいた。「わたしとミス・マナリングは庭を散歩するつもりです。ずいぶん広いようだし、せっかくのいい天気ですからね。侯爵とミス・ダーリングも一緒にどうかな？」

「それはいいわ」侯爵夫人がうなずいて、哀れな息子をにらみつけた。

アンブローズはかたわらに無言で座るカトリオナを見た。「それは……」

「もちろん行くわよね！」伯爵夫人が決めつけた。「カトリオナも喜んでご一緒するわ」

みんなの視線を浴びて、カトリオナはぼんやりうなずいた。

十分後、四人は館を出て薔薇園へ向かった。アントニアはフィリップの腕を取ってそぞろ歩きながら、足を引きずり肩を落として前を行くカトリオナとアンブローズを見つめた。

「わたしの完璧な作戦をどう思う？」

アントニアはフィリップと視線を合わせた。「あんな胸の悪くなるようなぺてんを見せつけられたのは生まれて初めてだわ」

彼は正面を見た。「多少の真実はまじっていた」

アントニアは鼻を鳴らした。「初めから終わりまでたわ言ばかり。よく舌が引きつらなかったわね」

「確かに白々しかったが、伯爵夫人たちは真に受けたからね。なんといってもそれが目的なんだから」

「そうね。あなたの目的ね」その目的とは何か、アントニアは単刀直入に尋ねてみたかった。結局のところ、フィリップがここへやってきたのはカトリオナとアンブローズの問題のためではないはずなのだから。

そう考えると、彼とのあいだで未解決のままになっている問題が浮かび上がってくる。日差しの下をほとんど無言で歩きながら、アントニアはさまざまな可能性や現状について考えた。手の下にフィリップの腕のたくましさを感じる。肩が触れ合うと、彼を意識せずにはいられない。記憶にしみついた懐かしい香りのように、彼は理屈抜きの深いところでわたしの一部になっている。そしてそういう香りのように、わたしは彼を――彼の愛情をつかまえて、しっかり自分の心につなぎ止めておきたいのだ。

「見つけた！」

みんなが立ち止まり、いっせいに振り返ると、ジェフリーがこちらへ向かってくるところだった。「本を読みだして一時間もたっていないじゃない」アントニアは指摘した。

「もう十分さ」ジェフリーは幾何学式庭園の真ん中でみんなに合流した。「貴婦人三人のいびきで柱が震えているんだから」

「よしよし」フィリップは、ジェフリーが現れたのに驚いてそばへやってきたカトリオナたちを見た。「灌木の生け垣に向かうときが来たぞ」

「灌木の生け垣？」アンブローズが顔をしかめた。「なぜそんなところに？」

「ミス・ダーリングがミスター・フォーテスキューに会って、彼がレディ・コプリーに助けを求める計画を手伝えるように」

「ヘンリー？」カトリオナの瞳が光った。「彼がここにいるの？」彼女は外套を脱ぐように憂鬱から抜け出した。瞳を輝かせ、頬を紅潮させ、あふれるエネルギーに体を震わせている。「どこに？」

フィリップは灌木の生け垣のほうを手で示し、眉を上げた。「すぐに会えるよ。ただし、きみが叔母上の監視の下にあることを忘れないで。たとえばあそこの庭師だ」彼ははしごに乗って枝垂れ桜の枝を刈っている男をさりげなく示した。「有頂天になるのはもっと人目につかないところへ行ってからでないとね」

カトリオナは踊りだしたいのを無理やりこらえるように、先に立って歩いていく。

それを見て、アントニアは顔をしかめた。「けさは心労で死にそうだったなんて、信じられないわね」

高い生け垣が目隠しになった灌木の植え込みに入ると、カトリオナは立ち止まった。フィリップはさらに彼女を促し、小道へ進んでからやっと説明した。

「この裏手に空き地がある」フィリップはついにカトリオナに告げた。「彼は三時にそこへやってくるんだ」ポケットから懐中時計を取り出して見た。「ちょうど今だね」

　カトリオナは喜びの声をあげてくるりと回った。

「ただし」フィリップは彼女が自分を見るまで待った。「アンブローズとジェフリーも当然一緒だよ」

　もちろんカトリオナに文句はない。「行きましょう！」彼女はスカートを持ち上げて走りだした。

　ジェフリーが笑いながらあとを追った。茫然としていたアンブローズも慌てて追いかけた。

「ちょっと待って！」アントニアはフィリップを見た。「カトリオナには付き添いが必要だわ。彼女とアンブローズはどんなときでもふたりきりになってはいけないのよ。特に今は」

　フィリップは彼女の肘を取った。「邪魔者のジェフリーがいるさ。わたしたちは別の場所だ」

「別の場所？」フィリップはアントニアの肘をしっかりつかんで、生け垣で造られた迷路の中に引っ張っていく。彼女は目を細めた。「あなたが企んでいたのはカトリオナの密会ではなく、わたしたちの密会だったのね」

「きみが今まで気づかなかったのが驚きだね。カトリオナとアンブローズには同情しているよ。彼はもう少し積極性を持つべきだとは思うが。だがいずれにせよ、伯爵夫人の時代遅れの館の敷居をまたいだときから、わたしの目的は常にひとつさ」

そう宣言されて、とっさにアントニアの決意が固まった。ふたりはほどなく迷路の真ん中に着いた。中心の広場のきれいに刈り込まれた芝生も、大理石の噴水の中央の小さないるかの像も、ほとんど目に入らなかった。ふたりきりで話し合えるこの機会に言うべきことを言う、そして言い終えるまでは主導権を握っていると心に決めて、彼女はふいに立ち止まった。フィリップに引っ張られても動かず、彼が振り返るのを待ち、あごを上げて宣言した。「実はわたしもふたりきりになれたのをとても喜んでいるの。心変わりしたことをあなたに伝えなくてはならないから」

フィリップはまったくの無表情だ。彼の手が彼女の肘から落ちた。彼はじっと動かない。激しく渦巻くエネルギーを必死で封じ込めている感じだ。

彼は片眉をゆっくりと上げた。「本当に？」

アントニアはきっぱりとうなずいた。「わたしたちが結んだ協定をあなたも覚えて――」

「きみが忘れていなくてほっとしたよ」

フィリップの冷淡な口調にアントニアは顔をしかめた。「もちろん忘れていないわ。あのときは、あなたがわたしに求める役割について話し合った。要するに都合のいい妻の役割ね」

「きみはその役割を受け入れると言った」

彼の声は低く、表情はひどく攻撃的だ。アントニアは唇を結び、ぎこちなくうなずいた。

「そのとおりよ。あなたが騎士道精神を発揮して、わたしたちの協定を伏せたままわたしがロンドンに行くことを認めてくれたことも忘れていません」噴水に歩み寄り、両手を組んで振り返った。「今となっては、それはとても賢明な策だったわ」

フィリップはアントニアの大きな目をじっと見つめた。彼女をルースヴェン・マナーに置いておけばよかった。無理やり結婚してしまえばよかった。この事態を避けるためなら、なんだってしたのに。考えることもできないのに、口を開くなんてとても無理だ。心が彼女の言葉を理解するのを拒絶する一方で、感情はすでに爆発しそうになっている。

「賢明でした」アントニアは繰り返した。「今あなたに告げなくてはならないから。男爵――」

「フィリップだ」

アントニアは少しためらってからぎこちなくうなずいた。「フィリップ、社交界の慣習を知った今、わたしはあなたの妻にはふさわしくないという結論に達しました。少なくとも、わたしたちが同意した枠組みの中では」

最後のわけのわからない言葉の中に原因があるにちがいないとフィリップは確信した。

「いったいどういう意味だ？」両手を腰に当て、苦い顔でアントニアをにらんだ。「ほかにどんな枠組みがあると？」

アントニアはあごを上げて彼をにらみ返した。「今説明しようとしていたのよ。社交界の言うよき妻になるためには、基準というか……不可欠な条件があることがわかったの。要するに、わたしにはそれがそなわっていなくて、あえてそれを身につけようという気持ちもないってこと。実際、結婚に関してはわたし独自の条件があることがわかったわ。絶対に満たしてもらわなくてはならない条件が」

「どんな？」

「まず」アントニアは片手を挙げて条件を数え上げた。「わたしが結婚する紳士はわたしを愛していなくてはだめ。それも無条件にね」

フィリップはまばたきした。そして探るように彼女を見つめ、胸をふくらませ、ゆっくりと息を吸った。それから顔をしかめた。「ふたつ目は？」

アントニアはもう一本指を立てた。「愛人はいっさい持っていないこと」

「以前にも？」

彼女はためらった。「結婚後は」結局譲歩した。

フィリップの緊張が少し和らいだ。「三つ目は？」

「ほかの女性とワルツを踊ってはだめ」

「全然？」

「絶対に」アントニアの心に揺るぎはなかった。「そして、最後にもうひとつ大事なことは、その人が絶対にほかの女性とふたりきりにならないこと。一生ね」目を細め、挑発的にフィリップを見上げる。「これがわたしの条件です。あなたがそんなのは無理だと思うなら、もちろんそれはしかたがないわ」ふいにその現実が迫ってきて、彼女は息をのんだ。胸に予期せぬ痛みが広がる。アントニアは目をそらし、うなずくふりをして動揺を隠した。そして噴水を見つめ、急にこわばった声で言った。「そのときは、あなたとは結婚できません」

フィリップはこんなに有頂天になったのは生まれて初めてだった。安堵のあまり、自分でも意外なほどの独占欲がこみ上げてきた。波のようにうねっていた感情が、ひとつの断固たる現実に吸収されていく。アントニアに夢中になるまでは自分の看板だった沈着冷静ぶりを、彼は自嘲的に思い返した。

フィリップはひとつ息をつき、アントニアの半分そむけた顔を見つめた。「きみは無条件でわたしと結婚するつもりだったのに、なぜ気が変わった？」

アントニアが長いあいだためらっているので、フィリップは答えないのかと思った。彼女は振り返ってまっすぐ彼を見つめた。「あなたのせいよ」

フィリップは口をゆがめ、以前にも彼女に質問して後悔したことを思い出した。彼女の正直さにはいつも当惑させられる。彼はもう一度深呼吸して、自分の目的を思い起こした。この密会を設定した、そもそもこの館へやってきた唯一の目的を。「きみの条件に応えられるかどうか検討する前に、ひとつはっきりさせておきたいことがある」彼は表情をこわばらせ、アントニアを見つめた。「レディ・アーデイルのしたことはわたしにはなんの責任もない。わたしはいかなる形でも、まなざしでも言葉でも身振りでも、彼女を誘ったりはしていない」

アントニアはゆっくりと眉をひそめた。「彼女はあなたの腕に抱かれていたわ」

「違う。彼女が体を押しつけてきたんだ。わたしは突き放そうとして彼女の体をつかんだだけだ」

アントニアの頬がじわじわと赤く染まる。彼女は目をそらした。「あなたの手は彼女の胸にあったわ」

フィリップはちらりと顔をしかめた。「わたしから触ったわけではない。本当だ」

その声にこめられた嫌悪感に驚き、アントニアは再び彼と視線を合わせた。「彼女が？」

「そうなんだ。ある種の女性はかなり積極的で、なおかつ攻撃的だ。きみがもう少しあそこにいれば、彼女が当然の報いを受ける場面を見物できたのに」

アントニアは目を見開いた。「何があったの？」

「彼女は長椅子の上に引っくり返った」

アントニアの口元がぴくりと動き、目が笑った。

フィリップの体からやっと力が抜けた。彼は片手を差し出した。「さあ、こっちへおいで。きみが並べ立てた条件を満たす努力をするから」

言葉の真意を測りかねて、アントニアはじっと彼の顔を見つめた。そしてゆっくりと首を振り、噴水に近づいた。「この件はきちんと話し合いたいわ」

フィリップも前に進み出た。「きちんと話し合うつもりだよ。ただこの場合、それにはきみを腕に抱いていることが必要なんだ」

「そんなのはおかしいわ。あなたに抱かれていたのでは、わたしは考えることもできないもの。それはよくわかっているくせに！」アントニアは思いきり顔をしかめ、噴水の反対側へ回った。フィリップは平然と一歩一歩近づいてくる。彼の瞳が光った。アントニアはいらだちながらも、頭から爪先までぞくぞくするような興奮も味わっていた。「こんなの、とんでもないわ」心臓がどきどきして、息が苦しくなってきた。「フィリップ、やめて！」

彼女は横柄に言って立ち止まり、片手を上げた。

フィリップは意に介さない。大股に二歩進んで噴水を回った。

アントニアは目を見開いた。押し殺した悲鳴をあげ、スカートをつかんで走った。

しかし運悪く迷路の出口とは反対のほうへ走ってしまった。

それに、フィリップのほうがずっと足が速い。彼は生け垣へ向かう途中でアントニアをつかまえ、楽々と抱き上げた。そして、激しくもがく彼女をタイムの茂った古びた石のベンチへ運んだ。

半分ベンチに倒れ込み、アントニアを膝にのせる形になったフィリップには、クッション代わりのタイムがありがたかった。アントニアはののしり言葉を吐き散らしたが、彼は口を開いたら勝ち誇ったように笑ってしまいそうだった。だから代わりに彼女のあごをつかんで自分のほうを向かせた。

緑色がかった金色の瞳が彼を見つめた。その瞬間、アントニアは息を殺し、目を見開き、唇をそっと開いた。身動きもせず、胸だけが大きく上下している。フィリップもすぐ魔法に引き込まれた。わずかに残った理性が、今どこにいるのかを思い出させようとしたが、もう止まらなかった。ゆっくりと頭を下ろしながら、彼はうなった。「ああ、わたしもアンバリーに劣らずのぼせ上がっている」

そう気づいても、キスをやめる気になれなかった。フィリップはアントニアの開いた唇から甘美なジュースを飲んだ。渇ききった男のように、彼女の味、感触、くらくらするような香りで五感を満たした。彼女の髪をときたい気持ちに経験が歯止めをかけたが、胸のふくらみをあらわにして愛撫(あいぶ)し、彼女がそれに反応するのを楽しむことは止められなかった。

フィリップの腕の中で快感の波に洗われたアントニアは、残った力のすべてを振り絞って文句を言った。「まだわたしの条件に応えてくれるかどうか、聞いていないわ」

「まだ言う必要があるのかい？」

フィリップに愛撫されて、彼女の心は溶けてしまった。しばらくしてやっと、アントニアはもう一度口を開いた。「本気であなたにとって都合のいい妻になるつもりだったけれど……」力なくつけ加える。「なれそうもないの」

アントニアが腕の中でのけぞると、フィリップは再びうなった。しばし彼女の唇を味わってから、彼女の口元でささやいた。「わたしはきみに〝都合のいい妻〟になってほしいなどと思ったことはない。それはきみの考えだ」そう口にして初めて、彼は自分がずっと見ないようにしてきた事実に気づいた。「神に誓って言うが、きみは〝都合のいい〟なんていう言葉からはいちばん遠い人だよ。マナーの玄関ホールで階段を滑るように下りてきたきみを――わたしの求めるものの化身、わたしの祈りへの答えを見た瞬間から、わたしは哀れにも不都合ばかりに見舞われている」

アントニアは少しフィリップの愛撫に慣れてきたようだ。愛撫の最中でも彼の言葉を理解できるようになった。「なぜ不都合なの？」

フィリップはまたもうなると、彼女の手を取り、証拠に押し当てた。

「まあ」アントニアはちょっと考えてから彼を見つめた。「これって不都合なの？」

「そうとも！」フィリップは歯を食いしばり、彼女の手をどけた。「さあ、口を閉じて、わたしにキスをさせて」彼はこの一週間強いられた禁欲の埋め合わせをするべく、熱いキスにわれを忘れた。

「ふたりが入っていくのを見たよ。きっと迷路の真ん中にいるんだ」生け垣越しにはっきりとジェフリーの声が聞こえた。

フィリップは頭を上げ、ぼんやりとまばたきした。アントニアも目を開けた。

「どうしましょう！」ショックに声も力ない。

フィリップはさっと立ち上がり、アントニアも立たせて、よろめく彼女を支えた。彼女がはだけたドレスを合わせようとまごついているので、彼はその手を払いのけた。「時間がない。わたしがやろう。彼らは三つ角を曲がったらここへ来る」

アントニアはまだぼうっとしたまま、フィリップがネルも驚く手早さでボタンを留めていくのを眺めていた。それからスカートと胸元のレースを直した。

フィリップもなんとか上着を直したところへ、カトリオナが飛び込んできた。ジェフリーとアンブローズもあとに続いた。

「彼に会ったわ！　コプリー叔母さまならきっとわたしを助けてくれます」輝く笑顔のカトリオナは数週間前に出会ったころの美少女に戻っていた。「うれしくて泣いてしまいそう！」彼女はアントニアに抱きついた。

「濡れた毛布みたいにならないように、興奮を抑えたほうがいいね」フィリップは穏やかに言った。「今の状態で館へ入っていったら、たちまち伯爵夫人に希望をつぶされてしまうよ」

「心配いりません」カトリオナは元気いっぱいに告げると、アントニアから離れてフィリップの手を両手で包んだ。「館へ戻ったら、こちらの作戦に絶対に気づかれないように、すごく沈んだ顔をしていますから」

カトリオナが元気を取り戻したのがうれしくて、アントニアは微笑んだ。ジェフリーに視線を移すと、弟は問いかけるような好奇のまなざしをしている。そしてゆっくりと、訳知り顔で微笑んだ。

悔しいことに、アントニアは赤くなってしまった。彼女はカトリオナに視線を戻した。

「じゃあ、ミスター・フォーテスキューはレディ・コプリーのところへ向かったのね」

「ええ！」カトリオナはうれしそうに顔を輝かせた。「そして――」

「すべてうまくいくよ」ジェフリーが言った。「だけど、ここでは話さないほうがいい。庭師に聞かれるかもしれないからね。それに、そろそろお茶の時間だ。いけ好かない従僕たちに見つからないうちに館へ戻ろう」

「本当だ」フィリップはアントニアに腕を差し出した。「きみの弟の言うとおりだ」カトリオナがさっそく沈んだ演技をしてアンブローズと先に立ち、一行は迷路の出口へ向かった。フィリップはアントニアにそっとささやいた。「話の続きはまたあとで」

まなざしを交わすふたりは、背後でジェフリーが鋭い目で見ているのに気づかなかった。

館へ戻り、伯爵夫人がお茶とケーキを出す客間へみんなが向かうと、フィリップはアントニアを引き留めてささやいた。「図書室で。夜、全員が部屋に下がったあとでね」

アントニアはフィリップを見つめた。彼の目ははっきりひとつのことを約束している。期待に胸がふくらんだ。アントニアはそっと目を伏せ、うなずいた。「今夜、図書室で」

15

夜が訪れた。アントニアはじりじりしながら部屋を歩き回り、大きな館が寝静まるのを待った。怪物ゴルゴンの巣窟には幽霊が住みついているかもしれない。でも彼女は平気だった。フィリップはまだわたしの条件に答えていない。何者も、たとえ幽霊でさえ、わたしが彼の答えを、待ちわびていた言葉を聞くのを阻むことはできないのだ。

迷路でああいうことがあっただけに、アントニアは彼の答えには絶対の自信を持っていた。しかし、自信は直接の答えの代わりにはならない。

廊下沿いのドアがきしんで開き、また閉まった。耳を澄ますと、重くゆっくりとしたトラントの足音が召使い用の階段へ向かうのがわかった。ヘンリエッタがやっとベッドに入ったのだ。もうすぐ階下へ下りていける。

もう十分待つのが賢明だと判断して、アントニアは窓腰掛けへ向かった。カトリオナの芝居は伯爵夫人と侯爵夫人をまんまと欺いた。彼女の打ちひしがれたようすや生気のないまなざしに、夫人たちはなんの疑念も抱かなかった。

窓の下枠に腕を組み、あごをのせて、アントニアは銀色の月に照らされた庭を見た。カトリオナがうまく芝居を続ければ、ヘンリーがレディ・コプリーを連れてくる時間が稼げるだろう。カトリオナの話どおりなら、レディ・コプリーは伯爵夫人の毒牙から姪を救ってくれるはずだ。

アントニアは微笑んだ。カトリオナの苦しみはもうすぐ終わる。わたし自身の問題の解決も目前だ。数々の疑念を乗り越え、愛が勝利するのだ。アントニアは期待に心を震わせた。

馬の蹄の音がして、アントニアは現実に引き戻された。外を見ると、一頭立て二輪馬車が猛スピードで馬車道を下っていく。座席にはふたり乗っていた。小柄なほうは大きな荷物を抱え、館を振り返った。カトリオナのハート形の顔だとひと目でわかった。

アントニアは愕然として、再び目を凝らした。手綱を取る人物は白い外套を着ている。

「なんてこと！　いったいどういうつもりなの？」

彼女は五秒ほど茫然と遠ざかっていく蹄の音を聞いていた。それからすばやく外套を着ると、静かにドアを開けた。暗い館に充満する陰気さなどものともせず、できるだけ急いで階段を下りる。玄関ホールのタイルで室内ばきが滑り、悲鳴を押し殺した。親柱につかまってなんとか態勢を立て直し、アントニアは廊下を駆けていった。

図書室の暖炉の前を行きつ戻りつしながら、生まじめに告白の練習をしていたフィリップは、アントニアの靴がタイルに滑る音を聞き、ドアへ向かった。ドアを開けると、外套の下から淡いシルクのスカートの裾(すそ)をのぞかせた彼女が廊下の先の角へ姿を消すところだった。

フィリップは困惑し、あとを追った。

アントニアは庭へ出たようだ。庭に続くドアは開け放たれたままだ。彼女は何かの誤解で迷路で落ち合うと思っているのだろうか？　フィリップも夜の庭へ出た。庭では月光の下、そよ風にさまざまな影が揺れていた。彼女はどこにも見当たらない。フィリップは顔をしかめ、灌木(かんぼく)の生け垣へ向かった。

迷路の真ん中まで来たときに、蹄の音と馬車の車輪の音が聞こえてきた。フィリップは一瞬信じられない思いで立ちつくし、それからすぐ厩(うまや)へ走った。

厩の前へ駆け込んだとき、彼の御者台の高い二頭立て四輪馬車が馬車道を猛スピードで下って姿を消した。誰が手綱を握っているかは疑問の余地もない。

フィリップは舌打ちして暗い厩に入っていった。以前に乗った栗毛(くりげ)に鞍(くら)をつけたころには、アントニアはもうずいぶん先まで行っていた。馬車道が終わるところで野原を見渡すと、馬車がすでに遠くの尾根まで達しているのが見えた。フィリップは険しい表情で追跡に向かった。

アントニアは角を曲がりながら、気まぐれな二頭の葦毛(あしげ)のようすをうかがった。道は真っ暗で、くぼみがあってもわからない。彼女は顔をしかめ、しっかりと手綱を引いて馬を操った。ときに主人と同じくらい邪悪になるこの馬たちが、おとなしく言うことを聞いてくれますようにと、内心祈りながら。

いつも走りたくてうずうずしている馬たちは、馬車につなごうとしても暴れたりしなかった。幸い馬車はとても軽かったので、アントニアにも楽に扱えた。馬具をつけるのは少少手間取ったが、フィリップの馬二頭があれば一頭立てのジェフリーの馬車には簡単に追いつけるわと自分に言い聞かせた。

そして最後のバックルを締めているときに初めて、フィリップが図書室で待っているのを思い出したのだ。カトリオナとジェフリーを守らなくてはという思いと、いつも自分で物事を解決するのに慣れているせいで、未来の夫に問題の解決を委ねるという考えは頭に浮かばなかった。アントニアは一瞬ためらったが、引き返してフィリップに話している余裕はないと判断した。弟をあまり遠くまで行かせるわけにはいかないし、フィリップだってわたし同様、何がなんだかわからないはずだ。

アントニアは迷路での弟の言葉や、部屋へ下がるときにカトリオナとアンブローズが交わした奇妙な視線を思い出した。弟は姉とフィリップのことを察し、自分たちのとんでもない計画にふたりを巻き込むまいとしたのかもしれない。

馬車は暗い道を抜け、だらだらと続く丘を登っていった。目を上げると、丘の頂上にジエフリーとカトリオナが乗った馬車の影が見えた。影はたちまち沈んで見えなくなった。アントニアは唇を噛(か)み、手綱を振るった。一頭立て二輪馬車はこの馬車より安定している。ジェフリーは姉ほど慎重にならなくていい。葦毛の走力にもかかわらず、彼らとの距離はなかなか縮まらなかった。

アントニアは限界ぎりぎりの速度で丘を登った。この先、道は何本にも分かれる。ジェフリーたちがどの道を行くのか見当もつかない。どんな計画にせよ、弟たちの計画がうまくいかず、ジェフリーとカトリオナがふたりきりで一夜を過ごすことになったらと思うと、アントニアはますますあせった。ふたりが結婚するはめになり、あの伯爵夫人と親類になるなんて耐えられない。

アントニアのあとを追いながら、フィリップは悪態のかぎりをついた。初めは自分の婚約者がなぜ夜に馬車で飛び出していったのか考えたが、理由などどうでもいいことに気づいた。彼が気がかりなのはアントニアの身の安全と、なぜ自分の気持ちをこんなふうに踏みにじるかだ。フィリップは歯を食いしばり、栗毛を駆った。二頭の葦毛に追いつくのはなから無理なので、アントニアが目的地に着くまで見失わないでいることを願うしかない。

首の骨でも折ったらたいへんだからあの馬車は任せられない、とはっきり言ったのに。あの馬車を操ることなんて考えてもいけないと釘(くぎ)を刺したのに。彼女は明らかに、わたしの言うことなど聞いていなかったらしい。

彼女をつかまえたらはっきりさせておかなくては。ほかのいくつかのことともども。

「結局、愛していると言いたいだけなのに!」フィリップは栗毛を駆って丘を登っていった。

頂上でいったん馬を止め、眼下の谷をさっと見渡した。二頭立て四輪馬車に乗ったアントニアが見える。そして初めて、彼女が追っている馬車がフィリップにもちらりと見えた。

「いったいなんなんだ?」彼は顔をしかめた。遠すぎてその一頭立て二輪馬車に乗っている人物の顔はわからないが、推測はついた。フィリップは手綱を振り、アントニアとの距離を少しでも縮めるべく尾根伝いに丘を下りていった。しかしいったん平地に出れば、相手がどこをどう曲がるかわからないので、道を進むしかない。

先を行くアントニアはなんとか弟の馬車に追いつこうとしたが、呼び止めるにはまだ遠すぎた。田舎道の状態からして、本街道の手前で追いつける望みはない。彼女は弟がカトリオナをレディ・コプリーのところへ送り届けるつもりだと思っていたので、馬車が宿屋の門を入っていくのを見て驚いた。

その宿屋は小さな町のはずれの窪地に立っている。町の住民はもうぐっすり眠っているにちがいない。坂道の途中から町を見渡すと、宿屋はスレート屋根の頑丈な石造りに見えた。

アントニアはほっとして葦毛を駆り、宿屋の中庭に入るまでいっさい手綱を引かなかった。

眠たげな中年の馬丁がジェフリーの馬車を引いていくところだった。馬丁はびっくりした顔でアントニアを見たが、彼女は鼻息の荒い馬を止めるのに精いっぱいだった。

「ほら、これを取って」アントニアが手綱を投げると、馬丁が受け止めてくれた。彼女はできるだけしとやかに御者台から降りた。「ちゃんと世話をしてやってね。とてもいい馬だから」

「はい、お嬢さま」仰天顔の馬丁はうなずいた。

アントニアはそのままさっさと宿屋に入っていった。ドアに鍵はかかっておらず、主人の姿も見当たらないが、玄関ホールの奥の木のテーブルにはろうそくがともっていた。暗い階段吹き抜けを見上げると、ろうそくの炎の投げかける人影が壁に揺れていた。影の主は二階の廊下を進んでいき、影も消えた。

アントニアはテーブルのろうそくをつかんであとを追った。あれはジェフリーとカトリオナにちがいないと確信して、廊下のドアのひとつひとつの前で立ち止まり、ドアに耳を押し当てた。聞こえるのはいびきや寝息ばかりで、ついに廊下の突き当たりの右手の最後のドアへ来た。

しわがれた声が大きくなったり小さくなったりしている。ほかにもしゃべっている者がいたが、言葉は聞き取れない。アントニアは顔をしかめ、右側のドアを見た。耳を当ててじっと聞いてみたが、なんの物音もしない。彼女は息を殺し、そっとドアを開けてろうそくを掲げた。

部屋は空っぽだった。アントニアは安堵のため息をついて部屋に入り、しっかりドアを閉めた。部屋を見回し、盗み聞きしたい突き当たりの部屋とのあいだの壁にドアがあるのを見つけた。幸運に感謝し、彼女はたんすにろうそくを置いて、そっとそのドアを開けた。

ドアの向こうは厚い壁のあいだの小部屋で、反対側にもうひとつドアがある。その向こうの声がよく聞こえた。ドアは廊下の突き当たりの部屋に直接通じているのだろう。

「あんたの言うこともわかるが、このジョッシュも言ったように話が違ってたんだ」

しわがれ声の主は洗練された人物ではなさそうだ。それに独りよがりで高圧的な感じもした。ジェフリーが答えるのが聞こえたが、弟の声は抑制がききすぎていて言葉が聞き取れない。アントニアは顔をしかめ、ドアノブを慎重に握った。息を殺してノブを回し、ほんの少しだけドアを開ける。

「これ以上言い合っていてもしようがない」また別の、とても低くて威圧的な声がした。「あっちの小僧がわしらをここへ呼んだんだ。値段は聞いただろう。それをのむか、蹴るかだ」

相談のささやきが聞こえる。そっとドアノブを放し、アントニアはドアの隙間にできるだけ身を寄せて、弟とカトリオナの言葉を聞き取ろうとした。

肩越しに手が回ってきてアントニアの口をふさぎ、腕が彼女の腰を抱えて、大きなたくましい男の体に引き寄せた。彼女は目を見開き、身をこわばらせた。

それから力を抜いて、腰をつかんでいた手を引っ張った。

フィリップは腕の力をゆるめ、彼女の耳に直接うなった。「いったいここで何をしている？」

アントニアはフィリップの口調を無視し、頭を彼の肩に押しつけて、なんとか視線を合わせた。さらに彼の目に宿る怒りも無視して、視線でドアの向こうの部屋を示した。「聞いて」

「ここにいるわたしの友人がきみたちを雇った。その金額でわれわれをロンドンまで運ぶと承知したはずだ」

アントニアは目を見開き、フィリップの手を引っ張った。「あれはミスター・フォーテスキューよ」

フィリップは彼女に警告の視線を向けた。「しいっ」

「そうさ」ほくそ笑むような声だ。「だがそれは、あんたらの中に若いお嬢さんがまじっていると知る前だった。そうとなったらロンドンまでの料金は跳ね上がるんだよ。かわいいお嬢さんが一緒じゃね」

いいんだぜ」

「なあ」もっといやな声がした。「金が足りないんなら、別の形で支払ってもらったって

アントニアは体の震えを抑えた。

部屋の奥で相談している声がする。

長いため息にアントニアが顔を上げると、フィリップはつかの間目を閉じた。目を開いたとき、彼は険しい表情になっていた。アントニアが口を開くより先に、フィリップは彼女を抱き上げ、小さな部屋の側面の狭い壁のところに立たせた。

「そこにいて」フィリップは低い声で警告するように言った。「動かないで」

「いったい何を――」

「静かに！」

鼻を鳴らしたいのをこらえて、アントニアは言われたとおりにした。

フィリップはさっと肩を上下させて上着を直すと、ドアノブをつかみ、平然と部屋へ入っていった。

図体の大きい御者ふたりは彼に背中を向けていた。その向こうには、ぎょっとした顔が四つ並んでいる。ドアはよく油がさしてあってきしまなかった。床には大きな絨毯が敷いてあり、足音もしない。腹黒い御者たちはフィリップに気づかなかった。

やはり最初に機転をきかせたのはジェフリーだった。視線を御者に戻し、彼はさらりと

言った。「ぼくたちを見くびっているんじゃないか？　ぼくらには強力な後ろ盾があるんだ。怒らせないほうが身のためだぞ」

「ほお！　そいつはいいや」大きいほうの御者がばかにした。「それであんたら三人とお嬢さんが真夜中に逃げてきたってわけか」

「同感だな」フィリップが完璧なロンドンの貴族の口調で言った。「そこがわたしにも謎でね。ジェフリー、どうして夜中に姉上を引っ張り出すようなことをしたのか、ぜひ説明してもらいたいね」

御者はふたりとも凍りついた。ふたりは目配せし、いちだんと体の大きいほうが巨大なこぶしを振り上げた。しかし目にも止まらぬパンチをあごに受け、絨毯の上に伸びた。もうひとりは両腕を振り回してかかってきた。フィリップは身をかがめて彼を担ぎ上げ、投げ飛ばした。御者は大きな音をたてて壁にぶつかり、ずるずると床に滑り落ちた。

フィリップはしばし待ったが、悪党はふたりともすでに反撃できる状態ではなかった。

「すごいわ！　ボクシングもできるなんて知らなかったわ」

フィリップは体を起こすと反射的に上着を直し、背後を見た。アントニアは重い燭台を片手に、彼のすぐ後ろに立っていた。彼は彼女の手から燭台を取った。「じっとしているように言ったはずだ」

「ボクシングをするとあらかじめ聞いていたら、じっとしていたわ」

「ボクシングが妻らしく従順にしているかどうかを左右するなんて、思ってもみなかったよ」フィリップは目を閉じ、うなりたい気持ちを抑えた。

カトリオナがそばへ来て、アントニアに飛びついた。同時に荒々しい足音がドアに近づいてきた。

「開けろ！　ここはきちんとした宿屋だぞ。思い知らせてやる」

「宿屋の主人だ」ジェフリーが言わずもがなのことを言った。

フィリップはつかの間、天井を見上げた。「またわたしの出番か？」

彼は答えを待たずにドアに歩み寄り、ジェフリーとヘンリーに気絶している御者を引き起こすように指示した。

彼らがお荷物を引きずっているあいだに、フィリップはドアを開けた。「こんばんは。わたしはルースヴェン。あなたは宿屋のご主人かな？」

フィリップはそれから淀（よど）みなく、誰とは特定せずに自分の保護下にある若者とその友人がこの近くで開かれたハウスパーティを抜け出してロンドンに戻ることにしたのだが、雇った御者に法外な料金を要求されて押し問答になったと説明した。パーティを抜ける理由などには触れぬ、そのみごとな説明ぶりにアントニアはつくづく感心した。

説明を聞いた宿屋の主人はすっかり一行に同情し、折よくルースヴェン卿（きょう）が現れて悪党を退治してくれて本当によかったとうなずいた。

そのころにはもう、悪党ふたりは宿屋の外へ引きずり出され、どぶの中でうめいていた。文字どおり歯を鳴らして脅(おび)えていたカトリオナもずいぶん落ち着いた。

宿屋の馬車と馬丁と御者を雇うことになり、宿屋の者が彼らを近くの農家まで起こしに行くあいだ、フィリップはみんなに宿屋の客間で待つよう指示した。ドアをしっかり閉めると、彼は一同を見渡した。「いったいどういうことなのか、誰か説明してくれるかな?」

アントニアもフィリップに劣らず興味津々で若者たちを見つめた。

カトリオナは即座に強情な顔になった。アンブローズはもじもじして、いつにも増して愚鈍に見える。ヘンリーは赤くなって咳払(せきばら)いした。

最初に口を開いたのはジェフリーだった。「簡単なことだったんです。少なくとも計画では。カトリオナはレディ・コプリーが自分を受け入れ、ヘンリーとの結婚に賛成してくれると確信していて」

「コプリー叔母さまが訪ねてきたことを思い出したんです」カトリオナが口をはさんだ。「わたしがタイスハースト叔母さまの家で暮らすようになったばかりのころでした。わたしはその間ずっと部屋にいさせられたんですけど、メイドたちが大喧嘩(おおげんか)だったと話しているのを聞いて。コプリー叔母さまはわたしに会いたかったにちがいありません。わたしもタイスハースト叔母さまに法的権限などないと知っていたら、ずっと前にコプリー叔母さまのところへ行っていたのに」

「だから」ジェフリーが続けた。「レディ・コプリーのところへ知らせに行ってから、カトリオナを助けにまたタイスハースト・プレイスに戻るというのは、あまり意味がないように思えたんです。伯爵夫人が彼女とアンブローズを結婚させようと画策を続けているだけになおさら」

「四人でロンドンに戻るなら、不品行と非難されることもないだろうと思ったんです」ヘンリーがそう言って、ちらりとアンブローズを見た。「ハマースレイもあそこには残りたくなかったんですよ。カトリオナが消えたことに伯爵夫人が気づいたあとはなおさら。それで彼が御者を雇ってくれました。残念ながら、質の悪い連中でしたが」

アンブローズは顔をしかめた。「伯爵夫人に告げ口されては困るから、近くの馬車屋には行けなくて。安酒場ではあんな連中しか見つからなかったんです」

フィリップは眉を上げた。

「気にしないで。実害はなかったんだから」アントニアが励ますように微笑んだ。「ルースヴェンのおかげでね」フィリップに視線を向けられ、彼女はつけ加えた。

「まったくだ。しかし、きみがあんな危険な追跡に乗り出した理由も聞かせてもらわないとね」

全員の目がアントニアに向けられた。フィリップの馬車を勝手に駆ったことは彼本人以外誰も知らないのだからと、彼女は落ち着いた表情を保った。「ジェフリーとカトリオナが馬車で出ていくのを見かけて。彼らの計画を知らなかったから、当然急いで追いかけたの」

「わたしに知らせようとは考えなかったのかな？」

「考えたわ」アントニアは認めざるを得なかった。「でも、思いついたときには馬車はずっと先を行っていて、それ以上ぐずぐずしていられなかったの」

「なるほど」フィリップは目を細め、相変わらずじっとアントニアを見つめている。

「わたし、聖書を忘れませんでした」カトリオナが唐突に言った。テーブルから茶色の紙包みを取り上げる。「これは父のものだったんです。ここに、コプリー叔母さまがわたしの後見人になる権利があるという証拠が記されているのなら、手放してはだめだと思って」

フィリップはよしとうなずいた。「賢明な判断だ」彼は少しためらってから顔をしかめた。「わかった。きみたちの計画を続けよう。確かに四人一緒に旅をすれば、不品行だととがめられることはない。伯爵夫人と侯爵夫人が自分たちの計画が台なしになったことを知ったときに、ハマースレイがここにいたくない気持ちもわかる。ところで、どういう形でそれをふたりに伝えるんだい？」

四つの茫然とした顔がフィリップを見つめた。

「特に伝えることは考えていませんでした」とうとうジェフリーが言った。「あなたたちはここに残っているから……ぼくたち全員がいなくなれば察しがつくだろうと」

フィリップはしばらくじっとジェフリーをにらんでいたが、やがてあきらめの表情になった。「わかった。それもわたしがなんとかしよう」

客間全体に安堵の空気が広がった。

二十分後、フィリップは四人の若者が宿屋の馬車に乗り込むのを見送った。ジェフリーが最後だった。

「カーリングへの手紙だ」フィリップは折りたたんだ手紙を手渡した。「彼が馬車の料金を払い、きみを乗り合い馬車の駅まで送り届けてくれる。オックスフォードに落ち着いたら手紙をくれ。わたしたちはマナーにいるから」

「そうなんですか?」宿屋のポーチに立つ姉にさようならと手を振りながら、ジェフリーはもう一度けげんな顔でフィリップを見た。

フィリップは眉を上げた。「きみはマナリング家を背負って立つ男なんだから、大学へ飛んでいったほうがいいぞ。一日二日のうちにね。新学期が始まって、もうどれだけ日にちがたっているか。わたしが学寮長に呼び出されるよ」

ジェフリーは満面の笑みを浮かべた。「そうですね」彼はフィリップの肩を叩(たた)き、馬車に乗り込んだ。フィリップがドアを閉めるとジェフリーは窓から身を乗り出し、最後まで生意気につけ加えた。「姉に馬車の手綱を握らせないで」

「絶対に握らせないよ」フィリップは簡潔に答えた。

　馬車は出発し、彼は宿屋へ戻った。宿屋の主人は部屋の鍵を手にアントニアの背後で待っていた。

　フィリップはアントニアの肘を取り、彼女を宿の中へ導いた。「休んでくれていいよ、フェルウェル。部屋ならわかるから」

　アントニアは目を丸くした。宿屋の主人フェルウェルは何も気づかず、あくびをしてお辞儀をした。しかたなく階段を上る彼女の耳に、宿屋の玄関ドアが閉まって掛け金がかかる音が響いた。心臓がどきどきしてくる。宿屋でいちばん大きな客室のドアまで来たときには、頭もくらくらしていた。

　フィリップはドアを開けてアントニアを先に部屋へ入れてから、部屋に入りドアを閉めた。彼の表情は険しく、社交界で見せる顔とは別人だった。

「あの……ミスター・フェルウェルはわたしたちが結婚していると思っているのかしら？」

「切にそう願うね」フィリップはアントニアの手を取り、前に進み出て部屋を見渡した。「わたしが彼に、きみはレディ・ルースヴェンだと言ったんだ」彼は部屋に満足して、暖炉の前で立ち止まり、振り返ってアントニアの見開いた目を見た。「ほかに適当な言い訳が思いつかなかったんだよ。きみとここで……ふたりきりになることの」彼は眉を上下させた。「きみは思いつくかい？」

　アントニアはただ首を振った。

「その点で同意できたなら」フィリップは彼女の真正面に立った。「何かほかのことで気が散る前に、将来の夫の行動についてのきみの条件に答えよう」彼女の手を放すと、両手で彼女の顔を包んで上げさせ、しっかり目が合うようにした。「最後だけれども重要な条件として、きみと結婚した男性はほかの女性とふたりきりになってはいけないと言ったね。きみをそばに置いておけるなら、どうしてほかの女性とふたりきりになりたいなんて思う？」

　フィリップの瞳は冷静で澄みきって、鍛えられた鋼のように鋭かった。

「それから、ほかの女性とワルツを踊ってはいけないという条件だが、きみがワルツを踊ってくれるのに、ほかの人と踊りたいと思うかい？」

　アントニアは内心顔をしかめた。

「愛人の件については、きみがベッドを温めてくれ、わたしの欲求を満たしているというのに、わたしが愛人など欲しがると思うかい？　実際、そんなものを作る時間があるとでも？」

　頬がほてるのもかまわず、アントニアは眉を上げた。「あなたは質問に質問を返しているだけで、答えになっていないわ」

フィリップの口元がゆがんだ。「そう、答えはすべて、きみの最初の条件に対するわたしの答えに含まれている」

「最初の条件？」フィリップに見据えられ、アントニアの声はかすれた。

フィリップは微笑んだが、表情は和らがなかった。「言わなくてもわかっているだろう」彼は胸を上下させ、大きく息を吸った。「神は、そして社交界の半分は、わたしがきみを愛していることを知っているよ」アントニアを見つめ、低い声でつけ加える。「無条件に、心の底から深く狂おしいほどに愛しているから、賢明かどうか疑問に思ってしまう」

アントニアはフィリップを見つめ返した。彼の言葉が耳に頭に心に鳴り響く。あふれる喜びは彼女の瞳にも表れている。フィリップは頭を下げ、濃厚なキスをした。

彼が頭を上げたとき、アントニアは息を切らしていた。「賢明かどうか？」

フィリップのまなざしがまた険しくなり、瞳に渦巻く欲望を蹴散らした。彼はゆっくり眉を上げ、あごをこわばらせた。

「そうだよ。たとえば今夜のきみの脱線だ」彼の両手はアントニアの顔から落ちたが、腰へと滑っただけだった。

アントニアはまばたきした。「あれはジェフリーとカトリオナの脱線でしょう。わたしじゃないわ」

フィリップは目を細めた。「マナリング家の理屈はもういいよ。今夜は聞き飽きた」

暖炉で薪がはじけ、火の粉が舞った。フィリップはしぶしぶアントニアを放し、身をかがめて薪をくべた。アントニアは数歩下がって彼と距離を取った。

フィリップは体を起こすと、彼女の立つ場所を見て目を細めた。「わたしの馬車を勝手に走らせたことを言っているんだ」

「前に操らせてくれるって言ったじゃない」アントニアは炉端の肘かけ椅子に歩み寄った。

「それは町なかの舗装された道で、わたしがそばについているときだ。人けのない田舎道を真夜中、真っ暗な中じゃない！」フィリップはアントニアに大股で歩み寄り、厳しい視線で彼女を釘づけにした。「わたしが賢明かどうかと言う意味がわかるかい？」彼は歯を食いしばった。「きみを愛したせいで、わたしはこうなったんだ。かつては冷静沈着で、紳士にふさわしい臨機応変の才の体現者と言われ、物静かで泰然として、しっかり自分の感情を抑制していたわたしが！」

フィリップが彼女とのあいだにあった椅子をさっとどけたので、アントニアは思わず後ずさりした。

フィリップは彼女の肘をつかみ、乱暴に引き寄せた。「きみを愛したせいでこうなったんだ」

フィリップはアントニアにキスをし、彼女の五感をわがものとし、求め、命じ、情熱を解き放った。アントニアは蜘蛛の巣のように自分たちをからめ取る欲望の力に屈して彼に寄りかかった。

フィリップは体を引き、彼女の唇にささやいた。「まったく。死んでいたかもしれないんだぞ。そうなったら、わたしは頭がおかしくなっただろう」

「そうなの?」アントニアは吐息まじりにささやいた。

フィリップはうなった。「完全にね」もう一度キスをし、たくましい体にぴったりと重なった柔らかく温かな肢体の感触を味わった。彼女の中に強烈な欲望があふれ出すのがわかる。満足して体を引いたフィリップは、彼女のまぶたや額にキスの雨を降らさずにはいられなかった。「わたしがここできみをつかまえたとき、ほかに人がいて運がよかったんだぞ。最後の三キロほどは、きみを膝にうつ伏せにのせて、向こう一カ月は御者席に座れないくらい尻を叩いてやると考えていたんだから」

幸福の海に漂い、アントニアは幸せそうにため息をついた。「あなたはそんなことはしないわ」

「かもね。だけどあのときは、そう考えると少しは気がおさまった」

アントニアはやさしい微笑みを浮かべ、フィリップの頭を引き寄せてキスをした。「これからはおとなしくします。でも、今夜飛び出したのはわたしのアイデアじゃないってことは忘れないで」

「とにかく今夜きみが飛び出していったことを、わたしはふたりの溝を埋めるのに利用するつもりさ」

「そうなの？」

「そうとも」フィリップの口元がほころんだ。「わたしは予期せぬ状況から最高の結果を引き出すことで有名なんだから」

アントニアはけげんそうな顔になった。

彼女は自分がどれほど無垢に見えるか知っているのだろうか？　フィリップは一瞬苦笑を浮かべた。そしてそっと彼女の顔を両手で包み、緑色がかった金色の瞳を見つめた。「きみが必要なんだ。きみはわたしの人生も感情も引っかき回してくれるが、ほかの人ではだめなんだ」彼はかすかに微笑んだ。「きみはわたしにとって都合のいい妻になれると思ったようだが、そんなことは初めから無理だし、わたしにはそれがわかっていた」彼の口元がゆがんだ。「ただ、わたしが避けがたい運命を受け入れるのに、少し時間がかかったんだ」フィリップは真顔になり、じっとアントニアを見つめた。「でも、すべては過去のことだ。ふたりの未来を今、ここから始めよう。わたしたちの心はすでにひとつに結ばれている。今夜ここで一緒に過ごして……」手が少し震えた。「帰してほしいなんて言わないでくれ。わたしはもう何週間もきみを自分のものにするのを待ったんだ」

彼はアントニアの微笑みに――うっとりさせて欺く、とびきりやさしい妖婦の笑みに面食らった。「わたしも待っていたわ……」彼女はまっすぐフィリップを見つめた。「たぶん何年も……あなたが抱いてくれるのを」

　欲望がはじけて、フィリップは震える息を吸った。自分の限界をはっきりと意識し、彼女に警告のまなざしを向けた。「あまりあおるようなことをしないでくれるとありがたいんだが」

　アントニアはいたずらっぽい目で彼を見た。そこには彼の大好きなからかうような光があった。フィリップはうなった。彼女がいつもどおり率直な質問を投げかけてきたら、もう我慢できそうもない。

　アントニアが背伸びをした。フィリップは両手を彼女の腰にずらして、彼女の体を押し戻した。「あすはまっすぐロンドンに帰ろう。わたしの馬車があるからね。ルースヴェン・ハウスに寄って、きみは着替えをして必要なものをまとめ、それからマナーへ向かうんだ。数日以内に結婚できるよ」彼はひと息ついて、無理につけ加えた。「それとも、慣例どおり三週間待つか。きみの好きなほうでいい」

　アントニアはじっとフィリップを見つめ、片眉を上げた。「決断はあとにするわ。あしたになってから」彼女は微笑み、彼に体をすり寄せた。「今夜のことがわたしの決断に影響するかもしれないから」

　フィリップは目を閉じ、うなった。「それは誘いか、それとも脅迫？」

「両方ね」

アントニアは彼の首に両腕をからませ、爪先立ってキスをした。唇で体で約束し、誘いかけ、わたしのすべてを奪って、と彼をそそのかす。

フィリップもアントニアが息もできなくなるまでキスをして、理性を失わせ、渇望で満たし、ついにはベッドに押し倒した。そして急がずゆっくりとドレスを脱がせていった。彼女の中で情熱が燃え盛り、寒さも恥じらいも感じなくなった。

〝避けがたい運命〟とフィリップは言った。ベッドに裸身を横たえ、彼が体を重ねてくるのを待つあいだ、アントニアもこれは運命なのだと感じていた。最初からこうなると決まっていたのだと。

フィリップは再びアントニアを腕に抱き、暖かい欲望の繭で包んだ。彼女の五感を快感で満たしていく。情熱の手に操られ、ふたりのまわりで官能の万華鏡が狂おしく回転した。フィリップに導かれて、アントニアは今まで知らなかった世界に足を踏み入れ、ついには彼とひとつに溶け合い、砕け散った。長年の友情の気安さと永遠の愛の力が、愛撫のひとつひとつを単なる肉欲を超えた深いものにした。

しばらくして、フィリップの腕の天国の中、甘美なけだるさに包まれたアントニアは、こめかみに彼の唇を感じた。彼はかろうじて聞き取れる低い声でつぶやいた。「今夜、あした……そして永遠に」

きっぱりとした口調がアントニアの幸福を確実なものにした。彼女は高揚感の中で眠りに落ちた。

翌朝、温かく柔らかくてシルクのような感触のものが脇腹にすり寄ってきて、フィリップは目を覚ました。問題のシルクは彼の未来の妻の肌で、彼の体は即座に反応した。彼女のほうに目を向けたが、枕に金色のカールが広がっているのしか見えなかった。フィリップは肘をついて体を起こし、どうしようか考えた。そしていくつかやり残したことがあるのを思い出し、そっとベッドを出た。

手早く服を着ると、まだ眠っているアントニアを残して階下へ下りていった。

二十分後、長短さまざまの書状とともにジェフリーが乗ってきた伯爵夫人の馬車をタイスハースト・プレイスへ送り返して部屋に戻ると、アントニアはまだシーツの下にもぐっていた。フィリップは放蕩者の笑みを浮かべ、外套を脱ぎ捨てた。

シャツを脱いでいるときにベッドで音がしたので振り返ると、アントニアがまばたきしていた。彼女はフィリップに気づいて、眠たげだが幸福に輝く微笑みを浮かべた。

フィリップの口もついほころぶ。彼はシャツを椅子にかけ、ベッドのそばへ歩み寄って、両手を腰に当てた。

アントニアはしばらく、フィリップが服を着ているところか脱いでいるところかわからなかった。「何をしているの？」彼女はやっとの思いで視線を彼の顔へとそらした。

フィリップはどきりとするような笑みを浮かべた。「やりかけのことを」彼独特のやり方で眉を上げる。「先延ばしにせず片づけようと思って」

長かった夜のせいでまだぼんやりしているアントニアには、彼の言っている意味がわからなかった。「わたしたち」フィリップがシーツをめくってかたわらに滑り込んできた。「十分満足のいく結果に達したんじゃなかったかしら」彼女は不安になってつけ加えた。「違う？」

フィリップの笑い声はその表情と同じく邪悪だった。「確かにね」彼はアントニアを抱き寄せた。「ただ、まだ少し時間があるから、この機会を利用して……」彼の唇が彼女ののどをたどった。「少々追加の説得をしようかと思って。きみが心を決めるのに役立つようにね」

「心？」心臓が機能しているのかどうかも心もとない。「決めるって何を？」記憶も停止しがちで、昨夜の忘れられない体験を除いては、みんな背景にぼやけてしまっている。

「わたしたちがすぐに結婚するか……」フィリップは頭を下げ、アントニアの胸の頂にキスをした。「しばらく待つか」もう一方の側に愛撫を移し、身もだえる彼女を見て満足の笑みを隠した。

「ああ……」アントニアは懸命に考えようとした。「まだ心は決まっていないみたい」フィリップの両手が柔らかなふくらみを包むと、彼女は突然、自分の答えを確信した。「もう少しわたしを説得したほうがいいんじゃないかしら？」

フィリップの瞳が輝いた。「わたしもまさにそう思っていたところだ」

その日の午後遅く、ふたりはルースヴェン・ハウスに戻り、いつもどおりカーリングが玄関ドアを開けた。フィリップが恥ずかしげもなくにやにやしているので、執事はまばたきした。カーリングのまばたきは、一般の人があんぐり口を開けて目をみはるのに匹敵する。

アントニアはおかしそうな微笑みを浮かべて、急いで二階へ上がった。フィリップ同様、一刻も早くわが家に――ルースヴェン・マナーに帰りたかったのだ。彼女の微笑みは午前中ずっと消えることがなかった。フィリップは彼女を微笑ませるのが楽しくてしかたがなかった。

フィリップは満足の笑みを浮かべながら、玄関ホールに立ってアントニアが階段を上っていくのを見送った。

「ご結婚でございますか、旦那（だんな）さま？　ぶしつけな質問を許していただけるなら」

フィリップはカーリングを見た。「ミス・マナリングとわたしは合意に達した。手続きが整い次第、結婚する」

カーリングの微笑みもなぜか満足げだ。「それはよろしゅうございました」執事は淡々と言った。「式の日取りが決まったら教えていただけますか?」

フィリップは顔をしかめそうになった。「なぜだ?」

「旦那さまのご許可がいただければ、その日はこの館を閉めて、召使いたちがマナーのほうに祝福に駆けつけられるようにいたしたいのです」

フィリップは眉を上げた。「みんながそうしたいのなら、ぜひ来てくれ」

「その点はご安心ください。きっとまいります」カーリングは威厳のある足取りで控え室のドアへと向かった。「実はわたしは長年、旦那さまの結婚式で米をまくのを楽しみにしておりまして」

フィリップが適当な答えを思いつく前にドアは閉まった。彼は目を細めてドアをにらみ、カーリングの狙(ねら)いはなんだろうと考えた。

しかし、アントニアが息を切らして戻ってきたので、そんなことはすっかり忘れてしまった。それから三日後、輝くように美しいアントニアと腕を組み、教会を出てライス・シャワーを浴びるまでは。

特に後ろから投げつけられたひと握りの米が幅広のネクタイ(クラバット)の中に入った。肩をよじってもどうにもならない。振り返ると、祝福の人の波の中にカーリングがいて、にんまりしていた。

フィリップも思わず笑ってしまった。花で飾られた馬車が新郎新婦を待っていた。彼はアントニアを抱き寄せ、祝福の歓声に包まれながらしっかり花嫁にキスをして、馬車に抱え上げた。

例によってカーリングにはしてやられたが、花嫁に続いて馬車に乗り込んだフィリップは、そんなことはどうでもいいと思った。

アントニアは幸福に輝いて、友人たちに手を振っている。

彼女はわたしの求める妻、必要とする妻だ。彼女が思っていたような都合のいい妻ではないが、いつもわたしの胸をときめかせる妻なのだ。

フィリップは誇らしげに微笑んで、座席に寄りかかり、妻を見つめた。

三十五歳は忘れられない年になりそうだ。来年だけでなく、これからずっと楽しい人生が続きそうだった。

＊本書は、2006年3月に小社より刊行された作品を
文庫化したものです。

愛の足かせ

2025年3月15日発行　第1刷

著　者　ステファニー・ローレンス
訳　者　鈴木たえ子
発行人　鈴木幸辰
発行所　株式会社ハーパーコリンズ・ジャパン
東京都千代田区大手町1-5-1
04-2951-2000（注文）
0570-008091（読者サービス係）
印刷・製本　中央精版印刷株式会社

ISBN978-4-596-72756-5

mirabooks

放蕩貴族の最後の恋人
ロレイン・ヒース
さとう史緒 訳
ある理由で貴族との結婚を余儀なくされたキャサリン。幼馴染のグリフから結婚指南を受けるものの、直後、彼は社交界を追われる。再会した時には別人になっていて…。

悪魔公爵の初恋
ロレイン・ヒース
さとう史緒 訳
ひそかに愛する公爵の妻候補を選ぶことになった秘書ペネロペ。想いを隠し、有能な右腕として振る舞っていたが、ある一通の手紙が運命を大きく変えることに…。

路地裏の伯爵令嬢
ロレイン・ヒース
さとう史緒 訳
身分を捨て、貧民街に生きるレディ・ラヴィニア。ぼろきれのように自分を捨てた初恋相手と8年ぶりに苦い再会を果たすが、かつての真実が明らかになり…。

午前零時の公爵夫人
ロレイン・ヒース
さとう史緒 訳
子がないまま公爵の夫を亡くし、すべてを失うことになったセレーナ。跡継ぎをつくる必要に迫られた彼女は、罪深き魅力で女たちを虜にするある男に近づくが…。

伯爵と窓際のデビュタント
ロレイン・ヒース
さとう史緒 訳
家族の願いを叶えるため、英国貴族と結婚しなければならないファンシー。ある日出会った謎の紳士は、爵位目的の結婚に手酷く傷つけられた隠遁伯爵で…。

公爵令嬢と月夜のビースト
ロレイン・ヒース
さとう史緒 訳
3カ月前にすべてを失った公爵令嬢アルシア。一人で生きていくため、〝ホワイトチャペルの野獣〟と恐れられる男性から官能のレッスンを受けることになり…。

mirabooks

伯爵家に拾われたレディ

キャンディス・キャンプ
佐野　晶 訳

夫が急死し、幼子と残されたノエルのもとに、かつて夫を勘当した伯爵家の使いが現れた。氷のような瞳のその男は、後継者たる息子を買い取りたいと言いだし…。

伯爵家から落ちた月

キャンディス・キャンプ
佐野　晶 訳

12年前、一方的に婚約破棄してきた相手と再会したアナベス。社交界を去り、裏稼業で巨万の富を得る彼の姿は様変わりしていたが、心はなぜかときめいて…。

伯爵家の秘密のメイド

キャンディス・キャンプ
佐野　晶 訳

久しぶりに社交界に戻ったネイサンは、元スパイのヴェリティと再会する。彼女の潜入捜査に巻き込まれるうち、苛立ちは官能的な別の何かに姿を変えて…。

貴方が触れた夢

キャンディス・キャンプ
琴葉かいら 訳

モアランド公爵家アレックスは、弟の調査所を訪れた黒髪の美女に心惹かれる。だが彼女はいっさいの記憶がなく、「自分を探してほしい」と言い…。

初恋のラビリンス

キャンディス・キャンプ
細郷妙子 訳

使用人の青年キャメロンと恋に落ちた令嬢アンジェラ。だが周囲は身分違いの関係を許さず、二人は別れさせられた。13年後、富豪となったキャメロンが伯爵家に現れて…。

罪深きウエディング

キャンディス・キャンプ
杉本ユミ 訳

横領の罪をきせられ亡くなった兄の無実を証明するため、兄を告発したストーンヘヴン卿から真相を聞き出そうと決めた令嬢ジュリア。色仕掛けで彼に近づこうとするが…。

mirabooks

屋根裏の男爵令嬢
カーラ・ケリー
佐野　晶　訳
すべてを失い、パン屋の下働きとして身を立てる元男爵令嬢グレース。常連だった老侯爵から屋敷と手当、そして、戦争捕虜になっているという子息を託され…。

風に向かう花のように
カーラ・ケリー
佐野　晶　訳
元夫の暴力のせいで、故郷を追われたスザンナ。はるばるやってきた西部で出会ったのは、困難にも負けず生きる人々と、優しい目をした軍医ジョーで…。

灰かぶりの令嬢
カーラ・ケリー
佐野　晶　訳
潰れかけの宿屋を営む祖母と暮らすエレノアは、ひもじさに耐えていた。髪も切って売り払ったとき、厳めしい顔つきの艦長オリヴァーが宿泊にやってきて…。

籠のなかの天使
カーラ・ケリー
佐野　晶　訳
父に捨てられ、老貴族に売られ、短い結婚生活の末に未亡人となったローラ。幸せと縁遠かったローラの人生は、港町に住む軍医との出会いで変わっていき…。

遥かな地の約束
カーラ・ケリー
佐野　晶　訳
貴族の非嫡出子という生まれと地味な風貌で、自分に自信が持てないポリー。偶然出会った年上のエリート将校が、眼鏡の奥に可憐な素顔を見出して…。

拾われた1ペニーの花嫁
カーラ・ケリー
佐野　晶　訳
新しい雇い主が亡くなり、途方に暮れたコンパニオンのサリー。最後の銀貨で紅茶を飲んでいたところ、海軍提督チャールズ卿に便宜上の結婚を申し込まれる。

mirabooks